花红易衰,水流无限

张军 著

山西出版传媒集团
北岳文艺出版社
BEIYUE LITERATURE & ART PUBLISHING HOUSE
·太原·

> **图书在版编目（CIP）数据**
>
> 花红易衰，水流无限 / 张军著. —太原：北岳文艺出版社，2019.3（2020.3 重印）
> ISBN 978 – 7 – 5378 – 5790 – 1
>
> Ⅰ．①花… Ⅱ．①张… Ⅲ．①长篇小说—中国—当代 Ⅳ．①I247.5
>
> 中国版本图书馆CIP数据核字（2018）第288638号

书名：花红易衰，水流无限	特约编辑：李 路 韩玉龙	封面设计：侯霁轩
著者：张 军	责任编辑：李向丽	排版设计：百川视觉

出版发行：山西出版传媒集团·北岳文艺出版社
地址：山西省太原市并州南路57号 邮编：030012
电话：0351 – 5628696（发行部）
0351 – 5628688（总编室） 传真：0351 – 5628680
网址：http://www.bywy.com E – mail：bywycbs@163.com
经销商：新华书店
印刷装订：三河市元兴印务有限公司

开本：660mm×960mm 1/16
字数：203千字 印张：17.25
版次：2019年3月第1版
印次：2020 年 3 月河北第 2 次印刷
书号：ISBN 978 – 7 – 5378 – 5790 – 1
定价：59.80元

目 录

上 部

1

中 部

99

下 部
▼
203

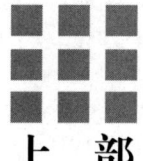

上 部

认识尹丝瑜的那一天，我起得很早。因为早起的女儿要求坐我的车去学校。

在车库，女儿琳琳抢先钻到了驾驶员的位置。

"这不行。"我严肃地说，虽然我相信琳琳的驾驶技术，但在闹市中开车这件事可不是闹着玩的，她只有十四岁，虽然已经在郊游时的旷野中开过许多回，还趁我不注意在市区偷开过一次。她对车出奇着迷，在她的卧室中贴满了各类名车的画，她甚至能够娴熟地换轮胎、灌注机油、修理离合器。

"我会开得很慢，上路后就把车子交给你开。"

我没有坚持，坐到了副驾驶的位置上："要开得慢点儿。"

汽车缓缓驶出车库，我没有再说话。她突然对我说道："爸爸，结婚纪念日你给妈妈送什么礼物？"

再过一个月就是我和吴梅结婚十五周年的纪念日，这我是知道的，但我却一时不知道怎么回答，我真的没有认真想过。

琳琳飞快地看了我一眼，她看到了我沉思的表情："你一定要早点儿做决定，只有一个月了。"

"那么你来告诉我该送什么吧。"

"这可不能偷懒。"

我继续沉思。

"这次你大概还是会送上一束玫瑰花交差吧。"琳琳咔咔地笑着。

我的脸有些发热，真没有想到，似乎还很幼稚的女儿，会观察得这么仔细。

"你是绝对没有想象力的。"琳琳手握方向盘，目视前方。

"可是你的妈妈什么东西都有了,是吧。我还能送她什么呢?"我为自己辩解。

"是的。最好的电冰箱、最好的洗衣机、最好的微波炉……"女儿眨着眼睛,"可那都是用来为大家服务的,你想过没有,能为她本人送什么礼物呢?"

"衣服我也送过。"

"你再想想,也许并不实用,但妈妈会很喜欢。"

我犹豫着:"你举个例子。"

"我还是直接说吧,妈妈几乎没有首饰。"

"她说过不需要。"

"没有女人不喜欢首饰,爸爸。"她又看了我一眼,突然叹了口气,"真不知道,妈妈喜欢你哪一点。"

我笑了。

车在十字路口停了下来,我突然发现,琳琳已经在大路上开了很长时间。

"赶紧换过来。"我着急地说。

琳琳咯咯地笑着,我们俩换过了座位。

来到办公室的时候,我已经在电话里让唐格格给我订好了首饰。唐格格是我的秘书,她是个时尚的女人,眼光很不错。

"兰总刚刚给您打了电话。"唐格格对我说。

"他怎么没有打我的手机?"我说。这时手机响了,号码显示是兰左青的。他是一个很成功的商人,已年近六十了,当年我创业时帮了我很大的忙。

兰左青在电话里告诉我,他的妻子罗佳在参与一个慈善活动,想凭我的关系联络一些媒体。我回答说:"这个很容易办到,具体是些什么事呢?"

兰左青说:"我不知道,她总是忙忙碌碌的,却从不向我解释。今天下午会有一个叫尹丝瑜的女士去找你。她会和你详谈。"

"你放心,我会尽力的。"我伸手从唐格格那里接过笔和一张便笺,写下"尹丝瑜"三个字。

刚吃过午饭,我的合伙人——副总经理林顺德拿着一个钢铁企业的广告价目表走进来,这是我们即将进入的新领域。我们已经讨论过很长时间,基本上订了一个比较完善的方案,今天准备做最后的定稿。这时通话器的铃声响了,我摁下按钮,对着唐格格喊:"我说过我不见任何人,也不接任何电话。"

喊完之后,我对林顺德说:"你现在就把方案打出来。"

林顺德笑了笑,他是个精明的年轻生意人,虽然他比我起步晚,年纪小,但他对生意的敏感性却一点儿都不比我差。在他打印方案的同时,我凑在他的身边,审视着刚才我们最后的方案,寻找着其中的瑕疵。

这时门被推开了,唐格格走了进来。

我有些恼怒:"刚才不是说过,现在不要打扰我们吗?"

唐格格是个好脾气的姑娘,她平静地说:"尹丝瑜来了。"

我有些疑惑,好像没有听过这个陌生的名字。

"她说和您已经约好了。"

"我没有和她约定过任何时间。"我说,"我今天下午的任务就是搞定这份方案,我不希望有任何人占用我的时间。"

唐格格奇怪地看着我:"我怎么去和她说?"

"随便,说我不在办公室,开会去了,旅游去了,谈生意去了,随便说点儿理由,把她弄走就行。"

唐格格出去不久又走了进来。

"她说罗佳告诉她可以来找您,她就从北京赶过来了。她能理解您很忙,她只是让我问一下,您什么时候还有时间。"

我突然想起来了,这是兰左青交代给我的事。对于兰左青的事,我是无论如何也不能推托的。"请她稍等一会儿,就说我很抱歉,让她久等了。"然后我迅速地转头对林顺德说,"你把方案拿到你办公室去仔细再看看,两个小时后再给我打电话。"

"明天下午三点半,你就要去向对方董事会递交方案。计划必须成熟,稍有差错,你就没有任何机会了。"林顺德说。

"那我就随机应变。"对我来说,现在最重要的事情是接待尹丝瑜女士,因为这是兰左青交代的事。

"他们集团可是世界巨头,董事会的人全都是久经战阵的人,没有充分的准备……"

"他们也是人,不是神,不是鬼,不是长翅膀的天使。他们也要吃饭喝水,也喜欢金钱和美女。别人需要什么,他们也一定需要;别人喜欢的,他们也一定不讨厌。当然,他们也有他们独特的需要,也有他们特别的喜爱。这需要我们去发现,知道吗?如果我们发现了,那就成功了!"

林顺德苦笑着摇头。这时我已经打开通话器,对着话筒道:"请那个老女人进来吧。"

唐格格疑惑地问:"您说谁?"

"尹丝瑜,那个老女人。"

唐格格在那头哈哈大笑起来:"我敢打赌,您见了她后,除了您的妻子和女儿,再不会想其他的女人了。"

"我只打算见她一次。"我还是没能理解唐格格说的话。

林顺德已经拷贝好文件,收拾好方案。他看看表:"现在就快两点钟了，四点钟我给你打电话。"

林顺德向外走去，就在他拉开门的时候，他呆住了，怔在那里大概几秒钟才走了出去。

门并没有被关上，一个女人推开门走进来。

当我看到这个女人时，我理解了林顺德刚才的举动，不由自主地绕过办公桌，发自肺腑地对她说道："欢迎，欢迎。"

因为我的职业，我见过许多美女，但没有人使我动心，我觉得她们的美和我无关。但尹丝瑜却是特殊的一位。

她幽深的瞳孔闪着忧郁的美，具有柔和线条的脸型，高直的鼻，丰满的唇，白玉般的牙，乌黑的长发柔顺腻滑，就好像是纳斯达克中最好的一只股票，巴黎流行装T台上最高端的那款时装，撒哈拉沙漠中水草最丰盛的那块绿洲。

我不由得侧头看了看一旁的镜子，深为自己没有抽出时间来去健身房减减肥而懊悔。

她和我握过了手，我请她坐下来，然后又绕回到自己的办公桌后，但心情仍然不能平静。"你抽烟吗？"我随口问。

"如果你不介意的话，可以来一支。"

我又绕过办公桌，递给她一支烟，然后替她点上。

"罗佳建议我来找你。"她笑了，笑得很甜。

我一直以为罗佳介绍过来的女人全是罗佳的复制品，但她却与众不同，超凡脱俗。

"我该如何帮助你？"

"我被选为华北地区先天性心脏病防治委员会主席。我想，你大概可以帮助我们筹划一项能够见到效果的活动。"

这种事我见多了，当上流社会的夫人们一提到自己在某个有名望的社会机构的头衔以抬高自己时，我总是有种莫名的烦躁。当然，她们为慈善的确做过不少努力，但归根究底，却是为了扩大自己的名望。对面的这个女人，也不过是她们其中一分子而已。

我不知道自己是什么时候形成这个观念的，由于工作关系，这些夫人们的所作所为，被我看得清清楚楚。人生在世，能逃脱名利二字的很少，这我理解，但对于名望过于狂热的追求是我所厌恶的。她们的丈夫已经赚了足够的钱，这些太太们仍然对名望充满了欲感。

刚才尹丝瑜给我的美好印象一扫而空，我尽量礼貌地对她说："请您留下您的电话和地址，我的秘书会和您保持联系。您的那个组织和您的所有活动，我的秘书都会记录并配以相应的媒体报道宣传。这一点请您放心。"

尹丝瑜对谈话的突然结束感到惊讶而困惑，她抬起头来："您说您能做到的就是这些？"

我对于她的不满足感到生气，当我注意到她身穿珂洛艾伊的高档名牌时装，拿着爱马仕的名款手包时，我开始怒视她："您还打算要些什么？我要不要给您写个书面保证，保证我们在报纸上能给您挤出多少版面？什么时段在电视上播？"

尹丝瑜不再说话，目光变得更加忧郁深沉。她低下头，把烟摁熄在烟灰缸中，拿起包，站了起来，走向门口。她在门口站了一会儿，然后回过头来："我想您是误会我了。我不是为了抬高自己的声望而加入这个组织，我接受这个职位，是因为我知道一个人一旦患上这样可怕的疾病意味着什么。我不想让任何一个家庭再承受我曾经承受过的痛苦。"

我看到她气得脸色发白，突然想起从去年到今年一系列轰轰烈烈的关于心脏病的全国活动中频频出现的名字——丝瑜。她与电视上那个丝瑜很不一样，有时候一个人在电视上的样子和生活中确实有差别，所以我没有认出她。丝瑜的丈夫和孩子都被心脏病夺去了生命。

我冲了过去，这时她已经出了门。我冲到门外，在唐格格的面前拦住了她。我看到她愤怒地看着我，脸上有些悲戚的神色。

"尹女士，你能原谅一个自以为是、自作聪明，其实是一个大傻瓜的愚蠢行为吗？"我真诚地对她说，"我非常惭愧。"

她盯着我看了一会儿，转身回到我的办公室，坐在沙发上，掏出烟盒，抽出一根烟，但她颤抖的手没有办法打着火，我替她点着了火。

她深深地吸了一口烟，又吸了一口，吐出的烟雾升腾起来，掩盖住了她苍白的脸，但那黑色的眼睛却在烟雾中透出光来，那是痛苦的光芒。我突然生出了抱紧她的冲动，这时我听到她说："如果你确实是真心想帮助我，我可以原谅你。"

这时电话铃响了。

"对不起。"我恢复了理智，走到办公桌后接电话，"请你稍等一下，我接个电话。"

她点点头。

电话是林顺德打过来的，他告诉我已经把方案认真过了一遍，传到了我的邮箱，但其中一些东西，他还要口头解释一下。

我一边打开电子邮箱，一边对林顺德说："你说吧。"

林顺德开始说方案，这时尹丝瑜站了起来，走到墙壁前，观看着我乱七八糟贴在墙壁上的广告草案。我根本听不进去林顺德在讲什么，只是凭经验嗯啊着，我的注意力完全被尹丝瑜吸引了，我欣赏着她的步态和举止，她侧着头仔细观察的神态，一切都那么美。

她大概觉察到了我的目光，转过身来冲着我笑，我也对她笑笑。然后我把目光收回来，耐着性子听林顺德讲话。

林顺德总算讲完了，我放下电话，对尹丝瑜说："对不起。"

"这是你的工作，没什么可抱歉的。"她笑了笑，然后指着墙上的草案，"你们在做宣传钢铁的东西？"

"对，这是我们为国家钢铁工业联合会所做的一次宣传。"

"你是指最近钢铁行业内竞争的事？"

"你怎么知道？"

"最近我一直在听我的伯父说这件事。"

我困惑地看着她："你的伯父？"

"我的伯父是尹右川。"

我不由得吹了一声口哨。尹右川是中国三大钢企之一的董事局主席，同时也是国家钢铁工业联合会常务副主席。如果他说一句话，不仅在整个钢铁行业，在钢铁行业的下游企业都会有隆隆的回声。

尹丝瑜大笑："你怎么是这种表情？"

尹右川没有孩子，他的弟弟很多年前就去世了，只留下尹丝瑜一个女儿。也就是说，尹丝瑜是尹右川晚辈中最亲的亲人，尹丝瑜又是一直在尹右川的家中长大的，就和尹右川的女儿差不多。面对这样一个女人，我只能说实话："我明天下午要做的一件非常重要的事，就是从你伯父那里拿到广告订单。但为了拿下这个订单，我竟然差一点儿把他的侄女拒之门外。这太不可思议了。不过上天保佑，让我终于和你认识了。我想明天下午的一切都应该变得很顺利。"

"我认为，你认不认识我并没有什么不同。我的伯父在谈生意时是从不考虑私人关系的。"

"我听说的比这更可怕。"

"但我的伯父很有魅力，是个坚强的人。我很崇拜他。"

尹右川在八年前发动钢铁兼并运动，吞并了四十多家小钢铁厂。这样的人无论如何也称不上有魅力，他是一个冷酷的人。因此，我不由得微微笑了笑："让我们回到正题吧。现在对这一类的活动已经宣传得够多了，人们已经患上了信息厌倦症。所以，我们必须学会讲故事，去感动他们。"

"我知道，我会尽一切努力。"

我一边想，一边走到她的身边说："我会安排大量的报纸、电台和电视台采访。您来提供当事人，最好是有感人事迹的当事人。比如你……"

她的脸色立刻变得很痛苦，美丽的瞳孔蒙上了一层阴影。

我突然再次冲动，这次转化为行动。我抓住了她的手："重提痛苦的记忆的确不好受，我可以想其他的办法。"

"不。"她把手从我的手中抽出，"你说得很有道理，这是最好的办法。"

"谢谢你的勇气，我从你身上看到了你伯父的影子。"

这时通话器响了，唐格格的声音传了进来："对不起老板，已经六点半了。我是继续留下来，还是下班？"

时间过得真快，我告诉唐格格她可以走了。

尹丝瑜向我道歉："对不起，耽误你这么长的时间。"

"没关系。"

"你回家晚了，你太太大概会不安。"

"她不会介意，这是经常的事情。"

"但我还是该告辞。"她从手提袋里掏出一只润唇膏，在嘴唇上涂了一下。

我突然生出一种莫名其妙的不安："可我们还没有谈完呢，你明天就要回北京。"

她把唇膏收起来："过几天我还会来的，那时我们可以继续谈。"

"回锅饭没有味道。"

她愣了一下，重新审视着我的脸："你的意见是什么？"

我无法控制自己的话语："如果你没有其他约会的话，我们可以一块儿去吃晚饭，然后再回到这里来，继续讨论，直到有结果为止。"

她继续审视了我一会儿，然后礼貌地拒绝了我："已经打扰了你整整一个下午，再占用你一个晚上的时间，我会很不安的。"

我仍不甘心："那……喝一点儿东西，怎么样？"

她突然紧盯着我的眼睛："你究竟想达到什么目的？"

我已经不在乎什么了，厚着脸皮撒谎道："没有任何的目的，难道请一位女士喝点儿东西，就一定要达到什么目的吗？"

"我其实并没有把你归到专门花钱请女士喝东西的那一类男人里。"她的神情很严肃。

我一定是脸红了，我感觉到脸在发烧："我的确不是那一类人。"

"那你为什么要请我呢？"

我总算想出了一个摆脱窘态的理由："我为先前对你的态度而道歉，仅此而已。"

她刚才紧张的神情放松了，她相信了我的谎话："你已经用行动向我证明了。"

我故作大方地伸出手："那再见。"

"再见。"她也伸出了手。

她的手再一次被我握住，柔软、腻滑、小巧而温暖。

"下个星期一我会再来。如果你有时间的话，我们再见面。"

"我有时间。"

她再一次从我的手中抽出她的手，但这一次是她的脸红了。

"如果你来得比较早的话，我们可以共进午餐。"

"好的。"

我把她送到电梯，看着电梯门关上，然后深深地吸了一口气。

回到家的时候，我仍然处于兴奋状态。我甚至滔滔不绝地和吴梅讲起了尹丝瑜，包括我对尹丝瑜不友好的态度，以及后来恳切的谈话。当然，我略去了我坚持请她吃饭或喝东西的那一段。

吴梅很认真地听着，结婚后她一直是这样，对我所讲的一切都非常认真地听。最后，她也长叹了一口气："可怜的女人。"

"什么？"

"你不觉得吗？她非常不幸，虽然她是钢铁巨头的侄女，唯一的继承人！"

我突然豁然开朗，如醍醐灌顶，我为什么会被尹丝瑜所打动，在她的面前表现得那么激动，甚至失去了自我，只是因为"同情"。当然，不排除她的美貌和气质为这个"同情"加了不少分，仅此而已。我的心情立刻平复了下来。直到第二次见到尹丝瑜之前，我一直是这样想的，一直是这样平静。但再次见到她时，我的想法改变了。

在四十岁的时候，我认为我拥有了普通人想拥有的一切：漂亮的妻子，一对龙凤胎，还不错的事业。

谁也不会看出吴梅已经快四十岁了。吴梅的身材仍是曲线玲珑，她的皮肤仍是光滑细腻，她的眼睛仍是炯炯有神，闪烁着活泼而好奇的光芒，如同青春少女一般。两个孩子都已十四岁了，一个在上海的篮球体校住校学习，一个在本地的重点初中上学，长得都非常漂亮，而且都性格爽朗，聪明乖巧。我仍然像多年前一样开着一个广告公司，但那时我的公司只是在偏远郊区的一个厕所一样大的办公室，挤着一张办公桌，而现在我已经在T市金融中心最好的五星级大厦、最好的楼层中拥有一个两百平方米的办公场所。我觉得我应当满足了。事实上，最近两年我一直对自己的生活非常满意。但我不知道，尹丝瑜的出现会打乱我平静自得的生活；我也想不明白，这件事情对我的一生来说，是好事还是坏事。

星期一，一切都照常。早晨我照常起床，换上吴梅给我准备的衣服，吃了吴梅给我准备好的早餐，然后送女儿琳琳去上学。与以往早晨的情况稍有不同，吴梅打开电脑的时候，接到了儿子的电子邮件。当她看信的时候，我在餐桌的另一头问她："淘淘写了些什么？"

"他得了感冒，已经一个星期了，现在还没有好。"

"一会儿给他打电话，告诉他去看医生。"

"他不会去的，他就是这个脾气。"

我吃完了，站起身来取外衣："只是感冒，确实没什么。他是个运动员，即使不看医生也会好起来的。"

这时琳琳从楼上冲了下来，她端起红豆粥喝了一口，然后冲着我大叫："爸爸，我上学就要迟到了！"

我看她的目光总是充满了怜爱，所以当她冲我大叫的时候，我也实在是没有办法和她生气，好在她在其他方面还是非常乖的。我逗她说："你可以坐公交车。在这里坐公交车等不了多久。"

她抓住我的胳膊，踮起脚尖在我的脸上吻了一下。她笑着对我说："爸爸，我喜欢坐你的车到学校去。"

不容我再多说，琳琳已经拉着我走出了家门。

我来到办公室的第一件事是照例处理电子邮箱里的信件。今天的重点是研究那个怎么从钢铁企业中得到广告订单的计划。我已经见过对方董事会中的重要人物，他们答应不久就会通知我参加一个重要的董事会，这意味着我的计划已经成功了一半。

当我做着这一切的时候,我几乎已经忘记了尹丝瑜,忘记了我争取到的和她共进午餐的机会。是啊,一个四十岁的男人,已经过了冲动的年纪。每个男人的一生中,总有把女人和浪漫当作最重要的东西的阶段,但一般不会在四十岁的年纪。换句话说,有权利享受这些的是年轻人,四十岁的男人有他自己要追求的东西,那就是事业。

正当我享受工作的时候,唐格格从通话器中告诉我,尹丝瑜到了。

"请她进来。"我头也不抬地说。

当她微笑着走进来时,我突然感到一阵激动,那天的感觉再一次回来了。

"你好。"她伸出手来。

我握住她小巧的手,却感觉像握着一团火。我尽力保持着镇静:"欢迎你来。"

"请原谅,我不能和你共进午餐了。"

"为什么?"我明显地感觉到了失望。

"我忘记了今天我有一个约会,我是赶来向你道歉的。"

我愣了一下,但立刻明白了,恨恨地说:"你在撒谎。"

她低下了头。

我继续说道:"如果是真的,你完全可以打个电话来,根本不必亲自到这里。"

她转过身,向门口走去。

我冲到门口,拦在她的前面:"为什么要骗我?"

"我没有骗你。"她说。但她的眼睛出卖了她。

"你到底担心什么呢?"

"抱歉。"她只丢下这一句话,就转身离开了。

这时我的手机响了,电话是兰左青打来的。

"今天晚上我可以请你吃饭吗？"

"天哪，你不是在纽约吗？"

"我已经回国了，来T市办事。罗佳想回娘家，也一起来了。"

"好的，没问题。"

"那你晚上等我的电话。"

放下电话，我的心情稍好了一些。只有工作和朋友才能让我忘掉尹丝瑜，回归正常。

我给吴梅打了电话，告诉她晚上兰左青请客，让她带上琳琳一块儿来。

"算了，我和琳琳在家吃吧。吃完饭，我还要看一部电视剧。"

"那好吧。"我放下电话，继续我的工作。到六点钟，向来守时的兰左青给我打来电话。他选的饭店并不远，我不用开车，步行十五分钟即到。来到那个饭店二层的一个包间，兰左青和罗佳已经先到了。

"好久没见面了。"罗佳对我笑。

"是啊，但是你一点儿都没变，还是那么年轻。"

"我喜欢听这句话。"

我发现这张桌子留着四把椅子和四套餐具："还有一个人吗？"

罗佳正要回答，她的目光突然看向了我的身后。我也转过头向后看去。

霎那间，我和她的目光相碰了。

她是尹丝瑜。

尹丝瑜和我一样惊讶，她的脚停顿了一下，然后勉强镇静地走过来，故作自然地伸出手："辛经理，又见到您了。"

我握住她手的时候，感觉到她在微微发抖。

罗佳笑着说："中午的时候我约丝瑜出来，我们一下午都在逛街。我们都是购物狂，买的东西手里都提不下了。"

"但愿你还留着饭钱。"兰左青笑着说。

尹丝瑜也说了几句话，但后来我什么都听不到了，只是悄悄望着尹丝瑜。她的一颦一笑，她说话时的嘴唇，她的一切……

晚餐结束后，尹丝瑜要打车离开。在罗佳的劝说下，她同意和我们一起走回我办公的那个大厦。我开车先把路稍近的兰左青和罗佳送回罗佳的娘家，然后送尹丝瑜回去。

一路上微笑的尹丝瑜，在和我独处的时候，突然变得冷峻和沉默。我开了一会儿车，觉得有必要打破这种尴尬的宁静："你抽烟吗？"

"来一支吧。"

我递给她一支烟，她打着了火，火苗跳跃着，照耀着她美丽的面容。

"我没想到今天还会见到你。"她说。

"你不认为是天意吗？"

"不。"

"那你觉得很遗憾？"

她沉思了一会儿："我不知道，或者是我说不清。"

"但是我知道，我清楚。"

"这就是男人和女人的区别。"

"什么区别？"

"对男人来说，一切都不是很重要；但对女人来说，许多事情都必须三思。"

我突然把车靠边，停下了。我拉住了她的手，她没有再抽出。望着她姣好的面容，不知为何，我产生了一种难以压制的冲动，于是把头凑过去，吻了她的嘴唇。她没有躲避，也没有回应。她甚至没有看我，在我坐回去的时候，她吸了一口烟。

"我和程建朋的感情很好。他活着的时候，从来没有盯过除我以外任何一个异性，我也是。"

我没有说话。

她继续说道："那时和现在也差不多，人人都在拼命赚钱，好像没有比这个更重要的事了。我厌烦透了。"

"你依然爱你的丈夫吗？"

"他已经死了。"

"但你没有死，你的感情也不能随着他的死去而死去。"

"这些都不重要了。"

"不，爱情是重要的。爱人和被人爱都是一种奇妙的经历。"

"你想说什么？"尹丝瑜终于看我了，"你想说'你爱我'？"

我胆怯了："我不知道，请原谅，我真的不知道。不过，也有可能。"

她没有说话，手中拿着那支烟，一缕青烟在袅袅升起。

"我不知道是怎么回事，我现在什么都不想知道。"我抓住了她的双手。

她紧盯着我的眼睛，我看到了她对我的默许。

我挨近她，再一次吻她的嘴唇，这一次得到了她的回应。我们互相亲吻着，被甜蜜的感觉所围绕，一直到喘不过气来。

"你会后悔的。"她突然说。

"那么你呢？"

"对我来说，事情并不像你那么严重。"她深情地看着我，"你将失去很多。"

我知道她在说什么，我沉默了。

"你认为你的妻子怎样？你爱她吗？"

"我，我爱她。这是真的。"

她怨恨地说："那你为什么还要吻我呢？辛强，你太无聊了。或者说你是想来点儿新鲜感？或者多占有一个？"

"我说过我什么都不想知道。我其实不明白为什么我会被你吸引。我以前从来没想过这方面的东西，因为那会占用我太多的时间，太让我费神。我有我的家庭、我的工作、我的孩子，这些已经足够了。但你吸引了我，我回答不了为什么。当然，没有你我照样还能活着，现在失去你，我也许会难受一阵子，但一切都会恢复正常。人生就是这样，会有很多失望，会有很多痛苦，但我们最终能战胜它。我只知道现在我希望生活中有你。"

"你很坦诚。"她轻轻一笑，"如果是其他男人，肯定会说出一大堆的海誓山盟，并且毫不犹豫地诅咒他们的妻子。"

"真诚是需要付出昂贵代价的。"

"送我回去吧。"尹丝瑜幽幽地说。

一路上我们都没有再说话。

来到她下榻的酒店，她没有说话，打开了车门。

"我还能见到你吗？"我问她。

她回过头："我不知道。"

"不知道？"

"我不知道我们之间的关系该如何处理。"

"你害怕。"

"不，我一点儿都不害怕。"

"你怕你会爱上我，但我不会放弃婚姻。"

"不，我也不怕会爱上你，也不会对你的婚姻有幻想。我什么也不怕。"她走了出去。

她站在车门外看着我:"你是在给自己找麻烦。你知道吗?你不是单身,你有家庭。"

"我只是想知道,我还能不能再见到你。"

"你再考虑考虑吧。"

"不管考虑的结果如何,我都想再见到你。"

她轻轻一笑:"我们会再见面的,这没问题。晚安。"她转身走向酒店。

我目送着她走进酒店的大门。

我开车到小区的时候已经是午夜时分了,我发现我的卧室还亮着灯,是吴梅在等我吗?我的心突然揪了一下,我知道这是负罪感在作祟。她在这个时候应当睡觉了。我在车库里停好了车,反锁上车库的大门,坐在椅子上点燃了一支烟。

我应当变得理智一些了。尹丝瑜说得对,我究竟要干什么呢?如果我对我现有的生活很满足,我就不应当去寻找不幸。

烟头在黑暗中一亮一暗,我对自己说:"你有这幢已经升值到三百多万的、刚刚还完贷款、位于城区的小区别墅;你有一个年净收入三十多万的工作;你有两个出色、漂亮的孩子。更重要的是,你有一个理解你,善良而美丽的妻子。为什么要把所有这一切抛弃,去追求一个无论是在道德上还是物质上都得不偿失的东西呢?"

但另一个声音在提醒我,尹丝瑜也许就是我一生中所渴求的那个女人,一个完美的爱人。当你没有遇到这样的人时,你可以安心地把她当作一个梦,一个不可实现的幻想,一个童话。但是,当你遇到了她,你才知道这个幻想、这个梦竟然是可以变成真实的东西。如果你放弃,你的生命将失去很大的价值。

我知道她喜欢我。我是个相貌平凡的人,但有一种气质。因此,见过我的女人，如果不是很快就喜欢上我，那就是永远不会喜欢我。如果我坚持，我会得到她，但我现在突然感到害怕。我不知道该不该继续。

"辛强。"吴梅站在客室通向车库的楼梯上，"你待在这里干什么？"

我打开了灯，突然而至的光线刺得我睁不开眼："我在考虑一些事情。"

"你有心事。"她坐到我的身旁，"来，告诉我吧，也许我能帮助你。"

我看着她的脸，那是一张美丽的脸。如果我把对尹丝瑜的感觉告诉她，我相信她会认真倾听，并平静解决。当然，我不可能告诉她，因为我自己仍在犹豫。

"我只是在想公司业务上一些比较专业的事情。"我知道她会对我一切事务都提出很好的建议，只有极专业的东西，她才不可能去提出意见。

"好吧，你现在想完了没有，可以睡觉了吗？"

"想完了。"

我和她一起走上楼梯。

"给我讲讲你们吃饭的事情。"她说。

我提到了尹丝瑜。

吴梅笑着说："这些年轻、漂亮又有钱的寡妇们，可是不好打交道。"

"她是个值得同情的人。"

"不要过于同情，不要陷进去。"

这句话让我的心一抖，差一点儿没接住她递给我的果汁。

"我知道。"我说。

早晨的阳光射进了卧室，我睁开眼睛，看到吴梅凑在我的脸前，仔细地看我。

"怎么？"

"你真帅。"

"我已经老了，而且年轻的时候就不英俊。"

"不，我认为你一直很帅。"

我照常送琳琳上学，在车上琳琳问我："你考虑好了吗？"

"什么？"

"结婚纪念日送妈妈的礼物。"

"我已经订好了。"

"太棒了。"她紧紧地搂住我。

"赶紧放开我。我已经握不住方向盘了。不然的话，就没人给你妈妈送礼物了。"

琳琳放开了我，但很快她又惊叫起来。她从座位下面捡起一个闪闪发光的东西："这是什么？"

"大概是客人丢在车上的。"我说。

那是一只小巧的金色烟匣，上面浮雕着一行字，琳琳念着上面的字："尹丝瑜！"

我在北京见到了尹丝瑜的伯父——尹右川。一个小个子老人，神情总是非常严肃，即使是在和你握手的时候。他的眼神极具穿透力，就像一部X光机。我讨厌这种感觉，在他面前感觉就像是被一只大大的探照灯照着。

董事会中的每一个人都是富豪级人物，他们在钢铁行业以及别的领域拥有相当大的权力。但在尹右川面前，你可以感觉到他们的谦卑。我能够站在这样一个董事会中，直接面对尹右川来讲述我的计划，已经是我事业中一个不小的成就。

当我讲完我的计划后，尹右川直率地说："你仍然不能让我相信你的计划能使我们的产品得到大众的信赖。或者说，你所付出的努力是否会得到应有的回报。我觉得你并没有妥善考虑如何为我们提供更好的服务。"

他的话像重重的一记闷棍，打得我晕头转向。但我还是强装镇定："尹总，请允许我直率地说一句话：您根本就没有理解我刚才所讲的一切，因为您很自私，您只想着如何让自己迅速获益，而没有想到让整个钢铁行业得到良性发展。"

这句话将在场所有董事会的人都重击了一下，即使他们没有产生像我刚才那样晕头转向的感觉，肯定也不好受。这就是我的回击，置之死地而后生！我听到人群中发出了唏嘘的声音。

不过，只有尹右川是平静的："继续讲下去，年轻人。"

"您出钢，我出意见。"我直视着他的双眼，"您的目的很明确，就是希望每一个需要钢的产品，比如洗衣机、小汽车，都是用您集团所生产的钢。"

我把目光从他身上移开，面对着大家："我们除了经营钢铁，还在经营着一个东西，那就是'信誉'。这是个触不着摸不到的东西，没办法把它放到会计册中，没办法拿天平来称，也没有办法用具体的数字来衡量它。"

我注意到所有人的兴趣都被我提起来了，包括尹右川。"我所搞的项目，就是要提高你们的'信誉'。如果你们允许的话，我想和你们一起简单回忆一下你们在这个行当中所经历的一些不愉快的事。"

"我知道你们接受了大量的日元贷款，用于治理污染，改善环境。可以说，这个城市和城市周边，甚至更远地方的人们都因此受益。可是你们却得到了更多的指责。我知道这些言论很多都是谣传，但是就因为你们根本没有在乎，以至于国内乃至东亚和东南亚的一些人出于误解而拒绝了你们的产品。虽然你们是上游产业，但你们的品牌没有被消费者直接认可。为什么去年世界五百强瑞克公司在钢铁行业中的招标，你们最后失败了呢？就是因为当时舆论的压力。还有你们发起的钢铁制品工业园，最后不得不改名，也损失了很大一笔钱。"

我稍停了一下，拿起杯子喝了一口水。会场鸦雀无声，所有人的注意力都在我的身上，这正是我想要的效果。

"我知道你们建立了完善的产品质量回访制度，每年外派检查的工程师达到了上千人次，这种制度在世界也是一流的。还有其他保证产品质量和信誉的制度，都得到了不折不扣的执行，并取得了效果，但这是不够的，仅从技术层面得到的信誉是远远不够的。

"我就是所谓的公关顾问。你们知道这是什么吗？就是促使人们在道德层面对你们产生好感。如果凭我的本事，我大概连一把小刀也造不出来。但是，我却能让你们的小刀在人们的心中得到一个比以前更好的印象。这就是我要做的事情。我希望你们意识到这一点：即使你们是上游企业，但是做生意和街角摆摊卖水果没有什么两样。摊主不仅要卖好的水果，还要和他们的主顾打成一片，你们也一样，你们不过是这个世界上最繁华的街道上最大的水果摊主而已。"

我讲完这些以后，把所有的资料装进了文件袋。战斗已经结束，我根本不需要再去看尹右川的眼睛来证明我已经预感到的结果。也许，我的账户上会打进一笔以前从来没有出现过的大数目。

当我和林顺德走出大会议室的时候，仍然没有任何一个人发表一句意见。林顺德和我一直没有说话，直到走到大街上。

当林顺德拦下一辆出租车的时候，我突然说我想走走。林顺德接过所有的文件："早点回来。你今天很棒！但结果却难料。"

我点点头，看着林顺德钻进出租车，然后转身走在北京十月的大街上。

落叶飞舞，秋气肃杀。我突然感觉到自己是个傻瓜。我的这一套对付别人大概绰绰有余，但像尹右川这样狡猾的人，他一定看透了我是在瞎扯。我又想起他犀利的眼神，那眼神一定能够看透任何人的内心，包括我的。

我把双手插进大衣口袋，却触到了一个金属的东西。我把它拿出来，那是尹丝瑜的烟匣。

我不由得给尹丝瑜拨通了电话。

当我走出这座大厦十七层的电梯时，我看到尹丝瑜就站在电梯门口焦急地等着我。

我和她一起走进房间，脱下大衣："你是故意把烟匣留在车里的吧。"

她默默地关上门，从我手中接过烟匣，什么也没有说。

她给我倒了一杯水，我仔细地看着她。

她坐在了我的身边，低头小声地啜泣起来。

我不由自主地把她搂在胸前，拥抱着她，任由她的泪水打湿了我的前襟。

哭了好一会儿，她抬起头来："对不起，我现在好了。"

她站起来，走进卫生间。我发现她屋中有一面酒柜，于是我自作主张地拿出一瓶红酒和两个杯子。

过了一会儿，她从卫生间出来了。她已经补过了妆，看不出有哭过的痕迹。

"对不起,我本来不想哭。"她说。

"别去想不愉快的事了。"

我不知道我们坐了多久,直到夜色降临,彼此看不清对方的脸,只看到她的眸子在黑暗中如两颗星星一般。

我们喝下了最后一滴酒。

"我想我有些爱上你了,虽然这很荒谬。"我说。

"我也是。"

"这件事是怎么发生的?为什么会发生?"

"这无所谓。"她说,"我只知道是你给了我活力,以前我很孤独。"

我站起来,拉住了她的手。她顺从地跟着我站起来。

我紧紧地拥抱着她,吻她。

"你会失去很多。"她再一次说。

"别说了。"我抱起了她,走向卧室。

当我醒来的时候,我还习惯性地以为是在家里。看到依偎在身边的尹丝瑜时,我才回想起昨天发生的一切。已经是上午十点多了,我打开手机,手机显示有好几个秘书台转来的未接电话。第一个是钢铁集团的,中间有两个是吴梅的,其余都是林顺德的。

我的第一个电话打给了吴梅。

"你究竟在哪里?小林说你失踪了,他在北京到处找你。"

"我没有事,我在一个酒吧里,喝得有点多了。顺德找我干什么?"

"他说尹氏集团找你有事。别的我不知道,你可以给小林打电话。"

"好的。"

"出了什么事?你醉了吗?事情不顺利?"

"是的。这笔生意出了问题。"

"没有这笔生意,我们照样能活得很好。事情没那么严重。"

"你说得对。"

"小林说,你一定要赶紧给尹氏钢铁集团打电话,非常重要。"

"好,我知道了。"

当我放下电话后,尹丝瑜才醒来,醒得恰到好处。

"没必要装睡。"我说,"没什么秘密。"

"可是,我没办法睁着眼睛听你对妻子撒谎。"

"是没有勇气面对?"

她脸上的笑容消失了:"对,没有勇气。我早就和你说过。"

我又想去抱住她,但她躲开了。

中午的时候,我终于给林顺德打了电话。

"你藏到哪里去了?整个上午我没干别的,一直在找你。"

"我喝多了。有什么事?"

"尹右川明天在J市他的集团总部见你,上午十点钟。"林顺德的声音特别激动。

我成功了,这是我的第一感觉。我克制住激动的心情:"我马上去找你,你给我买两张去J市的车票。"

"车票已经买了一张,下午四点的。你一定要把合同弄到手,我们就要发财了。"

"我说的是两张票,你再买一张。"我说。

"什么?"

"我有个朋友,正好也要去J市。"

我挂掉电话,对尹丝瑜说:"咱们得快一点儿收拾,一起去J市。"

尹丝瑜目瞪口呆："你疯了吧。"

"我不想让你离开我。"

"你的确是疯了。"但她开始收拾东西了。

我给吴梅打了电话。她奇怪我为什么这么久才给她打电话。

我又撒了一个谎："我给尹右川打电话，但他一直没有时间接。刚刚才接通。"

"我相信你会成功的。"吴梅在电话那边鼓励，"一定会成功。"

晚上的时候，我们来到了J市，找了一家普通的宾馆。

当尹丝瑜坐到床上的时候，她仍显得有些不安："这里距离T市很近，如果你遇到熟人怎么办？"

"这里是你叔叔的地盘，如果你遇上熟人怎么办？"

"我无所谓，我无须对任何人解释。我是单身。"

"我也无所谓。"

"辛强，如果被熟人传出去的话，后果会很严重。"

"无论后果多严重，我现在什么都不想。我只想和你在一起，越久越好。"

她显然被感动了，坐到我的身旁："能有多久呢？"

我无语。

尹氏集团的规模很大，据说该集团对J市的ＧＤＰ贡献率高达百分之五十。穿过集团的生活区，来到厂区后可以看到巨大的高炉如同一个个巨人，林立的绿色厂房形成一片巨大的森林。我先用工作证在厂区门口登记，按照指示的路线来到总部大门，厂卫再一次拦住我，经过电话问询后，才领到一张登记牌进入总部。在进大门的时候，又遭到另一个门卫的盘问，出示了登记牌才得以进去。

进入电梯间,我叹了一口气:"这大概和见省长差不多。"

电梯员笑了:"嗯,以他的级别,这不奇怪。"

电梯门开后,面前是一个高四米的大厅,一个警卫早就等在门口。

"您是辛先生吧。"

"对。"

"请跟我来。"

我跟着他走过一个长长的两边挂满仿制名画的长廊,走过一扇扇雕花门。整个楼道里除了我们两个再没有其他人,两个人的脚步声在走廊里回荡,这种感觉就好像我被押送到监狱里似的。一直到一个厚重的木门前,我们才停了下来。警卫按响了电铃,有人通过扬声器让我们进去,然后门开了。

我刚刚走进来,警卫就在我的身后重重地关上了门,这使我产生了一种失去自由的感觉。

大厅的一张桌子后面坐着一个漂亮娇小的姑娘。她站起来朝我笑笑:"尹总请您稍等一会儿,他向您表示抱歉,现在还有一点儿事情需要处理。"

这个小女孩的身材相当好,并不是我想象的那种精明干练,而是略带着一点点羞涩。我不明白尹右川为什么会选择这样一个小姑娘做他的前台秘书,其实她更适合做平面模特什么的。

"我必须等吗?"我半开玩笑地问。

小女孩很客气地说:"请跟我来。"

她走路姿势很好看,极具气质。我开始怀疑那些说尹右川是个工作狂的评论和传言。从尹右川选秘书的标准来看,他并非对女人一点儿都不关心,至少在审美上还是和普通人一样的。

她把我领到待客室,为我斟上一杯茶水:"您不要拘束,如果有什么需要，请喊我一声。"

这种感觉好像是初中老师面对刚入校的学生，我不由得笑起来："有必要这么严肃吗？"

她的眉毛扬了扬。

"没必要搞得这么正式吧。"

她把烟、烟灰缸、打火机、杂志等东西放在我的面前："那您随便一点儿吧。这里可以吸烟。"

她走了出去。

我仔细地打量了一下这个待客室，装修相当豪华，设施齐全，地毯相当厚实。不过最吸引我的却是墙上的照片，那是和一些国家领导人的合影，还有不少重要人物的亲笔题词，这些东西很明确地显示了尹右川的重要地位。他为什么要把这些东西挂在这里？它们本来应当是放在办公室里的。我猜想他一定是打算给初见者一种居高临下的心理压力。这的确对我起到了这样的心理效果，但我却决定抗拒。

我取了一本杂志，打开门对那个小女孩说："对不起，我准备去一下卫生间。"

"您屋里就有，那个铜狮的旁边。"

我关门的时候，听到她又补充说："尹总还有三分钟就会有空了。"

我笑了笑，关上了门，走进了卫生间。

我在卫生间一直待够了十三分钟，当我走出卫生间的时候，我果然看到小姑娘已经站在外边等我了。我想尹右川在他的办公室里也等得足够久了。我的目的已经达到，我向这个大人物表达了我的观点：我们是平等的。

尽管有足够的心理准备，但我仍然被尹右川的办公室震撼了一下。这简直是一个小型音乐厅。由于办公室是在大楼一角，两面约五米高的落地方窗，使前方风景一览无余。站在二十一层楼上，面对着如此巨大的落地窗，这种一览众山小的感觉尤其强烈。尹右川的大办公桌就在窗下。

他向我点了点头，示意我坐下。

当我刚刚坐稳时，他问我："你多大了？"

"四十岁。"

"年薪多少？"

"四十万。"我稍微夸大了一些。

他点了点头，然后拿起一叠材料开始看。

大概过了三分钟，他再一次抬起头，向我发问道："你知道为什么我要在这里见你吗？"

"我本来以为我知道，但是您问完我两个问题之后，我觉得我应当不知道。"

"嗯，你很诚实。"他笑了笑，"我们直接进入正题吧。如果给你八十万的年薪，你愿意考虑接受一个职位吗？"

我不相信这是真的，但还是笑了笑："当然愿意。"

他很高兴我的回答："前天的会上，你讲了你的广告计划。你还记得吧。"

"嗯，是公关计划。"

"你的计划有缺陷。"他说，"但从总体上来说是不错的，如果经过修改是能用的。"

我长长地舒了一口气，这正是我前来的目的。看来，三百万的利润还有希望。

"其实，你的指责使我心里很不痛快。"尹右川说。

"请您原谅，我只是……"

"我承认我的话也有让你不痛快的地方。"尹右川摆了摆手，打断了我的话，"但你的话给我留下了极其深刻的印象，你说的是对的。"

他站起来，示意我走过去。

我和他并排站在落地窗前，一起注视着鳞次栉比的厂房，冒着滚滚白烟的巨大烟囱，纵横交错的街道，滚滚的车流，一列列的火车，这是他的王国，他是这里的国王。

"你看到的这一切仅仅是一部分。我们还收购了国内四个大钢铁企业，在巴西拥有两个镍矿，在南非拥有一个大型铬矿和几个小矿，在国内拥有十七个铁矿山，我们合作的方式是发展延伸中下游产业，已经触及全国各地和世界上的一些大城市。现在人们习惯把我的公司称作尹氏集团，其实公司的名字是晋华钢企联合会，它已经不再是单独的一个家族企业，而是许多钢企精英共同的结晶。在我十一岁的时候，我成为钢铁厂的一名锅炉工，从此就再没有离开过钢铁。它就是我的生命，它和我一起长大。"

尹右川说得非常动情，他的声音打动了我。

"你前天的批评完全正确，我不需要为自己辩白。但我已经七十多岁了，我没有办法再改变自己。"他的话语中含着沧桑。

我不知道接下来他要做什么，我虽然对这个老人已经有了一些好感，但仍然在盘算着怎样签下那份合同。

"年轻人，我很喜欢你。"尹右川平静地说，"我感觉你身上与我有很多相似的地方。桀骜、自信、倔强，当然也很自私和冷酷……"

我笑了，他也在笑。

"其实换句话说，就是注重实际，是严格按照商业世界的生存法则做事情。"他停了停，"我请你来这里，就是希望你来我们的晋华钢企联合会做副主席，同时担任公关部总经理。"

我差一点儿就昏倒在地上，幸好我拼命抓住了身边的椅子。这是一个多么高不可攀的位置，竟然突如其来砸到了我的头上。而就在前天，我还以能为这个集团的董事们推销我的公关计划而感到荣幸和成功。我的人生不就是在等待着这样一个奇迹吗？一个自己一直在努力，却怀疑能不能在有生之年实现的奇迹。现在，它突然跳到了我的面前，主动地扑到我的怀里。

"我需要你这样的人才，你应当把你的能力运用到整个晋华钢企联合会上。"他说。

我极力使自己的声音不颤抖："您确定这样的任命会给您的企业带来好的结果吗？"

"这个问题留待实践去考证吧。毛主席有一句话，实践出真知。"

我明白，他对那个可以使我的公司得到三百万利润，使我个人至少得到一百五十万酬劳的计划并不感兴趣，但他却愿意给我提供一个年薪八十万、社会地位更高、权力更大的职位。

他拿起刚才那个看过几分钟的材料，继续说道："由于时间仓促，我用一天的时间搞到了也许不太详尽的关于你的档案材料。当然，为了做出这个重要的决定，我必须尽可能了解我未来的合作者。你大概不会反对吧。"

我的心情由兴奋转为疑惑，我不明白尹右川还要做什么。

"你多年来在工作上取得的成果还算是很稳健的，你在生意圈中获得的声誉也是无可指责的。还有你的家庭，非常和睦。是的，家庭对事业非常重要。不过，关于你的私生活，你必须注意。"

我再一次注意到他的眼睛，那双具有穿透力的眼睛："您是什么意思？"

"昨天晚上，你和一个陌生女人下榻在来特酒店。这个女人并不是你的妻子。"

我有一种被人剥光衣服的感觉，难道我要以私生活被监视为代价，来获取这样一个人人艳羡的高级职位吗？即使我能容忍这一点，我也不能容忍我和尹丝瑜被人分开。

"我不喜欢被监视的感觉，我的私生活是我个人的事。"

"如果要作为晋华钢企联合会的一员，特别是高层的一员，我们必须洁身自好。我们生活中的每一个小的差错，反映到工作结果上都可能会放大许多倍。差之毫厘，谬以千里。你明白吗？不仅仅是晋华钢企联合会，甚至每一个和联合会打交道的生意伙伴我们都会调查。"

天啊，这份材料上到底还写了什么？

"我想，您一定也知道昨天晚上和我过夜的那名女子的名字了。"我试探他。

他冷冷地看了我一眼："我对她的名字并不感兴趣，我感兴趣的只是你。请你理解，我所做的一切只是为了我们能够更好地合作。"

我突然产生了一种厌恶的感觉："让我考虑一下，好吗？"

他有些惊讶，这样一个职位我竟然要考虑一下。当然，像他这样聪明的人很快就明白了："我希望你不要太幼稚。除了你的妻子，你身边还没有一个女人会有这样高的价值。"

我突然想笑，其实我已经控制不住地笑了。如果他知道我们谈论的这个女人是他如女儿一般亲近的侄女，他又会怎样评价呢？"感情和事业根本就不能放在同一个天平上。"我说。

我离开了尹右川的办公室，脑袋里极不清楚，既担心又害怕。外面的阳光炽烈，但却无法照到我的内心。出了厂区，我来到一条街上，这条繁华大街上的行人，绝大多数都是和集团有密切关系的。或者是集团的员工，或者是员工的家属，还有和集团打交道的生意伙伴。站在尹右川的办公室，可以轻易地俯视所有的人。即使他看不到他们，他也有办法搞到他想要的任何一个人的所有材料。这就是尹氏集团，这就是尹右川。

我随便走进一个酒吧，要了一杯加冰的格兰菲迪。当调酒师加完柠檬汁后，竟然只问我要二十块钱。不知道是这里的物价低，还是这杯酒是冒牌的，我扔了五十块钱给他，然后坐在桌子旁。

我一边喝酒，一边飞快地转动着大脑。尹右川桌上的那份材料使我害怕，让我恐惧。如果尹右川是为了与我合作而在装糊涂，那么，如果我拒绝这个职位，我和他侄女尹丝瑜睡觉的事就不再是一件值得原谅的事。我是有家庭的。如果没有经济利益作为平衡，我这种触犯他道德底线的行为一定会遭到他的严厉惩罚。我必须不惜一切代价搞到这份材料，弄清楚我是不是已经处于一个极其危险的位置。

我想起尹丝瑜对我说的话："我的伯父并非传言中那样冷漠而没有人情味。他不会吃掉你，他只想和你做一笔交易。"

是的，的确是一笔交易。但现在这笔交易把我推到悬崖的边缘，我随时都有丧生的危险。对于尹右川来说这只是一笔普通的交易，对于我来说，我已经押上了一切。

我把剩下的威士忌一口饮尽，心在咚咚地跳，跳得我快承受不了了。我给服务员做手势让他给我满上，当我抬头的时候，看到一个熟悉的面孔，一个漂亮而精致的面孔。她是尹右川的秘书。

她朝我笑了笑，我也向她笑了笑，在我打算继续埋头思考的时候，她招招手让我过去。我不得不端着酒杯走过去。

"他可是个日理万机的人物，怎么会放你出来喝酒？"

"只要在集团，他每天十二点半就一定要回家。"

我坐到她的身边："那我陪你喝酒吧。"

她笑着说："在他回家之前，他让我给你发一个短信，但我还没有发。"

"你不用说我也知道这个短信的内容。请你转告他,我向他致以最真切的问候。"

"然后呢?"

我有些恼火:"没有然后。"

"你拒绝这个职位?"

"我讨厌这个职位,但我却不能拒绝。"我突然说出了真心话。

大概是我的声音太大了,她躲避似的向后一仰,然后道:"你不要冲着我发火呀,我只是代他传达一个信息。"

"对不起,我刚才太冒失了。"我觉得面前这个姑娘挺可爱,"你叫什么名字?"

"林丝琦。森林的林,丝绸的丝,琦是王字旁加一个奇怪的奇。"她继续说,"我要一杯巴特斯。"

当她手中的酒杯被倒满后,我向她举杯:"眼下我唯一接受这个位置的理由就是能够看到你。"

林丝琦咯咯地笑:"你醉了。"

"而且他不用付任何酬劳。"我继续补充。

"其实,尹总非常欣赏你。"

"可是我不喜欢他。"

"他原以为你会同意,他甚至已经让法务部草拟了一份合同。"

"他和他的私家侦探之间签不签合同?"

"辛总。"

"我叫辛强,你可以叫我老辛,强子。但如果你叫我辛总我扭头就走。"

"好的,老辛。你迟早会习惯这样的环境,并且学会按照他的意愿去工作。"

"我不想接受这个职务。当然,我还没有做出最后的决定。"

"他会说服你的。他想要什么,就一定会得到什么。"

她说这句话的神态让我突然有了一丝感觉:"你也讨厌他。"

"不。"她有些悲伤,"我恨他。"

我似乎被针扎了一下,一下子清醒了:"那你为什么不离开这里?难道仅仅为了一份丰厚的报酬就忍辱负重?"

"我八岁的时候,父亲死了,死于一次工伤。他是这个集团高层的一个总工程师。从那时起,我的命运就被他掌握了。"

"为什么?"

"我记得我的母亲拉着我的手走进他的办公室。我清楚地记得他从宽大的办公桌后绕到前面来,拉起我的手,那只手寒凉如冰。他告诉我的母亲,不用担心今后的生活问题。而且会抚养我一直到学业完成,甚至可以当他的秘书。我一直难以忘记这次经历。"

"后来呢?"

"他经常让我的母亲到他那里去,打听我的学习成绩、生活状况,有什么爱好,甚至有没有男朋友。"她端起酒杯喝了一口,"从那时起,我便无法摆脱他了。"

"也许在这个城市他的影响力太大了,换个城市大概可以吧。"

"我试过一次,但没有用。他的触角能够伸及任何一个大点儿的城市,我又不愿意在穷乡僻壤结束我的青春。最后,他温和地派人把我接回来,继续当他的秘书。"

我喝了一口酒:"是他把你抚养大的?"

"不。"她说,"许多人都这么说。但他从来没有和我谈过工作以外的任何话。我们之间没有感情。"

我想了一会儿:"你认为他也会派人监视你吗?"

"也许，我相信有。但我不能确定，这么多年来我没有发现任何哪怕是一点儿的可疑形迹。"

我突然冒出一个大胆的想法，也许眼前的这个漂亮小姑娘能够帮助我："你看到过关于我的那份材料吗？"

她摇摇头："我拿到手的时候，档案是密封的。"

"有没有办法让我得到一个副本呢？"

"没有，唯一的资料都放在他的办公桌里。"

"那你能不能让我看到？"

"这有什么用呢？"

"这对我很重要。"

她突然害怕起来，毕竟她并不了解我，却和我讲了这么多的东西，包括她对尹右川不好的感觉。如果我和尹右川还有什么特殊关系的话，或者说我就是尹右川的一个密探，她会陷入巨大的麻烦。

"我会帮助你。"我尽量让她相信我，"你帮我看到那份材料，我帮你离开尹右川。"

她深深地吸了一口气，挺了挺胸，这使她丰满的胸脯更具诱惑力，我把目光移开。

"我可以用手机拍下来，你就在这里等我。"她说。

"要全部拍下来，不能有遗漏。"

"毕竟我给尹右川做过几年秘书，你应当相信我能够办好这件事。"

"我就在这间酒吧等你。"

她点点头，走了出去。

我看着表，心神不安地计算着时间，三十四分钟以后，她再一次走进酒吧。这三十四分钟就好像过了三十四天。

"都弄好了吗？"

"弄好了。"她把手机递给我。

我终于看到了文件。我的全部生涯都被他搞全了，满满的五页纸。万幸的是，没有尹丝瑜的名字。我又细细地看了好几遍确信没有。

我长吁了一口气。

"你打算接下来怎么办？"

"拒绝他，然后回到T市。"

"没那么简单。尹总要得到你，你就跑不掉。"

"我不怕他，他没有理由让我留下。"

"他让我给你发的短信内容是，邀请你到他家里吃晚饭。"

"我不会去。"

"你会改变决定的。想想八十万的年薪，还有美好的职业发展前景。你的心愿广告公司也会凭借这个巨大的客户而崛起，当你把这一切都考虑清楚后，你就会清醒，重新找回理智。"

"你对一切都有结论。"

"不，我是见惯这样的事情了。"她垂下眼帘，浓密的长长的睫毛扑闪着，"他会把钱堆在你的面前，一直堆到你不能够承受为止。他还会给你描绘出一个美好的前景，你将会在他的培养下成为重要的人物，在行业内具有极高的名气，实现你在商界所有的理想。反正，最终你不得不屈服。我见过许多商界精英、成功人物，都这样被他征服了，甚至在他面前卑躬屈膝。"

"我不会屈服。"

"嗯。你和大多数人不同，在你身上看不到畏惧和胆怯，你也没有像他们那样，只把我当成一个摆设。"

她站起来，坐到我的身边："我很欣赏你。"

我几乎要跳起来，这是我没有想到的，之前似乎有所感觉，但却没有往那里想。

"我只是把你当作一个有七情六欲的人,一个有个性的人,而不仅仅是尹右川的秘书。"

她紧盯着我的眼睛:"你是在热恋吗?你还有另外一个女人。"

我点点头。

"你很诚实,这也是我所欣赏的。"

"我必须要走了。"

"好的。你先走,我一会儿回办公室。"

当我坐在出租车上给尹右川发出拒绝的短信之后,我几乎按捺不住自己的兴奋。有谁能够坚决地拒绝八十万元的年薪和副主席的位置呢?同时还对一个纯情美少女的示好淡然处之。美女和金钱都被我毅然决然地扔到了一边,这让我有些飘飘然,得意万分。

我进入宾馆的时候不由得哼起了歌,一下电梯我就迫不及待地奔向我的房间,推开门,喊着尹丝瑜的名字,我要告诉她今天我做了一件多么伟大的事,而这一切都是为了她。

但屋中空无一人,我顿时泄了气,甚至有想哭的感觉。难道她离开了?这么快就离开了我?这场梦结束了?

不过,我很快在茶几上发现了一张便条:

亲爱的:

我去美容院了,我在宾馆里等你已经够久了。希望你也能等我,最晚在下午六点钟回来。

尹丝瑜

我提起的心立刻放下来，我倒在沙发上放松全身，然后用手机打通了林顺德的电话。

林顺德紧张地问："情况怎么样？签合同了吗？"

"不怎么样。尹右川想让我为他的公司干。"

"他开出什么样的条件？"

"年薪八十万……"我还没有说完，已经听到林顺德惊讶的声音，我继续，"职位是晋华钢企联合会副主席，兼任公关部总经理。"

"天啊。"他羡慕地发出啧啧的声音，"那你什么时候到任？"

"我不同意。我已经告诉他我不想担任那些职位。"

"我没有听错吧？八十万元年薪，还有那么高的职位，你拒绝了？"

"我拒绝了。"

"老辛，你知道你在做什么吗？你放弃了你事业中的最高理想，你曾经不止一次和我说过这个梦想，怀着无限的憧憬。今天就要实现了，你却自己把自己的梦想击碎了。今后你再也不会遇到这种机会了，你会后悔一辈子的。"

"我只需要一个三百万的合同，而不是一个年薪八十万的高级职位。"

"如果你是晋华钢企的副总，我们的公司可以得到总额比三百万还要多的合同。你可以暗暗在公司保留你的股份，年终你照样可以分红，总经理年金也是你的。"

"你不用说了，我已经拒绝了，我还是老板。"

"你在拒绝这个职位的同时，已经失去了这个合同。"林顺德充满了失望。

"我知道。"

林顺德沉默了，过了好一会儿，才听到他强打着精神对我说："如果你坚持的话，我听你的。你今天回T市吗？"

"不，我和尹右川还有事情要谈。"

"好吧。"林顺德放下了电话。

我给吴梅拨了电话："你还好吗？"

"很好，你不用担心。你听上去很疲倦啊。"

"是的，尹右川很难对付。"

"你一天都在和他谈判？"

"对，他让我担任集团副职，年薪八十万元。"

"很好，但你好像不高兴。"

"对，我是心情不太好。我拒绝了他的职位，当然，合同也泡汤了。"

"我相信你的判断。"吴梅对我充满了信任，我竟然一时语噎，不知道该说些什么。

"今天还有什么事吗？"她问。

"晚上我要和尹右川吃晚饭。我想争取一下那个合同。"

"祝你顺利，不要有任何担心。"

我已经被愧疚的感情紧紧扼住，不得不换一个话题："淘淘怎么样了？"

"昨天打了一个电话，说他病得很厉害，已经不能去上课了，在宿舍里休息。"

"感冒持续这么多天了，一定要说服他去医院。"

"我真想去上海看他。"

"他是大小伙子了，能照顾好自己。"

"我特别担心，不知道为什么。"

"不会有什么大病的。"

"好的。你快点回来，我想你。"

"我也想你，我会很快回去的。再见。"

放下电话，我心情很不好。我是个骗子，我这样对自己说。但一想起尹丝瑜，我立刻兴奋起来，她的眼睛、鼻子、嘴巴，她纤细的身材、她温柔的话语，她一切的一切，对我来说都是完美无缺的。我闭上眼睛，她的影子又浮现在我的眼前，我舍不得睁开眼睛，我要把她看个够。

疲惫的我睡着了。

尹丝瑜从美容院回来时，我已经睡足了。当我睁开眼睛看到她时，第一个动作就是用双手捧起她的脸。

"你这是做什么？"

"谢谢你。"

"为什么？"

"你帮我实现了人生最美的梦。"

她也抱紧了我。

狂热之后，我告诉她今天发生的事，但保留了我被监视记录的那一段。我不希望她为此而担心。

"你做了一件愚蠢的事。"她说。

"我需要自由，这正是你伯父不能给我的。"

"你们可以找到一个平衡点，互相让一步。我想我能够帮上一些忙。"

我有些生气，我所做的一切都是为了她，而她却不能理解。如果她参与到这事情中间，只会更糟糕。

她继续唠叨："你太骄傲，你总是不肯求助于他人。"

我没办法向她解释，除非告诉她真相。我独自生着闷气。

"至少你应当给伯父打个电话，礼貌地告诉他你不能去了，找一个合适的理由，而不是只发几个字的短信。"

我实在忍不住了，冲着她大声说："我才不管他会怎么看我呢！我只需要告诉他，我不想去。"

我起身下床，气冲冲地穿衣服。

她在我的身后笑起来："你可真像一个小孩儿。"

她的笑声冲淡了我的怒气，我回头也向她笑了笑："好了，出去吃饭吧。"

我们刚刚走出宾馆不久，一辆轿车停在了身边。

车窗摇下来，一个头发花白的老人探出头来。

"爸爸。"我吃了一惊。万幸的是，为了防范尹丝瑜的伯父，我没有和她在大街上牵手而行。

"今天下午我打电话给吴梅，她说你就在 J 市。"

"哦。"我有些尴尬，"我正打算去看您。"

"我知道你在干一件大事。上车吧，还有你的朋友。"

我坐到了前排，尹丝瑜坐在后排。

"这位女士要去哪里？"

"她是尹右川的侄女，我们是朋友。"

"伯伯好，我正好在集团和辛强遇到，因为是老朋友，所以请他吃饭。"

父亲点点头。他已经六十五岁了，退休前是省厅公务员，母亲去世后就回到 J 市的老家住，虽然他所有的亲戚几乎都已经搬离了这个城市，他仍然愿意回到年少时生长过的地方，这大概也是因为落叶归根的情结吧。

"我知道一个不错的饭店，我送你们去。"

"您还是先回家吧，吃完饭我会去找您。"

但父亲坚持要送，我们只好无奈地听从。

"辛强一直喜欢和漂亮女孩交朋友。"父亲调侃。

"我终于知道您的儿子为什么那么会夸人，原来是继承了您的基因。"尹丝瑜笑着。

"他比我出色多了，孩子。"父亲自豪地说，"他有一对龙凤胎，儿子打篮球非常棒，女儿既漂亮又聪明。"

"辛强和我说过。"

"他是个好丈夫，对妻子很体贴；也是个好爸爸，一个负责任的父亲。"

我不明白父亲为什么这样说，就好像提醒尹丝瑜不要对我有非分之想似的。这真是中邪了，我暗暗想。

"爸爸，您说的这些她大概并不感兴趣。"

"不，我很喜欢听。"尹丝瑜笑着，我看到她漂亮又洁白的牙齿。

在尹丝瑜的鼓励下，父亲滔滔不绝地讲着，一直倒叙到我的童年。J市并不大，真不知道，他怎么会开这么久。

终于到达目的地的时候，我如释重负。

"吃完饭你给我打电话，我开车来接你。"

"不用了，我可以打车回去。"

"反正我没什么事，就这样。"

"好的，爸爸。"

父亲开车走了。

我看着父亲那辆车的影子，对尹丝瑜说："他讲了我很多不好的地方。他对我有一些偏见。"

"恰恰相反，我认为他为有你这样的儿子而骄傲。"

"吃完饭后，我会给他打个电话，告诉他有事不能过去了。"

"不,你这样做太危险了。你不是告诉吴梅晚上是和我伯父吃饭吗?你怎么解释吃晚饭的人换成了他的侄女?和一位单身女士吃完饭后,深夜不归,即使有再充分的理由,也会让人不舒服。"

"其实我们在旅馆吃饭就行。"我懊丧地说。

"现在说什么也没用了。"

"好吧,明天我会联系你。"

她突然流泪了,我把双手放在她的肩上。她推开了:"这是在J市,我伯父的地盘。"

我收回双手,和她一起走进了饭店。

从饭店出来,我打电话让父亲来接我和尹丝瑜。先把尹丝瑜送回宾馆,再和父亲回他的家。

在车上我给吴梅打了个电话,告诉她我和尹右川的晚宴取消了,现在正和父亲在一起。

"你累了,好好休息。"吴梅说。

"嗯。我知道。"

在父亲的家中,我和他闲聊了一个多小时,然后睡觉。父亲再没有提起过尹丝瑜,我紧张的神经也慢慢松弛了下来。

第二天一大早我就起来了,立刻拨通了尹丝瑜的电话。

"你还在那里吗?"

"不,我在伯父家。"

"为什么不等我?"

"我需要和你解释一下。"

这句话像一只大手一样紧紧地揪住了我的心:"解释什么?"

"你不属于我,辛强。"她轻轻地说,"昨天晚上我总算想明白了,我和你在一起，准是昏了头了。"

"是因为我父亲给你讲的那些东西吗？难道你不了解我吗？"

"我太了解你了。"她说，"正因为如此，我不知道以后该怎么跟你交往。我们一开始就是错误的。"

"丝瑜。"我痛苦地叫她的名字。

"也许，是因为我感到太孤独。"她的声音越来越低沉，"程建朋走后，我再也没有跟男人在一起过。我把你当成了他的替代品，是我太思念他了。"

"不，你在撒谎。"

她缓缓地说："无所谓你怎么说。我只知道你并不属于我，我不可能得到你。我现在能做的只是尽快地远远逃开，以免深陷其中，无法自拔。到那个时候，我会更加痛苦。"

"可是我爱你。对我来说，你是不可替代的。当我们在一起的时候，我充满了幸福，我相信你也是。"

"这没有用。感情代替不了现实，我们无法抗拒世俗，我们赢不了。我也不想伤害任何人。"

"你不能离开我。"

"我不会离开你。"她平静地说，"我们还能再见面，但就像从来没有见过面一样。"

我的心痛苦地抽搐着："也许你可以做到。但我即使能假装自己从来没有出世，也不能面对你而心如止水。"

"我已经决定了。"她又给我心上捅了一刀，"我给你打电话还有一件事，伯父今天要去见你，我已经把地址告诉他了。他以前从来不会这样做，希望你能珍惜这次机会。再见。"

电话被挂断了，我跌坐在椅子上。我走出房间，在客厅里找到一瓶酒，是一瓶五粮液。父亲退休后就戒酒了，我好久以前送他的这瓶酒一直放到了现在。我把酒和一个杯子拿到卧室，关上门，一点点地慢饮。

哦，我的世界不再有梦了。梦醒了，那甜蜜的快乐，那狂热的兴奋，那美妙的感觉，如幻象一般消失了。什么都没有了。

我喝了一杯又一杯，感觉不出酒的味道，只有头脑被刺激得一阵阵发晕、发麻。我开始抽泣，然后是痛哭、号啕大哭，泪水奔涌而出。

不知哭了多久，父亲在门外叫着我的名字，问我怎么回事。

"没有事，我很好，你走开。"我继续大哭。

卧室的门被父亲狠命地敲，他一定要让我开门。

我没有理他，继续哭，直到满头是汗，声嘶力竭。

"尹总来了。"父亲在喊。

"那你来招待他吧，我谁也不想见。"

"是尹氏集团的尹右川来了。"

"我说过，请不要打扰我。我没有办法见任何人，请原谅。"

门外没有了声音。

当我感觉哭累了的时候，我穿上衣服，打开了门。

父亲就站在门口，他一直没有走开。

"你怎么啦？"

"没有事。"

"他走了。"

我没注意到父亲说什么，绕过父亲，冲出门去。

外面刮起了风，我迎着风漫无目的地走着。我这是在做什么？我这几天的所作所为都像是一个孩子。这世界上我想要的东西，老天爷都给我了，美女、金钱、地位、家庭、孩子……我还想要什么呢？为了一个女人值得吗？

理智告诉我，不值得。但一想起她的面容、她的声音、她的微笑、她的步态，我就难以控制自己。我拼命地奔跑，想要把她的一切甩在身后，但我做不到，她在我脑海中总是挥之不去。我大声地向那个影子喊："你走开，不要折磨我了！"

但没有用，她还站在那里。

我突然清醒了，我看到一些人在看我，我站在一条街的拐角上，一个老人走过来："小伙子，喝多了吧。"

我摇摇头。

随便找个理由搪塞过父亲后，我回到了T市。我没有回家，径直来到了公司。面对所有的工作，我一点儿也提不起兴趣。我站在办公室窗前，从十七层俯瞰着这个城市，什么都不愿意想。

这时通话器响了，唐格格在那边说："西航的刘总来电。"

"接过来。"我不能拒绝这样一个人的电话，我每年百分之三十到四十的营业额都是从他那里取得的。

刘总在电话里随便寒暄了几句，我听得出他好像有什么张不开口的事情，于是说："我们是老朋友，刘哥，有话直说吧。"

"好吧，你不要怪我。"

他说完这句话后，我已经不需要再听下去了，我知道他要说什么。

"明年的合同取消了。我不得不这样做。"

"为什么？"这句话正是我所预料的，我只想知道为什么。

"你干得相当好，如果没有其他原因的话，我们会继续合作。"

"那是什么原因呢？"

"我的资金流动出了一些问题。"

"这和我们的合同有什么关系？如果你想减少公关投放金额，你完全可以随便减,这在合同上写得很清楚。"

"不是这么简单,我很难办。我很信任你,我也知道你是一个相当好的合作伙伴,但是我只能这样做。"

"有人威胁你。"我恍然大悟。

"如果我继续和你合作,我的融资将遇到很大的麻烦,我会损失惨重。"

"你不用解释了,我理解你。就这样,我们解除合同。"

我放下电话后,呆立了一会儿。我没有想到尹右川的触角会伸到金融界。也许,在他的身后,我没有想到的事情还有很多很多。

我给林顺德打电话,但是电话没有人接。接下来就是一个一个的解约电话,一直持续到中午。一上午我失去了百分之八十的营业额。但我知道,事情远没有结束,下午我又接到两个电话。

"这只是开始。"我对自己说。在断去我的退路之后,尹右川将会一点点儿把我的公司掐死。我的公司会完蛋,这就是最后的结果。

晚上我回到了家中。

"有林顺德的消息吗?"我无精打采地问吴梅。

"没有。他没有给我打电话。我给他打电话,通了,但他没有接。"

我心中一直有一个疑团,尹右川是怎么迅速搞到我所有的客户名单的。照这个趋势,明天中午之前我就会和全部的长期客户解约。他不可能这么迅速。

"你怎么啦?"吴梅心事重重地问。

"非常糟糕,我要破产了。"

"为什么这样说?"

"尹右川开始报复我了,一天之内我丧失了八成的长期客户。事情还没有完,最多不超过三天,我会一个生意都没得做。"

看得出，吴梅突然轻松了下来："还有呢？"

"这些还不够吗？我想不出还有比这更糟的事。"

"有。"

我困惑地看着吴梅。

"我以为比这更糟的事就要发生了，我已经好多天为此而不安。"

"什么事？"

"我以为你要离开我。"

我的肌肉僵直了一下。

吴梅继续说："这些天你表现得相当古怪，我以为我会失去你。我讨厌这种预感，但我无法说服自己。现在我明白了，是你生意上的问题，与我们的感情没有关系。"

我无法回答，只能沉默。

"自从你和尹氏集团谈起生意后，你就慢慢地变了，和我疏远了，和孩子也不是很亲近了。"

我低下了头。

"当我知道这一切都是因为生意的原因时，我真的是松了一口气。"

"一切都会好起来，"吴梅坐到我的身边，搂住了我，"只要我们在一起。"

琳琳去了同学家，晚上只有我和吴梅在一起。

吃晚饭的时候，我把公司的详细情况告诉了她。

"林顺德为什么一整天都没有出现呢？"

"我想，他可能知道今天要出事。"

"他出卖了你？！"吴梅瞪大了眼睛。

"利益、虚荣，有时候可以让人放弃友情和良心。"

"这么多年，是你提携了他。"

"也许，站在他的立场上，是他帮了我不少忙。"

"可能只是巧合。"

"我也希望只是巧合。"

这时有人按门铃，视屏对讲器上显示出兰左青的身影。

我惊喜地打开门，迅速下楼去迎接他。

"我必须和你好好谈谈。"兰左青一进门就和我说，"你到底想做什么？你为什么要自己毁了自己？你还是你吗？你已经变样了，变得愚蠢了，我真不明白。"

我并不想回答他的问题，我把他的衣服挂在客厅的衣橱上："想喝点儿什么？"

"不必。"他说，"你为什么要和尹右川斗？"

"我没有。我只不过拒绝了那个年薪八十万的职位。"

"即使你不愿意，也应当好好和他谈谈，而不是把他拒之门外。这样一个人物亲自来找你，你竟然闭门不纳。你把他赶出了你家。"

"我没有赶他，我不见他是因为我很忙。"

兰左青露出既惊讶又哭笑不得的神情："你的确不正常。他只要伸出一根指头，就可以把你的公司碾得粉碎。你竟然说没时间见他。"

"对，他已经开始行动了。我今天损失了八成客户。"

"怎么这么快？"兰左青也觉得可疑。

"就是这么快。你怎么知道我的事？"

"广告界已经传遍了。你和钢铁巨头干上了，这可是大新闻。"

"你说怎么办？"

兰左青沉默了。我们和尹右川比起来，就是蚂蚁和大象的差别。无论任何反击行动，都会因为量级相差太大而变得毫无意义。

过了很久，兰左青突然打了个响指。

我抬起头。兰左青兴奋地说："你可以找尹丝瑜。"

听到我还有机会和尹丝瑜接触，我的心立刻狂跳起来。但我还是不明白："找她有什么用？"

"尹右川相当宠爱这个侄女。只要她出面去和尹右川说，你帮过她不少的忙，我想尹右川会考虑放过你。"

我摇摇头："不，不能这样。"

"尹丝瑜一定能够做到。我了解她和尹右川的关系。"

我寻找着托词："这和尹丝瑜没有一点儿关系，我怎么能因为帮过她，而以此为功，低声下气地求她去为我求情呢？"

"但你的确帮了她不少的忙。难道就不能让她帮助你一次吗？"

"不行！"我坚决地说，"我不想让她和这件事情扯上任何关系。"

吴梅插话了："这是关系到你事业存亡的大事，你不能再顾及个人的面子了。尹丝瑜一定会很高兴地帮助你。因为你说过，她喜欢你，你也喜欢她。"

"对。"兰左青说，"尹丝瑜和罗佳提到过你，她对你非常有好感。"

我和吴梅说过这样的话吗？什么时候说的？是电话里，还是在家中？吴梅一直把这句话藏在心中，只在这关键的时刻才拿出来劝说我。我不知道我算不算也被吴梅蒙在鼓中，她一直在观察我。

我站起来，坚决地说了一个字："不！"然后走了出去。

深秋了，天气清寒，繁星璀璨，遍布夜空。我出来的时候没有穿外衣，坐在台阶上轻轻地发着抖。我不想进屋，我知道吴梅和兰左青一定还在商量着这件事，但我没办法和他们谈下去。我不知道该怎么办。

我抬头看了看这个小区，亭台楼阁，庭院深深，草木葱茏。十幢高层建筑和一片联排式别墅组成了这个高级小区。它紧靠着滨河东路，交通非常便捷，离市中心也相当近，办任何事都很方便。也许，我要卖掉这幢房子，节省一点儿的话，卖房子的钱足够我无所事事地坚持到退休了。

琳琳回来了，她发现我坐在门前的台阶上，隔着老远就喊道："爸爸，你为什么坐在外边？"

"我在呼吸新鲜空气。"

琳琳飞奔到我的身边，坐在我的一旁，悄悄地问我："你和妈妈吵架了吗？"

"没有，宝贝。是生意上出了点儿问题。"

"送结婚纪念日礼物的事，我一点儿都没向妈妈透露。你要给她一个惊喜。"

"谢谢你。我想她一定会非常高兴。"

琳琳犹豫了一会儿，然后说："爸爸，妈妈最近很不高兴，脸色一直很忧郁。"

我嗯了一声。

琳琳继续说："我在杂志上看到了尹丝瑜的照片，她非常漂亮。"

"对，很漂亮。"

"爷爷说，她爱上你了。"

我差点没喘过气来。父亲什么时候和孙女说这些了？难道他也失去理智了？"爷爷总是这样，他以为全天下的女人都会爱上我。"

"不，爷爷说很有可能。我觉得你有这个魅力。"

我笑了："你不是经常说我老了吗？而且不懂浪漫，不明白你妈妈为什么会看上我。"

"你也有可能会爱上她。"琳琳看着我，"电影里的人就经常……"

"那只不过是电影。"我打断她。

"其实也没什么。尹丝瑜要是爱上你，她会知道，她永远不可能得到你。"

被我深深埋在心底的痛苦又被这孩子掏了出来,我不能再继续和她说下去,我知道我会受不了的。我站起来:"我们进屋吧。兰伯伯来了,他一直在问我你在不在,见到你他会很高兴的。"

这一夜,我辗转反侧。

第二天送兰左青去机场的时候,一路上他都在劝我去试一试。

"如果你不愿意去找他,我去。"

"不。"我一次次地重复这个字。

最后他放弃了说服我的想法:"你太骄傲了。骄傲过分了就是愚蠢。"

我握住他的手:"一切都会好起来的。"

"会的,一定会的。"他的手非常有力,甚至给我增添了一点儿信心。

他向机场走去。

我向他的背影喊道:"这才是开始。"

他愣了一下,转过身:"什么?"

"我和尹右川的战斗才刚刚开始。"

他大笑:"你的确是疯了。"

回到办公室的时候,唐格格告诉我林顺德已经在我的办公室里等我了。

我快速推门走了进去,只见林顺德坐在我的办公椅上,急匆匆地写着什么。他看到我后,立刻站了起来。

我伸手示意他坐下,然后坐到了沙发上。我没有说话,只是盯着他。

他被我盯得很不自然,清了清嗓子:"老辛……"

我打断他:"椅子很舒服吧。"

林顺德的脸红了,他迅速地站起来,从办公桌后走出来。我仍然保持着微笑:"你为什么不早点告诉我,你对这把椅子非常感兴趣。"

我站起来,坐到办公桌后的椅子上。林顺德手足无措地看着我。

"对不起。因为我不去当尹右川的副手,使你不能够坐上这把交椅。不过,你已经开始行动了。"

"老辛,我只是想帮你。"

"帮我?"我冷笑,"你只是想帮你自己。"

"你错了。自私的是你自己。"林顺德冲我吼道,"是你把整个公司推到了深渊,而不是我。不对吗?因为你只考虑你自己,你从来没有为公司的任何人考虑过。"

我感觉很舒服。我讨厌和林顺德拐着弯说话,我担心他说话躲躲闪闪。而现在,我们可以直接交锋了。

"你昨天去哪里了?"我问他。

"我找了尹右川,我希望能帮你摆脱困境。"

"结果是什么?你出卖了我!"

"尹右川告诉我,那天你把他赶走之后,他就决定把你搞垮。"

"所以你把公司所有的合作者名单都交给了他,让我失去了所有的顾客,所有的生意。这就是你帮我的结果?"

"我无所谓你说什么。我要对公司里所有的人负责,而不单单是你。是你让他们失业,而我要挽救这个公司。"

"说吧。你出卖我,从尹右川那里得到了什么样的报酬?"

"如果你同意让步,尹右川愿意同你和解。"

"怎么让步?保留股东,从公司董事长的位子上退下去?"

"不,你必须完全离开公司,一点儿痕迹不能留下。当然,除了退股的股金，你还会得到一大笔钱。"

"我很想知道有多少。"

"一百万。"

"你很慷慨。"

"我一向慷慨。我有必要提醒你，你的公司其实已经一文不值，如果我不接手，它连一分钱也赚不到，它只会变成一个吃钱的无底洞。"

要么关门倒闭，要么卖给他人。我很清楚我只有这两个选择。但我绝对不能把自己的公司拱手相送给这个白眼狼。

"这一百万也是尹右川提供的吧。"

林顺德的眼睛闪过一丝尴尬。

我心平气和地说："其实我对你的建议很感兴趣。因为我要为公司所有员工负责。"

林顺德掩饰不住内心的狂喜："你说得很对。"他向我走近。

"这个公司是我一点一点建立起来的。我不能让他完蛋。如果按你的建议，公司得以保留，而我还能拿到一笔钱去干其他事。"

林顺德不再掩饰他的喜悦，咧开了嘴，满脸都是笑："其实你很能干，老辛。你想想，尹右川能亲自到你的家中去请你，有几个人能做到这一点呢？"

"所以，"我笑着说，"像我这样的人，未必就不能渡过这个难关。我要对整个公司负责，我不能为了一百万而出卖他们。"

林顺德的笑容僵住了，他显然没有料到我会这样说："可是，可是……"

"就是我的一条狗，我也不会交给你或者尹右川。何况是与我并肩作战的战友。"我按下通话器按钮，对唐格格说："让所有的人，包括清洁工，全部来我的办公室。"

我抬起头:"所有的人并不包括你,你可以出去了。"

林顺德极力想说些什么,但想了一会儿还是转身走了出去。

我向我的员工说明了公司目前的情况。我在心中许了很多愿,力图给员工们描绘一个振奋人心的前景。但我还没有来得及说出这些,他们已经表明态度要跟我走下去,甚至有几个人声明愿意减薪。我深受感动,接下来我能说的只有感谢的话,同时拒绝了减薪的建议。我和他们一一握手,互相打气。当送走所有人的时候,我才感觉到办公室不寻常的宁静。

现在才上午十一点钟,往常这时候电话铃是一个接一个的,但现在静得可怕。我知道,这表示公司已经奄奄一息了。就在我沉思的时候,唐格格的声音从通话器中传进来:"尹丝瑜女士来了。"

"让她进来。"我的心情突然振奋起来。所有的磨难都抵不上能再次和她相聚,她终于找我来了。

当尹丝瑜走进办公室的时候,我迫不及待地迎过去,但她满脸的悲伤,让我和她之间有了距离。

"你的脸色不好。"我说。

"你也一样。"

"丝瑜。"我抓住了她的双手,然后进一步想拥抱她。

她奋力挣脱出来:"不,辛强。一切都过去了,即使我们不能忘记,但也不要重提。"

"不,我不想结束。"

"我犯了错,你也一样。请不要再逼我了,我只想和你做普通的朋友。"她哀求我。

"你还爱我吗?"

"我不想回答,如果你一定要问,我只好离开。"

我放开了她，回到椅子上坐了下来。我注视着她充满忧伤的眼睛："你来这里就是为了再折磨我吗？"

"你现在的情况有我的原因，我想帮你。"

"与你毫不相干。你伯父也不知道我认识你。"

"我已经看过那份报告了，这是你和他闹翻的直接原因。你是在保护我。"

"不，我在保护我自己。我是个自私的人。"

"你这句话没有说服力。"

我没有再反驳，而是问她："你怎么会看到那份报告？"我突然想到了林丝琦，难道是她告诉尹丝瑜的？

"是伯父告诉我的。"她说，"他为你花费了不少的心血和时间，他所做的一切都是为了你好。可是你却那样对他。"

"他不是一个随便发善心的人。利益在他的心目中高于一切。"

"可是你要是答应他，你会跨上一个相当高的平台，你事业的发展将少花费几十年的奋斗时间，甚至你一辈子也达不到那样的高度。"

"谢谢你伯父的好意。他太关心我了，以至于弄得我一无所有，倾家荡产。"

"你可以和他好好谈谈。"

"不必。我和他没什么可谈的。他已经打倒了我，当然我还会站起来。我准备迎接他的下一拳，然后再倒下，直到被他彻底打垮。"

"我真的很难过，我不想看到你这样。"

"你不必难过，因为我并不难过。在这个世界上，你想得到你想要的东西，就必须付出代价。我付出了代价，我觉得这个代价很合理。"

她站起来："你打算怎么办？"

"你叫我怎么办？"

"伯父在看着你,他不希望你倒下。他把你当作他的对手。"

"你让我怎么和他斗,挥舞着军用铁锹向他冲过去?"

"我很想帮助你,我能做些什么呢?"

"我不知道。我没办法和尹右川斗,我所有的生意伙伴都被他要挟了。"

"可以找一下晋华钢企联合会的其他董事,我和他们认识。他们中大多数人都对你的计划很有兴趣,对你也有好感。"

"他们应当和你的伯父更齐心一些。"

"恰恰相反,有一些人并不喜欢他。"

"值得试一试。"我看到了希望,"哪一位最不喜欢他?"

"田行健,董事局副主席,他比较有威信。"

我点点头:"我现在就给他打电话。"

她的脸上露出灿烂的笑容:"这就对了,要赶紧行动起来。"

我因为她的笑容而心情大好,我知道她的笑容是为了我。这就是尹丝瑜,我深爱的人。

她告诉我田行健的电话号码,但对方关机,办公室电话也没有人接。

"下午他肯定开机。"尹丝瑜说。

"我们可以先吃午饭,然后再联系他。"我说。

当我走到她身边的时候,我还是情不自禁地对她说:"我真希望你是我的合伙人。"

"你还是小心一点儿好。"她笑着说,"我很有可能抓着你不放,你会没办法摆脱掉我的。"

"可是,现在想逃跑的是你而不是我呀。"

她收起了笑容:"我们还是做朋友更好。"

我站在她的对面,久久地凝视着她,直到她的眼神变得慌乱。她喃喃地问:"难道就不能做朋友吗?"

"我想可以的。"我说,"但那是当爱情成为过去的时候。"

中午时分,几家好点儿的饭店都挤得满满的,我找了个熟人经理才得到一个不错的位置。我和尹丝瑜一边用餐,一边向她讲着我创业时的经历。有时候,回忆成功可以给人更多的信心。

正当我们聊得尽兴的时候,一个人走过来和我打了声招呼,而且他认出了尹丝瑜。我心里暗暗叫苦,他是某通讯社的记者。一个钢铁巨头的女继承人,和被这个钢铁巨头折磨得要死要活的广告商共进午餐,虽然算不上什么大新闻,但也足够在报纸上占去豆腐干那么大的一块版面了。作为一个通讯社,这个消息将会被众多的媒体转载。

等他走后,我看看尹丝瑜:"如果那个记者再加上几句想象的话语,你的伯父将会非常生气。"

她勉强笑了笑:"没关系,我们是朋友。"

这时我接到了吴梅的电话。我告诉她,我很好,尹丝瑜答应帮助我。

"她会和她的伯父谈你的事吗?"

"不是他的伯父,我永远不会向这个人屈服。我正在设法和董事局的其他几位重要成员联系,也许他们有足够的影响力。"

"哦,是这样。"听得出吴梅很失望,她对这个计划并不抱希望。

"我只能这样做,没有其他出路。"

"你见到小林了吗?"

我把上午的事讲了一遍。

她沉默了好一会儿,最后叹了一口气:"没想到真的是这样。"

"没关系,会好起来的。"

"我还想说件事。"她犹豫着。

"你说吧。"

"你还是请尹丝瑜和她的伯父谈一谈吧,这是最好的办法。"

"不。我说过我宁愿被他打垮,也不会向他屈服。"

"淘淘给我打电话了。"

"他怎么样?"

"他说他身体好了,明天就可以上课。"

"太好了。我说过他的身体很棒。"

"我不知道怎么回事,最近总是心事重重,心情一团糟。"

"想开点儿,没什么大不了的。"

"我知道。"

"好了,我正在吃饭。"

"你身边有人吗?"

"对。"

"尹丝瑜?"

"是的。"

她又沉默了几秒钟:"替我谢谢她,谢谢她对你的帮助。"

"我会转达的。"

她没等我再说什么,很快挂断了电话。我只好对着无声话筒说道:"再见。"

我对尹丝瑜说:"吴梅让我谢谢你。"

"看来她很不喜欢我。"尹丝瑜看着我。

"你怎么会知道?她从来就没见过你。"

"我理解她。"尹丝瑜看向窗外,"如果我处在她的位置,我甚至会恨现在的我。"

回到办公室后，我又给田行健打了电话。这一次通了，但田行健显然对这件事不感兴趣。他告诉我，这个广告计划虽然很好，但他没有想过一定要付诸实施。而且，我低估了尹右川的影响力。只要他不同意，这个计划无论如何也没有办法付诸实践。关于对我客户的控制问题，田行健也表示无能为力。虽然有几个董事会成员对我有好感而讨厌尹右川，但没有必要为了我和尹右川闹翻，至少现在不是时候，也没有合适的机会。

我放下电话，向尹丝瑜说清了情况。

"你必须让我和伯父谈一次，这是最好的办法。"尹丝瑜说。

"不。我要找其他出路。"

"还能有什么办法？"

"我不知道，车到山前必有路。"

"现在就在山前，你的路呢？"

我默然。

"事情比你想象的要严重得多，我丈夫的一个朋友有过与你同样的经历，他是一个律师，最后一蹶不振，走投无路，只好离开这个城市在一个乡村隐居起来。你必须放下你所谓的尊严。"

我似乎看到了一丝光亮："你能不能详细讲讲你丈夫的那个朋友。"

"程建朋只和我提过一次，他因此事对我伯父也很有成见。"

"你伯父和你谈过这件事吗？"

"没有。"

我有强烈的预感，我已经在陡峭的绝壁中找到了一根可以攀爬的绳子，帮助我脱离险境，虽然我还不是很确定。

"名字，我需要你告诉我他的名字。"

"我只记得他姓白。"

"他和你的伯父之间发生了什么事？"

"是七年前公司上市的事。"

这个姓白的律师攻击晋华联合钢企存在的一些财务问题，当然他也是受雇于晋华联合钢企的竞争对手。但他失败了，并且遭到了报复，不得不离开这个城市。那个雇用他的企业，在不久后被无情兼并。

我立刻给北京的兰左青打电话，直截了当地问他："七年前晋华联合钢企上市的时候，是不是遇到了一些麻烦？"

"对。是财务上的一些问题，不过后来还是顺利上市了。"

"你能不能查出来当时是谁负责调查这些问题的，还有举报者。"

"我可以查出来，你有什么用？"

"我一时说不清楚，但我保证非常重要。"

"明天晚上给你消息。"

我打电话的时候，尹丝瑜一直在迷惑地看着我。当我放下电话时她问我："你发现了什么？"

"这是一个机会。你把你知道的关于那件上市案的所有情况都跟我讲讲。"

"好的，只要对你有用。"她把她所有知道的都讲了一遍。她一边讲，我一边记录。

处理完所有的事情后，已经是五点多了。我和尹丝瑜走下办公楼。

"我们要去哪里？"

"随便走走，你可以陪我走一段路吗？"

她点点头。

我开车到滨河路，我们下了车，顺着滨河公园一直向南走。我们就这样默默地走，谁也不说话，一直走到夜幕降临，华灯初上。

"一起吃晚饭吧，我饿了。"

"你应当早一点儿回家。"

"你害怕我？"

"不。"她看着前面的路，"我只是觉得做朋友对我们都有好处。"

那种熟悉的离别之痛再一次泛起，她还是要离开我。"你和我待了一整天，难道一点儿都没有想过要改变主意？"

"我来只是为了帮助你，是为了工作上的事，不涉及感情。"

"你是在找借口。"

"我不需要借口。"

"不，是借口。"

"我不想和你争吵，我累了，请让我回家。"

我不再说话，和她一起走出公园，替她拦了一辆出租车。我又顺着原路回到停车的地方。

我回到家的时候已经八点半了。我走进客厅时吴梅正在熨衣服，她看了我一眼，我从她眼光中看到了怨气。

我故作自然："我们忙了一整天，总算有了点成果。"

"你们？你是指你和尹丝瑜？"吴梅满怀怨气地问。

"你为什么生这么大的气？"

"你和尹丝瑜真的是很忙呀，都没有时间打电话回来告诉我，你不回来吃饭。"

"哦，"我拍拍脑袋，"对不起，我真的是忘了。今天的事太多了。"

"如果换了她，你就什么都忘不了了。"

"昨天是你让我找她，今天我找到了她，你又埋怨我。你到底想怎么样？"我没好气地对她说。

"我不想怎么样，我就是不高兴。"

"那你又要我怎么做？现在公司正在生死攸关的时候，你却因为我忘了给你打电话而生气。"

"如果你觉得你的事无比重要，那就不要跟我浪费什么时间了。"

"你难道要我像孩子一样每隔十分钟就向你报告一次我的行踪吗？你能不能让我好好静一静！"

她气得呆立在那里，脸色发白，眼睛里含着泪花，足足有十分钟，然后走进卧房。

我随便找了点吃的，填饱了肚皮，走向卧室。当我扭转门把手的时候，我发现卧室门被反锁了。我敲着门，轻轻呼唤着吴梅的名字，但里面没有应答。我敲了有三四分钟，知道吴梅无论如何是不肯开门了，只好转头回到客厅。

这是结婚以来她第一次将我拒之门外，我坐在沙发上抽了一支烟，发了好大一会儿愣，然后走进了淘淘的屋子。

早晨是我自己找到的衣服，总算马马虎虎还合身。喝了一杯奶之后，我看到了今天刚送来的早报。上面的确用豆腐块那么大的地方写着关于我和尹丝瑜的消息。消息在说明了我们两个人的身份以及在餐厅共进午餐的事之后，用十分卑鄙，但又是记者惯用的手法写道：从尹丝瑜愉悦的表情和他们亲密的谈话来看，他们之间不仅仅拥有工作方面的共同兴趣……地方不大，但很显眼。我把报纸撕碎扔到了废纸篓里。我叫着吴梅的名字，但没有人答应，她大概是出去了。这时琳琳背着书包从楼上冲了下来，她喝了一口奶，然后喊道："爸爸，我就要迟到了。"

"现在坐公交车还来得及，你就不能像其他孩子那样坐一次公交车吗？你已经十四岁了！不是小孩子了！"

琳琳被我的震怒吓了一大跳，她委屈地看了我一会儿，然后快速地跑出了屋子。我重新坐回到椅子上，整个屋子冷冷清清，没有一点儿人气，我也不想在这样的地方再待下去了。我拿起一片面包走到下面的车库。

一上午在办公室里接了十几个电话，我终于失去了全部的老客户。因为完全在预料之中，所以并没有觉得怎样。上午十点钟的时候，兰左青打来了电话。

"那个人姓白，叫白云霄。现住在宁夏石嘴山的一个农村。我一会儿把具体地址给你发过去。"

"怎么会在那里？"

"大概是为了躲避尹右川吧。七年前他可是个优秀的律师。"

"我要找到他。"

放下兰左青的电话后，我接到了尹丝瑜的电话。

"那篇文章出来了。"

我知道她指的是哪篇文章："我也看到了。"

"你的妻子看过了吗？"

"大概看到了，她起得很早。"

"我伯父也看到了，他打电话给我，大骂了我一顿，不让我再和你见面。"

我忍不住笑起来，我以为他是个极其冷静的人："你怎么回应他的？"

"我说我喜欢你，所以我还是要见你。但我从来没有见过他发那么大的火，我想我们应当少见为妙。"

我突然有了一个主意："我觉得应当让他更关注一下我们的事。"

"你会激怒他的。"

"我就是要让他无比震怒。"

"这有什么用呢？我说过我和你的一切都已经成为过去，我需要一个平静的生活。"

"如果不这样，他还会派人监视我。我还要做一些事情，一定不能让他知道。所以，必须转移他的注意力。"

"我担心他的身体承受不了。伯父对我非常好，就像亲生女儿一样。"

"我只需要几天的时间，几天，这对我非常重要。"

她在那边沉默了好一会儿，我可以想象她犹豫的样子。最后她对我说："好吧，你说怎么办。"

"你准备一下，利用你华北地区先天性心脏病防治委员会主席的身份，在北京举办一个新闻发布会，宣传一下有关这方面的知识和你们所取得的进展。一定要通知到所有的记者。"

酒会非常顺利，我和尹丝瑜的亲密合影上了许多报纸、杂志和电视。相信尹右川已经没有心情继续监视我了，他所要做的唯一的事情就是把她的侄女从我的身边拉走，光这一件事就够他忙的了。尹丝瑜被他从北京叫到了J市。

我得以脱身悄悄地去了宁夏。按照兰左青给我的地址，我来到宁夏石嘴山市北部一个极为偏僻的农村。我向村民们打听白云霄这个人。

村子并不大，百十来户人家，分成几块，散落在两三条小街的一旁，每块都是十几排平房紧紧地挤在一块儿，南边有一些粮田和菜田，还有一些羊圈。北边是一排排的固沙林，固沙林之间是密密的灌木，再远一些大概就是沙漠了，但在这里看不到，只能感到从那里吹来的一股股含着沙味的风。

当我向村民打听白云霄的名字时，出乎意料地得到了"不知道"的回答。

"一定有。"我相信兰左青提供的信息。

"没有。村子就这么大，如果有，我们肯定知道。"

"以前在大城市待过,是名牌大学的大学生。大概有三十出头。是外来户,七年前来的。"

"村里有三家外来户,是不是大学生咱不知道,但有一家说话挺有文化的。三十来岁,来了好几年了,不过姓戴。"

"就是他。"

"他在村子的另一头,你得走一会儿。"

我的确走了很长的时间,当我怀疑村民故意给我指错路时,在一个山冈下我看到了一个小院,小院的后边是大片的麦田,绿油油的一片。

我走向那个小院,院子里有几条狗狂吠起来。我向里边喊:"有没有人?"

麦田那边走过来一个三十多岁的男人,他的身材高而瘦,戴着黑框眼镜。"你找谁?"他向我喊。

"白云霄。"我说。

这时小院的门打开了,一个大约三十岁的女人走出来,几条狗在她的身后跳来跳去。"这里没有你要找的人。"那女人说。

那男子已经走近:"是来收购土豆吗?"

"他要找白云霄。"那女子说。

男子很警觉地看了看我:"你为什么找他?"

我断定他一定是白云霄,我必须讲清楚我来的目的,不然他的这种警觉会使我们的交流变得很麻烦。

"七年前有一个晋华联合钢企的上市案。"

"他不会再碰那个案子。"

"我对那个案子也不感兴趣。"

白云霄有些糊涂,一时有些不知所措。

"我在T市经营着一家很不错的广告公司,甚至在北京和上海都设有办事处。"我把名片递了过去。

白云霄接过去看了看:"你来这里的目的是什么?"

"请您听我说完。"我掏出一盒烟,递给他一支,替他点上,然后又给自己点上。

"我和一个大企业做了一笔大生意,这个生意可以使我的公司拿到至少三百万的利润。但是这个企业的负责人把我单独叫到他的办公室,提出给我一个年薪八十万的职位。"

白云霄狠狠地吸了一口烟,看来他对我的话很感兴趣。我继续说:"但是我拒绝了,我告诉他我不稀罕他说的职位,哪怕我得不到那个合同。结果是他剥夺了我所有的生意,我被他封杀了。我的公司一分钱也赚不到了,如果我不反抗,我就会破产。"

白云霄听得很认真,吸烟的力度很大,手里那支烟很快被他抽得剩下没多少了。

"我了解到您和这个人打过交道,您也被这个人逼上过绝路。我想我们应当联起手来,事情可能会有转机。您大概猜到了这个人的名字了吧。"

白云霄把烟头扔到了地上,用脚使劲地踩灭。"尹右川!"他的语气中充满了仇恨。

我点点头:"就是他。"

"走,到我屋里去。你大概走了很长的路,我让我的妻子弄点好茶。"

在屋里,我一边喝着"大红袍",一边把我和尹右川的恩怨全部讲了出来。

"我能帮上你什么忙,你尽管说。"白云霄说。

"我不知道,我只是凭直觉找到您。我相信在您这里可以得到转机。"

"是的,我恨他。是他夺去了我的前程,但我也没有办法。我们没办法和他斗。"

尹右川彻底把他击垮了。不仅仅是在事业上,而且在精神上。他是被尹右川击垮的无数人中的一个,但我却执着地认为,在这无数被尹右川击败的人中间,只有他才能帮上我。

"你会有办法的。"我说,"在那个案子中你表现很出色,其实你就要赢了。尹右川看上去十分强大,其实也有着致命的弱点。你了解他。我知道你是个勤奋的人,你搜集的资料相当扎实。"

我从他眼中看到了恐惧和不安。即使是在这样一个偏僻的乡村,尹右川仍然能够影响到他。是的,尹右川的阴影甚至一直延伸到了这里。我叹了一口气,没再说什么,走了出去。

我顺着土路向回走,走了大概十分钟,白云霄的妻子突然从我后面骑着自行车赶过来。我以为她要从我身边超过去,但是她却停在我的身边。

"辛强,可以不叫你辛经理吗?"

"叫我老辛我更舒服。"

"老辛,我叫米慕青。我想和你谈谈。"

"好的。"我走到路边。

米慕青在路边把自行车支好:"云霄其实很想帮你的忙,但是他怕遭到报复。"

"尹右川还能把他怎么样?难道还能把他关进监狱里去?"

"他不会,但我会进监狱。"

我愣住了。

"怎么回事?"

"罪行是煽动暴力抗法罪。"

"你真的犯了这个罪?"

"我也是律师,那是我正在进行的一个小案子,村民因为补偿问题和征地方发生冲突。冲突是突然发生的,我并没有想到。"

"和尹右川有什么关系?"

"是尹右川通过关系把我放出来的,条件是云霄放弃这个上市案,把所有资料销毁。"

"如果你们坚持走法律程序,你不一定就会坐牢。"

"这很难说。在最关键的时候,推一把和拉一把的结果会截然不同。"

"他妥协了。"

"他妥协了一半,停止调查该案,但拒不交出所有材料,连副本也不给尹右川看。所以我们仍然没有逃过尹右川在行业界的制裁。"

"他很珍惜他的成果。宁为玉碎,不为瓦全。"

"谢谢你能这样评价他。也许刚才你还认为他是个懦夫。"

"他很勇敢,但也很不幸。"

"现在我们为百世食品公司种土豆,为他们的薯片生产提供原料。种土豆的季节过后就轮种小麦,收入还不错,但云霄真的不甘心。表面上他把所有的精力用在这个上面,但我知道他对律师行业充满了向往。他想回去。"

"你希望我帮忙?可是,我也很快就会像他一样去找个乡间小村种土豆了。"

"关于尹右川,云霄那里有足够的资料,无论是工作还是私生活。他可以帮助你。"

"我是需要他的帮助,可他不愿意。"

"我会和他谈的。我追到这里,是请求您能等待他,接受他。"

"他真的会来找我？"

"他的心就要死了。我不能看着自己的丈夫消沉下去，失去理想，失去希望。"

她说完调转自行车，骑着车飞快地走了。

我一直看着她远去，消失在路的尽头。

回到北京，再到T市，我和尹丝瑜的戏还要继续演下去。我们公开出双入对，经常在公众场合露面，无论是在她组织的活动中还是我的工作中，我们都会出席。至少钢铁界和广告界已经传遍了我们的关系，风言风语开始四处延伸。作为一个单身女人，尹丝瑜承受了很大的压力。而作为一个已有家室的男人，我的压力也不小。虽然我已经向吴梅进行了解释，但无法使她相信。那次她将我拒之门外后，我就再也敲不开她的心门。琳琳也很少和我说话了，总是有意躲避着我。我离她们越来越远了。

我在T市的时候，尹丝瑜从北京打过电话来，告诉我一个消息，她的伯母打电话过问我们的事了。

"你的伯母？就是说尹右川还有妻子？"

"当然有了。"

"我从来不知道他结过婚。"

"这不奇怪。伯母在结婚第二年就出了车祸，是马车撞的。伯母高位截瘫，那一年她只有二十岁。此后她的一生都只能靠轮椅来活动。"

"在位高权重的时候，能够做到不抛弃这样的妻子，从这一点看，我很尊重他。"

"我说过伯父是一个不错的人。"

"你伯母说了些什么？"

"她只是让我去看看她，大概她要当面和我说。"

"你希望早点结束这场戏吗?"

"我们有约定。"

"其实对我来说,只要能和你在一起,我愿意放弃一切,名誉、金钱、地位……"

"那家庭呢?你的孩子和妻子呢?"

我语塞。是的,我无法放弃。

"你不用回答,我说过我们只能做朋友。"

这时通话器响了,唐格格说白云霄来了。

"请他进来。"我和尹丝瑜道了再见,放下电话。白云霄的到来似乎应当算是个惊喜,因为我没有抱太大的希望。他的到来让我的心情好了很多。

白云霄走进来的时候,我发现他穿得很正式。黑色西装、白色衬衫,打着领带,擦得锃亮的皮鞋。这是一个做事极其认真的人,我不由得想。

"我决定和你一起干。"他说。

"非常欢迎。"我紧紧地握住他的手,"来,我们还是先看看你的办公室。"

我拉着他来到我房间旁边的那个办公室:"这就是你的办公室。"

看得出他很惊讶,也很满意。这个办公室我不惜重金重新装修了一遍,虽然我不确定白云霄是否会来。

"太棒了。"他说,"材料在我住的旅馆房间里,现在你就可以跟我去拿。"

"不要着急,我们还有点儿时间。午饭前我带你熟悉一下公司环境,午饭后我会开一个职工大会,介绍和大家认识一下,宣布你成为我公司的副总经理。然后我们再做这件事情。"

"但愿我能帮上你的忙。"

"你能来我就非常感谢了,几乎没有人会愿意跳上一艘正在沉没的船。"

下午三点钟的时候,我和白云霄反锁上办公室的门,把所有关于晋华钢企和尹右川的资料都铺开在桌子上,一点一点地看,一张一张地查。这样的工作一直持续到第二天晚上,吃饭也是让唐格格叫外卖。到晚上九点钟的时候,我累坏了,倒在椅子上,一动也不想动:"我不行了,必须好好休息一下。"

白云霄笑笑:"好吧。休息两个小时。"

这时我的手机响了,号码不太熟悉。

"老辛。"一个年轻女人的声音,但我仍听不出她是谁。

"你是?"

"我是林丝琦。"

"哦,是你呀。"

"我想见你。"

我不知道她为什么要见我,但我实在是太累了,而且眼前有一大堆的事情要做:"我很忙,这不是托词,是真的。我现在不能见你。"

"我就在你的楼下。"

"那你上来吧。"

"好的。"

我走向门口,准备打开楼下的电子控制门。白云霄在背后看着我:"有人要来吗?"

"对,是位漂亮的女士。"

"尹丝瑜?"

"不,不是她。"

白云霄犹豫了一下，然后试探性地问道："我能问一个虽然是隐私，但是众人皆知的问题吗？"

我按下按钮，给林丝琦打开了下面的电子楼门，转身走回来："什么意思？你尽管问。"

"你和尹丝瑜到底是什么关系？"

我停下了脚步，缓缓地说："她是我的朋友，最好的朋友。"

"我还是不明白。"

是啊，连我的妻子、女儿和父亲都不明白，他又怎么会明白。"有一天我会解释清楚的。"我说这句话的时候很含混，因为我发现我也不明白。

"时间不早了，你接待完客人也该睡觉了。我回我的办公室休息去了。"白云霄说。他的办公室是一个带卫生间的里外套间。

"好的，有事我会叫你。"

白云霄走了出去。

过了一会儿，林丝琦走进来。她抱歉地对我说："这么晚打扰你，真是对不起。"

"没有关系，我正想休息一下。和你谈话是最好的休息。"

"你说过，如果我要离开他，你可以帮助我。"

"你辞职了？"我为她而高兴。

"明天就辞职，我来找你是为了得到你的支持。"

面对一个需要我帮助的人，我却深深感觉到自己的无力。

她见我没有说话，问道："难道上次你只是在跟我开玩笑？"

我苦笑着摇了摇头："那个时候我很傻，我不知道和尹右川斗，下场会这么惨。"

"你不想帮助我？"

"不，我很愿意帮助你。但我不知道我还有没有能力帮你。"

"只要你愿意就可以了。"她看了看表，"我没有开车来，我必须赶上最后一班901。"

901是J市和T市之间的城际公交车。

我惭愧地说："请原谅，我不是那种说空话的人，但我确实没有料到事情会发展到这个地步，我更没有料到尹右川的势力竟如此强大。"

"不用道歉，我知道你是个勇敢的人。而且即使你帮不到我，我也会离开他的。我不能在他的办公室里陪他到死。"

我取下衣服："我把你送下去。"

"不用，我看你很疲倦了。"她伸出手。

我握住了她的手："那好吧。"

"我还有一点儿事想告诉你。"她握着我的手没有放开，"也许你对我一点儿也不感兴趣，但除了你，还没有任何一个男人让我动过心。"

"你会找到你的爱人。那时你会发现，你对我的感觉其实很幼稚。"

"我可以吻你吗？我只要求一个吻。"她渴望地看着我，我看到她的嘴唇在抖。

我没有办法拒绝，我搂住了她。

她把双手绕在我的脖子上，闭上了眼睛，她的唇贴上了我的唇，我仍能感觉到她的颤抖。

门突然被推开了，一个女人在说话："我来帮你们看资料。"

我和林丝琦一齐转过头，看到尹丝瑜站在门口。

我惊呆了，林丝琦也一样，结果她绕在我脖子上的手反而缠得更紧。

尹丝瑜摇晃了一下，她扶住了门。

这时林丝琦才放开了我。

"不是你想象的那样。尹姐。"

"是我错了。"尹丝瑜转过身,砰的一声关上了门。

我推开林丝琦,追了上去。

我追过去的时候,电梯门刚刚关上。我沿着安全楼梯向下跑了一层,但又停住了,追上又能怎样呢?这件事情根本没办法说清楚。

我呆呆地站在那里,林丝琦来到我的身边。

"看得出你是爱她的。"

"没错。"

"我去和她解释。"

"不需要,这不怪你。会好的,你快赶车去吧,不然会误了最后一班车的。"

"晚安。"

"晚安。"

林丝琦坐电梯下去了。

我坐在楼梯的台阶上。我失去了目标,我不知道从现在开始我做的事情还有什么意义。破产就破产吧,这能比失去尹丝瑜严重吗?

想到这,我突然感觉十分无力,只得站起身来,一步一步向上挪。当我走进办公室的时候,我看到白云霄坐在我的办公室里。

"你怎么会和尹右川的女儿认识?而且好像非常熟?"

"哦,她不是尹右川的女儿,是他的侄女。她就是尹丝瑜。"

"我不是指尹丝瑜。"

"那还有谁呢?"

"林丝琦。"

"什么?"我张大了嘴巴,我几乎不相信自己的耳朵。

当白云霄向我讲清楚林丝琦和尹右川的关系时,我还是有些怀疑:

"你有证据吗?"

"没有。我只是偶然知道,还没有来得及找证据,我的妻子就被抓起来了。我也没打算在这方面深究下去,当时我关心的是我手中的上市案。"

"这是尹右川的死穴。"我掏出烟来,递给白云霄。

"我以为你知道,你是为了打败尹右川而故意接近她的女儿。"

"我一点儿也不知道。林丝琦呢,她知道自己的身世吗?"

"除了她的父母和尹右川,剩下知道这件事的人屈指可数。"

"那你是怎么知道的?"

"当时我在审查晋华联合钢企的股东名单,我发现尹右川在创业初期,除了把一部分股权转给他的妻子外,还转给了另外两个人。经过调查,我确认另外两个人是夫妇,是林丝琦的父母。"

"我们已经知道尹右川是在二十世纪六十年代末结的婚,那时候他都已经三十多岁了。然后,他的妻子就出了车祸。"我一点点儿理着思路。

"他的妻子出车祸的第二年,一个十六岁的小姑娘住进了他家,帮他照看他的妻子。这个女人的到来并不是秘密,她是农村人,是他妻子的远亲,家里非常穷,所以,来到城市照看病人对她来说反而是一个很不错的工作。"白云霄继续说。

我吐出一股烟雾:"这是人之常情。像尹右川这样的工作狂,必须有一个人来帮助他照顾他的妻子。"

"对。这个女人在二十世纪七十年代末结婚后,仍然和她的丈夫聚少离多,一直住在尹右川的家中。"

"一个晚婚的男人,刚刚进入丈夫的角色,妻子就高位截瘫了。然后一个美女住进了他的家中,一开始大概还能把持得住。但十几年过去了,日久生情是难免的。"

"对,以后发生的事情你完全可以想象了。"

"但有一个问题,我们完全是在想象。"

"我有很多佐证。她的丈夫是一个极普通的工人,但在林丝琦出生后,获得了极快的升迁,最后成为这个集团高层中的一员;当然还有股权分配问题。一个小钢厂迅速崛起是在二十世纪九十年代初期国企私有化之后,仅用了不到二十年的时间,这个钢厂已经成为一个王国。在初期拿到的微不足道的股份,二十年后已经放大为一笔巨款。可以想象即使拥有尹氏集团2%的股权,即后来上市后晋华联合钢企0.7%的股份,林丝琦和她的母亲仍然拥有巨额资产。但林丝琦的母亲却过着深居简出的生活,林丝琦也只是像普通人一样生活。"

"这很蹊跷。"我点点头。

"尹右川和他的情人显然已经达成了默契,不能过于招摇,要把这个秘密带到棺材里去。"白云霄说。

"但尹右川深爱着他的女儿,"我补充说,"他一直用一种奇怪的方式去爱她,在林丝琦成人以后,他把她带在身边当秘书,这样他才能够天天与他的女儿见面。但她的女儿却如身陷监牢一般。"

"这下你相信了吧。"

"我确信无疑。但问题还是出在证据上。你提供了大量的证据,没有一个是直接证据,全部是旁证。"

"是的,所以我们需要冒险。"

我明白了,我和尹右川的决战就要开始了。我并无十足的胜算,但我必须决战,这是唯一的机会。我看着白云霄的脸:"即使是旁证,你也要把所有的证据搞到。"

"我只需要一周的时间。"

"还有一点。"我停了一下,声音一下子沉闷了下来,"你知道最糟的后果吗？我们很可能会承担这个后果。"

"以敲诈罪被判刑，作为律师我明白。"白云霄的眼睛闪着激动的光芒，"我不怕坐牢。与其老死在宁夏的那个小村里，不如痛痛快快地和尹右川干一仗。"

当我们做出决定后，我的第一件事就是给尹丝瑜打电话，我要告诉她林丝琦的真实身世，以及我和林丝琦之间的事情，她会原谅我的，但她一直没有接电话。我直奔她在T市租住的公寓。我有她房间的钥匙，很顺利地打开了门。

"丝瑜。"我一打开门就在黑暗中呼唤她，但没有人回应。

我开了灯，屋子被收拾得很干净，很不寻常的干净。我下意识地打开衣柜，里面空空如也。她走了！我心痛得要命，无助地坐在床上，点燃了一根又一根的烟，直到烟味把我呛出了眼泪。

是去北京找她，还是留下来战斗？我不知道，我不想知道。但理智最终还是战胜了情感，我知道即使我追到了北京也是没有用的。一切问题的解决，都在于这场生死之战。

一个星期之后。

当我从卫生间走出来的时候，吴梅已经把我要穿的衣服放到了床上。这是和解的表示吗？我有些惊疑。我穿上了她给我准备的衣服，但在系领带的时候遇上了麻烦。

"我来吧。"吴梅站在我的对面，替我系好领带，"你永远都需要带一个替你打领带的人。"

"所以我的许多领带都是易拉得。"

"你刚才说，今天是生死之役？"

"对，要么成功，要么战死。"

"你说得太严重了。"

"不，这是一次敲诈。虽然我知道这样说你会为我担心，但如果在我失败后你才知道这件事，你会承受不了的。"

"我不明白，你也不需要向我解释。但如果很危险的话，我认为你应当放弃。我们过最平凡最普通的生活，也能快乐地过一辈子。"

"如果不反击，也许是倾家荡产。我必须反击！"

我坐到餐桌前，安慰着她："总的来说，胜算是比较大的。"

"你知道你在做什么就行。"

这时琳琳背着书包从楼上下来。"妈妈，我去坐公交车了。"她喝了一口粥就向外走去。

"等等，我送你去学校。"也许，这是我最后一次送她了，再不会有机会。

她冷冷地以对待陌生人的态度对我说："谢谢您，不过我的同学已经在公交车站等我了。"说罢，她转过身跑了出去。

我有些愣怔。

"她还是个孩子。有些事她不能理解。"吴梅劝我。

我没有说话，默默地吃着早饭。

"尹丝瑜呢？她也和你一起去吗？"吴梅问。

"她走了。"

"去哪里了？"

"我怎么会知道？大概回北京了吧。"我喃喃地小声说，"眼前的事情已经够让我心烦了，我没有精力去想那个事。"

吴梅轻轻地笑了："我只是随便问问。"

吃完早饭，她送我到车库。

"什么时候能回来？"

"大概今天晚上。如果我不被警察抓走的话。"

"辛强。"她满含深情地看着我，"你会顺利的。"

我低下头去吻她，她主动迎了上来。

"真好。"激吻过后，她靠在我的胸膛上，"无论如何，你要回来。我需要你。"

我先去办公室接白云霄上车，然后直奔J市。在路上我接到一个电话，号码是尹丝瑜的，我不由一阵激动。

"喂。"当我接通电话听到她说出这一声后，手机没电关机了。

我把手机递给白云霄："请替我换一下电池。"

"她给我打电话了。"我高兴地把这分喜悦分享给白云霄。

"谁？"

"尹丝瑜。"

"要不要打回去？"

"不，等一切事情结束后我再打给她。"

在集团办公大院门前，我们被拦住了。

"尹总不见任何来访者，如果有事情，可以和我们的办公室主任联系。"

"那我见尹总的秘书林丝琦。"

门卫好奇地看了看我，给林丝琦打了个电话，然后放我们进去了。

林丝琦在电梯门口等着我们。

"你们打算怎么做？"

"去见尹右川。"

"不要，你们会把事情搞糟的。"

"不会的，我不打无准备之仗。"

"他和林顺德在一起。"

"林顺德?"我没想到他会在这里。

"他现在是集团办公室主任。"

我露出了轻蔑的笑容,这个出卖我的家伙的确在尹右川那里得到了丰厚的回报。"那我也正好见见林顺德,我们好久没有见面了。"

"不要。"林丝琦抓住了我的胳膊,我转头盯着她。我在她的眼睛里看到了她内心深处的恐惧,我感到她抓着我胳膊的手在发抖。尹右川居然使她如此恐惧和胆怯,这就是一个父亲对女儿最深的爱的结果!

我轻轻地拍拍她的手:"林丝琦,我们不需要再害怕他了。你跟我一起去,等我们再从他的办公室走出来的时候,你就自由了,再不会受他的控制了。"

"你打算怎么对他?"

"我只是想告诉他,他并非上帝。"

我穿过走廊,走进大厅,再推门走入尹右川的办公室。

尹右川坐在那个巨大的落地窗下的宽大的办公桌后,林顺德坐在办公桌的另一面,背朝着我们。尹右川首先看到我,他指着我说:"我已经让人告诉你,我不想见你,不想和你谈任何话。"

"这没有关系,我想见你,我有事情要和你谈。"

我回过头,林丝琦并没有跟进来,她躲在门外。

这也好,我想。我让白云霄关上了门。

"有事情和我的办公室主任林顺德谈。"

"这种小角色。"我看都没有看林顺德一眼,"根本不需要让他在我们中间做传声筒。"

尹右川按响了通话器的一个按钮,有一个男人的声音传出来:"尹总,需要我们过来吗?"

"你要叫厂警赶走我们吗？"我大声说，"你会后悔的！"

尹右川奇怪地看着我："什么意思？"

"你知道你的女儿非常恨你吗？"

尹右川的脸一下子白了，像一下子被抽干了血。他愣了几秒钟，对着通话器道："没有事了。"接着抬起头，直勾勾地看着我，那双如X光机的眼睛，似乎要看穿我的内心。

过了好久，他才狠狠地对我说："你撒谎！"

"如果你再不走，你会为你刚才所说的话负法律责任。"林顺德对我威胁道。

我没有理他，仍然对尹右川道："我没有撒谎，如果您让我证明，我很乐意向您提供所有的证据。"

"刚才尹总还关照我，尽可能给你一点儿照顾。但你现在的表现，即使是跪在地上，也没有用了。"林顺德冲到我面前向我吼道。

"我从你那里学到不少东西。"我嘲讽地对他说，"但跪是你的特色，我永远都学不会。"

林顺德愤怒地瞪了我一眼，然后请示尹右川："尹总，要我叫厂卫吗？或者直接打电话给派出所。"

"你先回你的办公室吧，有事我会叫你的。"尹右川朝他挥了挥手。

林顺德显然非常尴尬，他满怀愤恨地看了我一眼，昂着头走了出去。

"我已经千方百计地尽我所能去帮助她，她所需要的一切我都给了她，钱、地位、工作、家……"

"她不是你的钢铁厂，她是有血有肉的人。你不能按严格的操作程序来对待她，你得付出感情，你得了解她。你不能指望把她关到笼子里，按机械化操作规程去对待她，还要她对你充满感激。"

"你说得有些道理。"尹右川突然想起什么，"你请坐，还有你身边的那位先生。"

"谢谢。"我和白云霄坐下,"他是我的同事,白云霄。"

尹右川显然没能认出他来,只是点了点头。

"你怎么知道她恨我?"

"您的女儿求我帮助她摆脱你。她还跟我讲了许多关于她和您之间的事。"

"那她知道我和她的关系吗?"尹右川关切地问。

"不知道。"

"你没有告诉她,对吧。"

"我也是前几天才知道这件事,但告诉她这件事不是我的义务。您才有这个权利,我只是她的朋友。"

"你是怎么知道这个秘密的?我一直认为不可能会泄露的。"

"多亏我身边的这个人。"我指指白云霄,"看来您已经不认识他了,但您一定还记得七年前那个上市案的律师。"

尹右川恍然大悟:"是的,我与这个年轻人曾有过一笔交易。我承认,他是个很厉害的、年轻有为的人物。"

"您把我逼到了绝路,我找到一个同病相怜的人,那就是他,白云霄。他在办案中发现了这个秘密,并搜集了所有证据。"

"其实,这件事我应当向我的妻子坦白,但我担心她承受不了这一切。她是个要强的人,我曾经告诉她,她的存在是我的精神支柱,我让她一定要好好地活下去。如果她知道我又找了一个人代替她,她一定会用放弃生命的方式来给我自由。"

尹右川的声音低沉了下去,他的眼睛湿润了。他掏出手帕擦了擦眼睛:"所以,我一直忍受着不能认女儿的痛苦,我不能够和她有任何的亲近,只能安排她在我身边工作,以求能够天天看到她。我老啦……"尹右川长长地叹息了一声,"医生早就让我停止工作,我的身体已经不能够胜任这个职位,但我必须工作。因为只有这样,我才能够看到我的女儿。"尹右川的声音显得极为痛苦,他的眼泪也止不住地流了下来,"有一次我的女儿离开了这里,去了其他城市,我又强迫她回来,因为我不能失去她,我担心她一个人在外边会出事。但是……我全错了,我所做的一切,我所付出的爱,得到的却是憎恶。"

我觉得喉头发紧,我第一次感觉到坐在我面前的这个人其实是一个可怜的风烛残年的老人。我身边的白云霄也同样被感染了,在他的眼睛中已经看不到仇恨,取而代之的是同情的目光。

我们不再说话,巨大的办公室十分安静,只听到窗外隐隐传来火车的轰鸣声。

过了好一会儿,尹右川打破了沉默:"辛先生,我能问您一下,您和我的侄女尹丝瑜是怎么一回事?"

"她是我的好朋友。我帮助她做关于预防和治疗先天性心脏病的活动。"

"您和她的关系非常亲密。"

"那是报纸的炒作。"

"你想占有她!是吧。我千方百计想把她从你身边拉走,但她死心塌地要跟你。"

"是的,她非常欣赏我。这也是我所自豪的。她是个非常坚强、聪明的女人,我尊重她,仅此而已。"

"不,她爱你。"

这一次是他触动了我内心的伤痛,我低下了头。

"我们的事,你打算怎么了结?"尹右川问我。

"我还没有想好。"

"如果我不放过你，你会把我女儿的事公布出去，是吗？"

"我来的时候是这样想，但您刚才所说的话，确切地说，是您刚才的眼泪，让我犹豫了。"

"我从不接受恐吓。"尹右川慢慢地说，"我刚才也想过要拒绝你，冒着失去妻子和女儿的风险，不管任何后果，这就是我的性格。但是，你最后的这句话让我很安慰。"

我明白结果了，"战斗"结束了。我站起身："走吧，云霄。我们的事情做完了。"

当我们走到门口的时候，尹右川突然喊道："你就这样走了吗？我们的合同怎么办？"

我一阵狂喜，合同，那个三百万的合同。我站在了门口，一时不知道该怎么回应他。但尹右川已经快步走了过来，站到我的面前，向我伸出了手。

我们的手紧紧相握。

"林丝琦。"尹右川打开沉重的门向走廊呼唤着。

林丝琦快步走了过来："尹总。"

"我即将和辛先生签订一个委托公关合同，你将被派往T市负责与他们进行联络。"

林丝琦没想到尹右川会这么痛快地放她走，而且是以这种方式。她有些手足无措。

我走到她的身边，附在她的耳朵旁轻轻地说："你可以多陪他些日子。"

林丝琦立刻明白了，她向尹右川微笑着回答："我希望能够晚一些去T市，如果您同意的话。"

尹右川显然吃了一惊，然后像孩子一般满足地笑了。

签完合同并吃完晚饭后,已经是晚上七点多了,我和白云霄分道扬镳。白云霄开车回T市的公司处理事务,我则去北京找尹丝瑜。

临走前我给吴梅打了个电话,告诉她事情进行得很顺利,而且我得到了晋华联合钢企的合同,但我要去北京和那里的晋华联合钢企的几位董事碰一下面。

"能不能过两天再去,我们好好待两天。"

我似乎看到她请求的神情,但我仍说道:"亲爱的,事情必须赶快做完,我们不能让煮熟的鸭子再飞了。"

吴梅叹了一口气:"如果你必须去……"

"是的,我必须去。"

"那你就去吧。"她有些无奈。

我随后给尹丝瑜打了电话,但她关机。如果现在去T市火车站,快八点时才能到,已经没办法赶上最后一班火车了。我迅速打的就近赶到T市机场买了一张去北京的机票,我实在是等不及了,我迫切地想见到她。

一下飞机我就给尹丝瑜打电话,但她仍然关机。等我来到她所在的小区时,是晚上十点四十分。我再一次给她打电话,这一次打通了。

"丝瑜。"

"哦,是辛强。"听得出,她有些兴奋。

"我在北京。"

她的声音又恢复了理智:"你不该来,你的目的达到了,我们该结束了。"

"我不能离开你。"

"你做的那些事够让我伤心的了。你还要继续伤害我吗?"

"是的,她喜欢我。但我拒绝了她,她只要求一个吻,然后就离开我。"

"你走吧，我不想再听你说谎。"

"我说的是真的。如果我是那样的一个人，我根本就不会来北京找你。我很容易就能找到代替你的人，但我不能。你是我唯一的爱人。"

她沉默了一会儿，然后低低地说："你为什么不能让我一个人安静地待着？"

"我不能，除非你不爱我了。"

"我不爱你。"她快要哭了。

"我不信，就在上个星期，你还说你爱我，你还说你从来没有享受过这样的爱。爱情是什么？难道是电灯开关吗？说开就开，说关就关！"

她在电话里哭了起来，啜泣个不停。

"我要见你。"

"上来吧。"她哭着说。

接下来的两天，我们就像正在度蜜月的新婚夫妇，沉浸在幸福和甜蜜之中。我忘却了一切，就好像她真的是我的妻子，而她也被这样的幻觉包围着。我们所做的一切，散步、做饭、上网、听音乐，看似平平常常的事，却充满了激情和快乐。

直到第三天的早晨，我接到了吴梅的电话。我撒了个谎告诉她还需要两天的时间，然后挂断了电话。

坐在我一旁的尹丝瑜默默点着了一支烟："我们总不能一直这样下去，靠撒谎骗来一点点的时间，就像早晨的露水，根本不能长久。这样既伤害了别人，也伤害了自己。"

"其实我并不想撒谎，我讨厌这样的生活。"

"我也是，我想我们应当下决心结束了。"

"能不能换一种方式来考虑问题。"

尹丝瑜把烟从嘴边拿开，不解地望着我："什么意思？"

"我和你结婚。"

看得出尹丝瑜有些激动,她又深深地吸了一口烟,一点点地吐出:"你能肯定你所说的就是你真正想要的?"

"我肯定。我已经明白在这个世界上我所追求的最高理想,那就是和你永远在一起。"

"你会伤害到你的妻子,还有你的孩子。"

我的内心突然生起一阵歉疚,我太自私了,我想到的只是自己的幸福,却没有想到会伤害别人。"也许,吴梅会平静地接受。"我喃喃地说,"至于孩子,他们已经大了,大概会理解我的。"

"也许你的妻子会宽容你,但孩子不一样。他们现在正是逆反的年龄,他们会憎恨你,也会憎恨我。你们之间的裂痕可能一生都无法弥补。"

"我会承受这一切的。"我内心犹豫,口头上却不放弃。

"你再好好考虑一下吧。现在给出的答案并不一定是你真实的想法。"

也许,快刀斩乱麻更好一些,这样才能让我从纷繁的思绪和无尽的烦恼中解脱出来。"我决定了,我回去就和她说。"

"不,你要对她说的,是每一个女人都最害怕听到的话,那是伤害到一个女人心底深处的痛,是女人的噩梦。你不要就这样下决定,伤害一个女人很容易,但疗伤却需要长久的时间,甚或会成为终生难愈的伤口。"

我正要再说些什么,我的电话又响了,还是吴梅打来的。"儿子住进了医院。"她在电话那头焦急而痛苦地说。

"什么病?"

"心脏的问题,正在上海治疗。我已经订了机票,下午就赶过去。你呢,能不能也去上海?"

"我一定去，我马上去。"

我突然听到琳琳的哭声，赶紧说道："让琳琳接电话。"

琳琳拿起电话，对着听筒哇哇大哭，半天说不出话来。

"坚强点儿，哭泣改变不了任何事，我马上就去上海。"

"爸爸，你不会不管我们，是吧？"

"对，我爱你们。"

我放下电话就换衣服，我焦急万分，心如刀绞。尹丝瑜把所有的东西都替我收拾好。

"现在的医学条件和技术比以前好多了。"她安慰我。

我转过头，仔细地看了她一眼："我会联系你的，不过也可能会忙得顾不上。"

"不要管我。"她忧郁地看着我，"我真是个倒霉的人，我给每一个我爱的人都带来这种疾病。"

"这只是巧合，根本就不关你的事。"我实在不忍心看她悲伤的样子。

护士把我领到七层白色的走廊中，我看到走廊的长椅上，吴梅蜷缩在上面。我走过去，她抬起头，我看到她满脸的泪痕。

"淘淘怎么样了？"我担心地问。

"医生说还待观察，现在正在重症室特护。我们能做什么？"她又哭起来。

我拍拍她的肩："我们要做的就是坚强一点儿。"但我也压抑得难受极了。

"我们能看看他吗？"我问护士。

"我请示一下医生。"护士回答。

我扶着吴梅重新坐回到椅子上，搂着她的肩。

过了一会儿，医生来了。

"你们可以进去一会儿。"医生很和善。

"谢谢。"

护士为我们打开了门，我和吴梅走进了房间。淘淘戴着辅助呼吸器，脸色发红，嘴唇稍紫。吴梅紧紧地攥着我的手，她的指甲一直掐进我的肉里。

"放松点儿。"我对她轻轻地说。

吴梅松开我，向孩子走去。

"不要过去，他需要休息。"医生提醒。

吴梅站住了，充满关切地看着淘淘。我站在她的身后，注视着我们的儿子。他是我的儿子，我的亲生骨肉。我还记得小时候，他总是爱蹒跚地追着我跑，然后抱着我的大腿咯咯地笑；当我修理屋子的时候，他很认真地伸出胖嘟嘟的小手给我递工具，但都是我不需要的东西；在他很小的时候，每天夜里他都哭个没完，我不得不抱着他在屋里走来走去，我告诉吴梅，这是世界上最强壮的肺。但现在，他脆弱到连呼吸都很困难。这是我的儿子，那个病床上的小伙子。

"好了，我们出去吧。"医生说。

在外边，我和吴梅向医生打听淘淘的病情。

"现在情况稳定，初步诊断是先心病房间隔缺损，两天后如果情况好转，再做一次全面检查。这种病是能够治好的，请放心。"

"会不会有意外情况？"吴梅问。

"一般来说没有，但也不能排除。"

"天哪。"吴梅轻轻地喊了一声。

"不要紧张，这种病不是绝症。意外极少出现。"医生尽力让她放松,"你们家长也一定要休息好,累垮了就不能照顾孩子了。守在走廊里起不到任何作用,不如先找个地方休息。"

医生的话起了作用,吴梅答应和我先找个旅馆休息。出租车上,吴梅一路都依在我的怀里。

"我很害怕。"吴梅说。

"没事的,医生说了这不是绝症。"虽然我极力安慰她,但我也有几分紧张。

"我不能再失去儿子了。"

我注意到她说的"再"字,大概她已经预感到了什么。我看着她痛苦的表情,突然感悟到,夫妻的多年情分,那种对孩子爱的相通,是根本无法一下子就抹掉的。

在旅馆中,我怎么也睡不着,我低头看着睡梦中的吴梅,她睡得十分安详,像一只温顺的小猫。如果我失去她,我会没有任何感觉吗?不,我的心中已经有了答案,我会十分痛苦。还有我的孩子,我现在已经明白,如果我没有了他们,我的世界将立刻暗淡下来。那个在我心中摇摆不定的天平,渐渐地停了下来,天平的指针指向了我的妻子,还有我的孩子。

十几天之后,淘淘做完了手术。手术相当成功,淘淘已经恢复了正常的肤色,能够畅快自如地和我们说话了,医生告诉我们没有任何后遗症。吴梅眼中噙满了泪水,她不停地忙这个,忙那个,围着淘淘转。我欣赏地看着她忙碌的身影,和淘淘开着玩笑,下着五子棋,尽情享受着天伦之乐。

我和吴梅把淘淘接回家后,我立刻赶到公司。一个月没有到公司,公司的运作却井井有条。多亏了白云霄,他的确是个很负责任,也很有能力的人。公司的一切都恢复正常了,所有的老客户又重新和我们签订了合同。白云霄不客气地提高了价格,但没有人提出任何异议。也许,这是他们把这当作关键时刻抛弃朋友的一种补偿。公司的员工一起在公司会议厅里开了一个盛大的派对，为公司渡过难关，重新走向正轨而狂欢了一番。

感觉真的很放松，很开心，心中没有任何负担。我发现这样的生活已经离开我太久了，我能够重新得到它，真是一件非常幸运的事。我举着酒杯对白云霄说："我真诚地敬你一杯。因为如果没有你，我绝不可能是现在这个样子。"

白云霄咧着嘴笑道："我送给你同样的祝酒词，如果没有你，我也不会是现在这个样子。"

这时一个送快件的电话打过来，我让他把快件送到楼上。当我看到快件上发信人的名字时，我突然意识到，这里边是我送给吴梅结婚纪念日的礼物。哦，这一个月发生了那么多的事，我的生活差一点永远脱离正轨。我想起尹丝瑜，已经好久没有给她打电话了，我必须和她说清楚。尹丝瑜，一想起这个名字我仍然会有些兴奋，但仅此而已，我不会再疯狂，不会再痴迷，不会再放弃责任和义务，不顾一切地去爱。

我走出会议室，来到自己的办公室，拨通了尹丝瑜的电话。

"喂。"对面传来一个女人的声音，非常熟悉，但绝不是尹丝瑜的，我一时想不起来她是谁。

"我找尹丝瑜。"

"老辛，你好。我是林丝琦。"

我没想到是她，我一时没明白是怎么一回事。

"祝贺你，儿子恢复了健康，生意比以前更好了。"

"谢谢。尹丝瑜不在吗？"

"尹姐出国了，把手机留在我这里了。"

我像是被人在胸上猛击了一拳，我意识到我还是没有放下对她的爱。不过，这一次我很快恢复了理智："怎么回事？她为什么要出国？去了哪里？"其实我已经知道答案，她是要永远离开我。

"她要在国外定居了，正在办移民手续。她不让我告诉你她的去向，也让我向你转达一下，希望你不要去找她。"

"她还有什么要你转达给我的？"

"她还写了一封信，用快件寄给您了。"

"快件？"看来尹丝瑜最多是前天走的，她刚刚离开。

"是的，尹姐写给你的。她以前经常在我面前夸你。"

"我觉得她也不错。"我不受控制地流下了泪水。

"对了，还有一件事情要告诉你。我不打算去T市了。"

"为什么？"

"这些天尹伯父对我很好，哦，也许我应当称呼他爸爸了，因为他认我做了他的干女儿。他带我去他家，推着伯母一起出来散步。他真的是变了一个人，非常慈祥，但也非常需要人照顾，和以前的他完全不一样。"

"我很高兴，他的确很需要人照顾。你和他深入接触后会发现他其实是一个很普通的老头儿，一个有血有肉的人。"

"我想是这样。"

放下电话后，我坐在窗前，望着楼下滚滚的车流，望着远处林立的高楼。她走了，尽管我已经决定要离开她，但她的突然离去，仍然使我非常难受。是的，即使我做了决定，下定了决心，但一下子就扭转过来，还需要一个过程。

通话器响了，唐格格的声音传了出来："有您的快件，我帮您签收了。"

"送进来吧。"

唐格格开门走进来，手里拿着一个薄薄的大信封。

我接过来，向她点点头，等她走出去之后，我打开了信。信上的发信日期的确是前天,就是在那一天,她决定永远地离开我。

这是尹丝瑜的亲笔信,娟秀的字迹,使我再次想起了她的面容。

辛强:

请允许我最后叫你一次亲爱的,我知道你的儿子已经康复了,这是近几天最让我高兴的事。这些天我想了很多,我终于明白我们之间所谓的爱情其实是多么微不足道,多么愚蠢可笑。我们两个真的是自私透顶,竟愿意为一时的感情冲动,而付出我们所有的一切。

是的,我被你迷住了,我爱上了你,但事实上任何激情和享受都只是一时的,那不是我们终身去追求的东西。我喜欢你,很大的原因是因为你和我的亡夫有着很多的相同之处,而你们最大的相似之处是对家庭的责任,是对家庭的爱。那么,我就不应当让你失去你最闪亮的、最让我着迷的这一点。

你走之后,我独自一人来到我丈夫和孩子的墓地。我久久地看着他们的墓碑,他们都是我深爱的人,我的最爱。我意识到,我也不能离开我的家庭,虽然他们早已离去。

我爱你,我深深地爱着你。但我对家庭的爱,更甚于此。我想你也一样,只是你还没有意识到。让我们各自回归自己的家庭吧,那并不代表我们不爱彼此,只是有更大更深的爱,那是我们绝不能放弃的。我实在是没有办法用言语表达清楚我心中所想。但你我的心灵是相通的,你一定会理解。

爱你的丝瑜

我又流泪了,是的,泪流满面,几乎失声痛哭。但我却突然轻松了,就像是心上的一块大石头突然落到了地上。我又回忆起尹丝瑜的眼睛,那双总是忧郁的眼睛。也许,我不是让那双眼睛闪出快乐之光的最合适人选。一定另有其人!

我掏出打火机,点着了这封信,看着它在烟灰缸中燃尽,化成缕缕轻烟。我走下楼,怀着极为平静的心情一步一步地从十七层走下去,走到车库,发动了车,开车来到大街上。

下雨了,我打开车窗,那清新的空气让人着迷,我突然非常想家。

我的车终于开到了小区,我看到家家户户都亮着灯,我的家也一样,平时看起来十分平常的灯光,却让我感到心情平静而安详。

我刚刚把车停到车库,琳琳就从楼上跑了下来。"爸爸。"她扑到我的怀里。

"你妈妈在吗?"我问。

"她在做饭。"琳琳抬起头,然后压低了声音,"你没有忘记给妈妈带礼物吧。妈妈可是给你买了古驰的领带。"

哦,她先泄露了妈妈的礼物。难保我的礼物不被她也泄露出去。我没有提醒她:"礼物在这里,来,我们给她一个惊喜。"

我拉着她的手,拿着那份礼物走了上去,走回我的家。

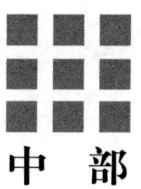

中 部

尹丝瑜站在自己亡夫和孩子的墓碑前面,放声痛哭,此时天空飘起丝丝细雨,慢慢地散落在脚下的绿草上。

"建朋,你还好吗?"尹丝瑜泪眼汪汪地看着墓碑。

"本来打算离开这个城市,可是我走不了。"尹丝瑜微微向前倾着身体,抚摸着墓碑上的一行小字,眼角依然闪烁着泪光。

"十年前你的离去,太突然了,我决定留下来查个清楚。"尹丝瑜的表情开始变得冷峻。

许久之后,她慢慢地站起来,然后深深地三鞠躬,转身离开。

她边走边思索着,此时天空微微泛晴,出现了一缕淡淡的彩虹,她嘴角溢出一丝微笑。

林顺德坐在酒吧的一个角落里,看着台上露骨的表演,却怎么也高兴不起来,随后他举起一瓶洋酒咕咚咕咚地灌着。尹右川和辛强的和解,意味着他在北方的城市再也混不下去了,甚至他在整个广告商界都会臭名昭著,许久之后,他重重地放下酒瓶,点燃一根烟,陷入沉思。

此时,晋华钢企联合会董事局副主席田行健慢慢地走进了这间酒吧,一进门,径直朝着林顺德这边走来。

"林主任,怎么有此雅兴一个人喝酒?"田行健绕过茶几坐在了林顺德的身边。

林顺德迷离的双眼看着田行健,一句话也不说,抓起酒瓶仰头就喝。田行健一把抓过酒瓶,然后看着林顺德。

"每一个人都不甘心命运的安排,他们明知不可为,却还要拼命挣扎,包括辛强和尹右川。最终,他们没有被轻易击败,而你却被击败了。"田行健冷静地说着，给自己倒了一杯酒。

"什么意思？你在损我？"林顺德扭头看着田行健，疑惑地问。

"不！我有必要痛打落水狗吗？"田行健端起酒杯一饮而尽。

"对，我是落水狗。"林顺德掐灭了手中的烟，"既然你不是来看我笑话的，那你找我还有什么事？"

"我只是不想看着你就这样放弃自己，许多事情都需要自己去把握。"田行健拍着林顺德的肩膀，"从公司内部传出消息，你这个办公室主任马上就要被下放了。可能会成为车间里一个普通的干部，甚至是一名工人。"田行健的眼神开始变得锐利。

林顺德眼神开始迟钝，片刻之后，发出了一声淡淡的叹息。

"我知道这一天迟早会来，从背叛辛强开始我就有预感。但我不后悔，永远也不会后悔，因为我不想一辈子被人踩在脚下。"林顺德内心剧烈颤动着。

许久之后，他慢慢地低下脑袋，双手抓扯自己的头发。

田行健说："你是说，你要接受这个现实？"

"或许这一切就像镜花水月，我只是做了一个梦，梦醒的时候，我开始现出原形，直至灰飞烟灭。"林顺德哀怨地说。

田行健看着消沉的林顺德，淡淡地说："人生难免失败，谁又能光辉一生呢？但是，失败一次就放弃努力，那才是真正的失败。顺德，你不能放弃，明白吗？"

"可我根本没有任何翻盘的机会！我曾经有一个梦想，就是将一个企业做大，然后风光地回家，可如今，这一切再也不可能了。"林顺德断断续续地说着，眼中慢慢噙满泪水。

田行健拍着林顺德的肩膀，许久之后，他摘掉眼镜，看着林顺德说："当年我和你有同样的梦想，同样想着风风光光地过这一生，可惜，就在我的企业越做越大的时候，一个人突然出现了，他就是我的克星，我的恶魔，顷刻间，我从千万富翁变得一无所有。"

林顺德疑惑地看着田行健，他不知道这位德高望重的钢企董事局副主席还有这么一段故事。

"那个人是谁？"林顺德问。

"尹右川。"田行健淡淡地说。

"那你不恨他吗？"林顺德问。

"就在我一无所有的时候，他收留了我，并给了我原有的一切，这个让我既尊重又痛恨的人，是许多人的噩梦，包括现在钢企的许多董事。"田行健继续说道。

"他为什么要这样做？"林顺德听得一头雾水。

"他怕我们从头再来，对他的钢企再次造成威胁，索性留在身边加以控制。"田行健像是在回忆往事。

"看来咱们同是天涯沦落人，来，干一杯！你能说出来，那证明你比我想得开。"林顺德努力举起杯子递给了田行健。

"我要从头再来，失去的光辉我要重新捡起来！"田行健将酒杯重重地摔在桌子上，"我等了这么多年，机会终于来了，这就像一个轮回，我要告诉每一个人，我自始至终都比他强！"

"看来，你今天来找我，也是为了此事，可我又能帮你做什么呢？"林顺德问道。

"明天董事会过后，你就什么都不是了，你不想重来一次吗？年轻人，我会给你机会的，你要做的，就是把握好每一次机会。"田行健拍拍林顺德的肩膀，然后起身走出了酒吧。

尹右川一个人静静地坐在办公室里，手中拿着一张已经泛黄的照片，照片中的女人清纯靓丽，她就是林丝琦的母亲，尹右川抚摸着照片，久久不愿放手。

"你在哪里呢？这么多年来我一直不能忘记你。"尹右川轻声嘀咕着。此时响起了敲门声，尹右川迅速恢复了原有的派头，喊了一声："进来。"

一个年轻的女秘书推门进来，这个新提拔上来的秘书已经久闻尹右川的严厉，她怯懦地轻声说："尹董，这是所有董事刚刚提交的倡议书。"

尹右川轻轻扫了一眼秘书手中的一沓资料，不耐烦地说："先放在我的桌子上。"

"好的。"秘书轻声应着，随后走了出去。

尹右川随手拿起这些资料，他猛然发现这些资料并不是什么倡议书，而是"逼宫书"。

晋华总共有二十二名董事，上面密密麻麻地写满了对公司各种制度的不满，名义是怕尹右川太累，扛不住未来晋华钢企的担子，实际上是要他退位让贤，将权力下放。

尹右川看完手中的资料，然后一点点儿撕得粉碎。他猛然起身，不住地徘徊。

这么多年，他的心血全部倾注在晋华钢企身上，从来没有一个人敢挑战他的权威，可是如今，局面似乎在渐渐失控，他感到心力交瘁，身后似乎有一张网正等着他，他自己在一步一步地往里钻，只是他不知道操纵这张网的人是谁。

"到底是谁要这样做呢？"尹右川低低地问自己，他想在绝望中重新唤回勇气。他点燃一支烟，站在窗前，静静看着窗外，思索着。

"或许此刻找个外人来担任总经理才是最好的办法。"尹右川思来想去，只有这样才可以削弱对手的进攻。

他拿起桌子上的电话，脑子在急速地转着。

"是顺德吗？"尹右川客气地说。

"嗯，是我！尹董，您找我有事？"电话那头林顺德说着，不时从电话中传来一阵轻微的嘈杂声。

"我想拜托你一件事情，你能来我办公室一趟吗？"尹右川的声音柔和了很多。

事实上，在尹右川心里，他一直很讨厌林顺德这样的人，可是没有这样的人，许多事情便无法解决。

此时，林顺德一个人坐在酒吧里，正在苦闷地思索着田行健的话，尹右川的这个电话，让他惊疑不定。

"好的！我马上到。"林顺德挂断了电话，起身离开酒吧。

田行健走出酒吧后，径直上了一辆车。此时，在这辆车上还坐着一个人，就是J市商界名士廖忠凯，他戴着一副深色墨镜，两鬓斑白，看起来已经六十多岁。

"他有什么反应？"廖忠凯摸着八字胡轻声问。

"很害怕。"田行健淡淡地说。

"害怕是最好的结果。一个怯懦的人更方便我们控制。"廖忠凯一脸阴险。

"看来我们该向尹右川发起总攻了。"田行健的嘴角闪出一丝微笑。

"好！祝老弟马到成功。"坐在前面的廖忠凯扭头向田行健笑着说。

"那还得多仰仗老哥的帮忙呀！"田行健一边说着，一边让司机开车。

尹右川正在焦急地等待林顺德的到来，此时桌子上的电话响起，尹右川按了免提。

"尹总，辛强来了，您要不要见一见？"秘书在电话中说道。

"让他进来！"

辛强推开门走了进来，一脸微笑。

"尹总，看来我来得不是时候，我看您心情不太好，是不是有烦心事？"辛强不客气地一屁股坐在沙发上，看着办公桌后面的尹右川。

尹右川微微一笑，掩饰内心的波澜。

"不！我希望你能经常来走动走动。毕竟我老了，也有孤单的时候。你有什么事？"尹右川斜眼瞟着辛强，瞬间恢复了商场上的老练。

"说实话，我是为感谢您而来，特意请您赏脸一起吃个饭。"辛强笑着走到了尹右川的桌子前面。

尹右川微微一笑："你确信我一定会去？"

"我相信您一定会去。因为我们的事情还没有完，接下来的事情或许更有意思。"辛强双手扶在桌子上看着尹右川。

尹右川随即仰头大笑，许久之后，他看着辛强点燃一根烟，然后吐出一个大大的烟圈。

"从来没有一个人，敢跟我这样说话，你是个例外，不过眼下我倒有件比吃饭更重要的事情。"尹右川从椅子上慢慢地站起来。

"是吗？洗耳恭听。"辛强干脆地说。

"我要你当钢企总经理。"尹右川站在辛强的对面，眼神中透着无法拒绝的威严。

辛强一愣，一时没有反应过来，片刻之后，他微微一笑。

"您的邀请，我已经拒绝过一次了，您不怕我再次拒绝？"辛强再次返身坐在了沙发上，整理了一下衣服，脸上有些傲慢的神色。

"但愿这次你不会。"尹右川语气中透出一股难以言说的忧伤。

尹右川转身站在窗户旁边，慢慢拉开窗帘，看着工厂黯然失神。"在这里,我倾注了一辈子的心血,奋斗了四十年,晋华才有今天。晋华曾经养育了无数个家庭,现在也正照顾着数万个家庭,这里是晋华人的乐土,可是这样的日子以后恐怕不会再有啦。"

辛强透过窗户望去,工厂里绿意盎然,隐约可见工人忙碌的身影,可是,一阵风刮过,天空渐渐乌云密布,看来一场大雨似乎要来临了。"真有这么严重?"辛强似在问话,又似在喃喃自语。

"你答应我的请求吗?"尹右川扭头看着辛强,像是在哀求。

辛强停顿了许久,一言不发。

下午,一辆车驶出了晋华的大门。林顺德焦急地站在大门外,看着驶出的汽车,手心里浸出了一把汗。

汽车经过他的身边,慢慢地停了下来。尹右川轻轻摇下车窗冲林顺德说道:"上车。"林顺德点点头,上了车。

车徐徐地行驶在路上,尹右川一边握着方向盘,一边扭头看着林顺德说:"你知道今天我找你什么事吗?"

"不知道,尹董。您需要我做什么您就说,我一定鞍前马后,赴汤蹈火……"林顺德断断续续地说。

"我现在不需要你做任何事,我只有一件事要问你。"尹右川摆摆手,示意林顺德不必再说下去。随后他接着说:"眼下,晋华不太平了,有人要我下台,我很想知道这个人是谁,你知道吗?"尹右川说着,眼神锐利地盯着林顺德。

林顺德顿时打了一个冷战,急忙摇头。此时他想起田行健在酒吧里跟他说的那些意味深长的话。

"难道是他?"林顺德在心里嘀咕着。

"眼下,我想让你私下查一查,到底谁在背后搞我。"

林顺德点点头，然后突然问："您以前做过错事吗？"

尹右川的神情顿时紧张起来，他扭头看着林顺德说："你指的是什么？"

"没什么，我只是感觉这件事情没有那么简单。"林顺德急忙解释着。

"我想让你做一次卧底，放心，我不会亏待你。"尹右川对林顺德说道。

"您指的是所有董事？"林顺德问。

尹右川点点头："现在我谁都不相信，但我相信你。"

"为什么？"林顺德有些受宠若惊。

"以前，通常是别人敬我一尺，我还他一丈，许多事情，以后你会知道的。"尹右川简短地说。

林顺德点点头，然后下了车。

尹右川看着远去的林顺德，拨通手中的电话。

"查一下林顺德最近和谁接触过，有消息马上报告。"尹右川拿着电话，嘴角泛出一丝冷笑。

林顺德没走几步，口袋里的手机响了，林顺德掏出手机。

"尹右川终于忍不住去找你了，对吧？"电话那一头是田行健。

"你到底想干什么？"林顺德冲着电话吼着，因为在未来不明朗之际，他实在不敢和尹右川要小聪明。

"你以为你还可以回头吗？好吧，你现在就回头看看，身后是不是有人跟着你？"田行健阴险地说。

林顺德害怕地回头看看，人来人往中似乎有那么两个人在跟着自己，又似乎没有。林顺德紧握电话："你想怎么样？"

"到飞机场，然后乘坐105电车去大富豪，喝一杯咖啡，接着打车去汇丰宾馆。"

"你在耍我？"林顺德很气愤。

"你别无选择。不过我告诉你，我是在保护你。"田行健说。

"你……"林顺德有些窝火。

"好了，到时候见。"田行健挂断了电话。

汇丰宾馆是一家上档次的宾馆，田行健一早就在这里预订了一个包间。在这个包间里，有一个小型会议室。

会议室里有一张桌子，桌子上摆着一副棋，田行健和晋华钢企的一名董事对战着。

"这局，你输了。"田行健说。

"不！老将在，就不为输。"董事坚持着。

"那你非要等我弄死你的老将才认输？"田行健反问。

"局势的变化就在瞬息之间，丢车保帅也不失为一种策略。"董事说。

"妙！我要想置你于死地，看来只能卒子过河了。"田行健说。

"是的，这个卒子关键时刻起的作用很大，那就看看他到底过不过河。"董事眯着双眼盯着田行健。

此时，天空突然一阵响雷，紧接着下起了瓢泼大雨。田行健看着窗外，不由得担心起来。

不一会儿，传来了敲门声。

田行健起身，打开了房门。门口站着林顺德。只见他淋得像落汤鸡一样，失神地站在门口，一动不动。

"进来！等什么呢？"田行健冲着林顺德轻声叫着。

"等等，我想知道我这样做，对我来说，有什么好处？"林顺德直截了当地问。

"当然有好处，这是一场赌博，赢家当然有决定权。"

"你少糊弄我，我这可是赌上了我的一切。输了，我就得南下去做一个打工仔，从头做起！"林顺德一脸阴沉。

"你想要什么？"

"我要当晋华的总经理。"林顺德脱口而出。

此言一出，田行健和那名董事顿时呆住了，他们没有想到其貌不扬的林顺德居然有这么大的胃口。

"这个……这个……"田行健吞吞吐吐，不知道该说些什么。

"好，既然你做不了主，那就免谈。"林顺德干脆地说完，转身就走。

就在他转身的瞬间，身后突然传来一个声音。

"等等，我答应你的要求。"廖忠凯从里面的房间走出来冲着林顺德说道。

林顺德微微扭头，看着走过来的廖忠凯，一脸茫然。他不知道这个曾经扬名J市的商界泰斗怎么会来这个地方。

"你能答应我？"林顺德问。

廖忠凯点点头，然后说："我来就是为了扳倒尹右川，我以我的信誉保证，你可以当晋华的总经理，不过前提条件是按我说的去做。"

林顺德嘴角抿出一个微笑。

"你为什么要这样做？"林顺德问。

"这是我的事情，我只是想知道你跟我们合作的诚意有多少？"廖忠凯问。

林顺德坦然一笑，随即伸出一只手。

"祝我们合作愉快！"

"好！年轻人当断则断，有魄力，我喜欢！请进。"廖忠凯握了一下林顺德的手，随即让他走了进来。

"看来我们到了该和他摊牌的时候了。"廖忠凯冲着田行健露出一丝神秘的微笑。

"这次我要他输得一无所有，让他身边所有的人都成为陪葬品。"田行健狠狠地冲着地上吐了口痰，然后抓起了电话。

尹右川坐在办公室失神地看着天花板，一支烟渐渐燃尽，他似乎浑然不觉。此时电话铃声响起，尹右川微微一瞥，伸出去的手，慢慢又收了回来。

此刻他不想听到任何声音，更不想见任何人。他仰头叹了口气，想起几十年前的事情，那时候他和丝琦母亲爱得死去活来，那段日子是他一生最美好的时光。可惜，好景不长，如今似乎到了该偿还的时候了。桌子上的电话铃声依旧响着。他不耐烦地抓起电话。

"谁？"尹右川吼着。

"是我，顺德。他们向您摊牌了？"林顺德在电话里轻声问。

尹右川没有说话，只是"嗯"了一声，便不再言语。

"您放心，我一定会站在您这边。"林顺德干脆地说。

尹右川停顿了许久，然后说道："你为什么要帮我？"

"人都有自己的选择，有些人为了名，有些人为了利，而我或许什么也不为。"

"你真这么想？"尹右川有些不太相信自己的耳朵。

林顺德不再言语，等了许久，他轻声说："后天就是董事会召开的日子，祝您一切顺利。"随后挂断了电话。

尹右川陷入沉思。

"难道我以前真看错了林顺德？"尹右川内心有些矛盾。

"那辛强呢？到底应该让谁去掌舵？"尹右川心乱如麻。

时间慢慢过去，尹右川依旧在思索，墙上的钟表嘀嗒嘀嗒地响着，现在是晚上十点了，尹右川似乎做了最后的决定。

他拨通了田行健的电话。

"你的要求，我可以答应。"尹右川冲着电话冷冷地说。

"你想清楚了？"田行健说。

"看起来我别无选择，不过你别忘记答应我的事情。"尹右川接着说。

"你的勇气让我佩服，亲情在你眼里永远都是交易品，这就是你和我不同的地方。"田行健冰冷的声音传来。

"你别在我面前装清高，鹿死谁手还不一定呢。"尹右川压抑着愤怒。

"说的也是，不过我相信你现在一定很痛心，一个出卖了亲情的人，不管你选谁来掌舵，一样都会失败。"田行健讽刺着尹右川。

尹右川没有接话就挂掉了手中的电话。

清晨，辛强正在睡梦中，一阵急促的电话声将他惊醒。他抓起电话，是林丝琦打来的。

"辛强，我找你有事！"林丝琦着急地说。

"什么事这么着急？大早上给我打电话。"辛强还没有完全睡醒。

"我爸爸非要让我嫁给林顺德，现在只有你能帮助我说服我爸！"林丝琦开始哭泣。

"什么？他怎么会这样？你在哪里？我马上去找你！"辛强一股脑从床上坐起来，一手抱着电话，一手找衣服。

"我现在躲在钢企的一间办公室里,你快过来!"林丝琦说完立即挂断了电话。

辛强胡乱穿好衣服,瞬间冲出了卧室,他抓起桌子上的车钥匙,下了楼。他开着车在市区快速穿行。

不一会儿他就到了晋华钢企公司大门口,一下车,他就冲了进去,保安这次看见辛强居然没有阻拦。

辛强一股脑爬到三楼,碰到了尹右川的新秘书,他着急地问:"林丝琦在哪?尹总呢?"

秘书认识辛强:"辛总,我没有看到林丝琦。尹总正在会议室开会,如果您要见他,需要再等一会儿。"

"我不能等,我要立刻见他。"辛强冲向会议室。

秘书拦住辛强:"您不能进去!"

"走开!我要见尹总!"辛强推开秘书,冲到了四楼的会议室。

会议室外有几名男女服务员和两名穿西装的保安,他们还没有反应过来,辛强就冲了过来,推门而入。

只见里面坐满了晋华钢企的各位董事,尹右川坐在中间,令人奇怪的是林顺德也在会议室,坐在一个不起眼的角落里。

辛强的到来,让所有人感到意外,只有尹右川一脸镇静。

两名保安冲进来,要把辛强拉出去。

"你来了,坐下。"尹右川一脸严肃地看着辛强。

保安听到尹右川这句话,放开了辛强,退了出去,把门关好。

"先坐下,有什么事情,等会议完了再说!"尹右川的声音低沉,辛强不由得浑身一震,紧接着他找了椅子坐了下来。

他环视着整个会场,每个人心中似乎都压抑着难以言说的怒火,特别是身边的田行健。

此时，尹右川微微咳嗽了一声，开口说话了。

"关于晋华钢企集团任命总经理一事，我已经考虑许久，在今天的这个会议上，各董事就做个表决，就像田董事所说，我已经年龄大了，身兼总经理已经不堪重负。"尹右川说到此处，眼中向田行健射出两道寒光。

瞬间，整个会场开始沸腾，董事们交头接耳，议论纷纷，每个人都将目光投向了辛强。

此时，田行健率先站起来扫视会场一圈，然后大声说道："众所周知，晋华集团是上市企业，而当前形势，中国的市场正在不断对外开放，面对国际市场的冲击，我们的队伍亟须年轻化，所以我支持这次总经理的重新任命，再者，尹董自己年老体弱，精力不足，所以任命总经理一事迫在眉睫。"田行健发言完毕，缓缓坐下。

随后，董事们开始发表自己的意见。此时，辛强才明白，今天的这个会议是专门为聘任总经理而开，似乎尹右川已经被眼前的形势逼得束手无策了，被动地坐在前面的椅子上。

而率先向他开炮的是身居高层多年的田行健，辛强扫视了身边的田行健一眼，从他脸上读出的是淡定和自信，似乎他对这场会议志在必得。

此时有一位张姓董事慢慢地起身，开始发表意见。

"对于田董事刚才说的，我表示赞同，在座的董事身在晋华，每个人都背负一个家庭，企业的存亡可以说和大家的利益息息相关，所以我支持田董事。"随后他朝坐在角落的林顺德望了一眼，然后继续发言，"所以，我推荐办公室主任林顺德来担任总经理，给年轻人一个机会，说不定也是我们晋华钢企的转折点。"

此言一出，整个会议室像是炸了锅。有人反对，有人赞成。眼看局势就要失控。

许久之后，尹右川敲敲桌子，站了起来。他一脸严肃地说道："自古担任领军的人物要德才兼备，林主任在年轻一代也算是个人物，可是我们晋华企业不需要无德之人，望各位董事深思熟虑。在此，我向大家推荐一位后起之秀，他就是辛强。"

还没有等辛强反应过来。田行健开口说话了："刚才尹董说得很对，我表示赞成。"

尹右川环视着会场，带着一股居高临下的气势。

田行健突然再次站起来，他走到角落里，拉起林顺德，慢慢地走到前面："但是，林主任不是一个无德之人，我私下看过他的前景报告，对我们晋华企业的利与弊分析得非常清楚，我手上的这份资料请各位董事看看。"说着田行健从林顺德包里拿出一份资料，发给了在座的各位董事。

"至于前段时间发生的林主任跳槽之事，那只是有关个人前程的做法，我没有感觉不妥。"田行健抑扬顿挫地说着。

似乎这一场战争的结果早在意料之中。

此时尹右川再也坐不住了，他将眼光缓缓投向坐在身边德高望重的廖忠凯老先生。

这位廖忠凯曾经在中国企业市场上呼风唤雨，后来由于身体原因隐退。廖忠凯看着失控的场面，他知道尹右川的心思。面对这一场战争，自己虽然在江湖中有些地位，可毕竟是外人。他咳嗽一声，缓缓说道："既然大家各持己见，我看就匿名投票来选举总经理，大家应该都不会有异议。"

话一说完，从门外走进来两个服务员，有一个抱着一个投票箱，放在了前台。另一个手中拿着几张纸条，瞬间就发给了各位董事。

很多人都憋足了气，大伙写好后，缓缓地放进了投票箱。等董事们全部投完票后，廖忠凯走到主席台前面，轻轻打开投票箱："为了效率高一些，我来身兼计票和唱票两职，大家还信得过我吧？"

人们纷纷点头附和。

廖忠凯点了点头,他让一名服务员拿出一张纸,帮他计数,然后把一张张选票拿起来大声宣读着……

票数明显对尹右川很不利。尹右川听着廖忠凯念的票数,脸色开始铁青,直至最后没有任何表情,他缓缓起身走出了会议室。

辛强听着廖忠凯宣读,总共二十三名董事,林顺德得票二十,而自己仅仅三票。随后他也走出了会议室。

他在楼道里看见了徘徊的尹右川,他的脸色特别憔悴,俨然一个风烛残年的老人,他眼睛湿润地看着辛强,久久不愿开口说话。

"尹总,您没事吧?"辛强顿生怜悯。

尹右川的眼睛布满血丝,他颤抖地抓住辛强的手说:"看来我答应你的事情,我是再也办不到了。"

听着尹右川的话,仿佛是一个老人最后的独白。

"这个位置我……我本来就不愿意要的。"辛强的声音也有些哽咽。

"难道你就不能看作是帮我吗?难道你就忍心看着丝琦落入狼窝吗?"尹右川再次哀求,"我为了你能够当上这个总经理,已经私下答应要将丝琦嫁给林顺德,可惜……没有想到他们竟然出尔反尔,总经理位置他们要,丝琦也要。"尹右川一时气血翻涌,倒在了地上。

辛强赶紧抱起尹右川,然后抓起电话拨120。

辛强没有找到林丝琦,仿佛这个女人在一瞬间消失了,他漫无目的地走在J市最繁华的一条街上。他开始思索这一切到底怎么了,许久之后,他来到了以前和尹丝瑜经常约会的酒吧。

酒吧的气氛热闹非凡,他找了一个角落静静坐下。

"先生,您来点什么?"服务员问。

"辛格拉泡啤。"辛强头也不抬地说道。

酒吧里依旧放着动人的音乐，几个辣妹在舞台上扭动着，不时唱出靡靡之音。片刻之后，辣妹退下，舞台中间出来一个漂亮的女孩，她穿着一身白色衣服，身姿窈窕，手握话筒，紧接着一首柔美动情的歌声飘了出来，就在一瞬间辛强的心开始融化，他感觉这种声音是那么熟悉，这种味道是那么纯洁。

他举起手中的酒杯，久久不愿放下，他开始泪眼模糊，像个孩子般失声痛哭。

酒吧里依旧是那首曲子，邓丽君的《我只在乎你》。今夜听来似乎更有别样的味道。

突然，舞台上的女人缓缓走下舞台，走向辛强的这个角落。她一边唱着，一边含情脉脉地看着辛强。

辛强的血液开始沸腾，从她嘴里唱出来的每一句歌词都像是深情的召唤。

……任时光匆匆流去，我只在乎你，心甘情愿感染你的气息，人生几何，能够得到知己，失去生命的力量也不可惜……

"是你？"辛强摘掉眼镜，慢慢地站了起来。

"是我，在这里能等到你，我想你比我更意外吧！"她缓缓而坐，接过辛强手中的酒杯，一饮而尽。

这个女人就是尹丝瑜。

"你没有走？你最终还是留下来了。"辛强情绪有些激动。

"我认为我留下来的意义要比走更大，这里毕竟有值得我留恋的东西。"尹丝瑜淡淡地说。

"也好！不走！你好！我也好……"辛强的语气有些颤抖。

"可以陪我跳支舞吗？"尹丝瑜深情地伸出一只手。辛强点点头，两人慢慢走到舞台中间。

酒吧到处是一对对情侣，他们相互拥抱着，舞动着，而在辛强看来，只有在这一刻，他最洒脱，他摆脱了人世间的纷扰。

"我希望，你能记住今天的我，因为在这一天，我或许最漂亮。"尹丝瑜微微笑着。

"你哪一天都一样漂亮，就像是一颗流星，即使陨落，也有一瞬间的辉煌。"辛强搂着尹丝瑜深情地说。

"只是我们的轨迹不同，即使有流星般的辉煌，终究不过是镜花水月。梦醒后，依然在寻找各自的路。"尹丝瑜的话语中充满苦涩。

"大概是这个世界变了吧，有些时候我发现我们并不适合这个世界。"

"变与不变，都在心里。你又不是我，你怎么知道我变了？"尹丝瑜问。

"你变了，你不再有当初的那水莲般的娇羞，而尹右川也不再有当年的睿智，你们都变了。"辛强说。

"你感觉他变了，是因为你一直都未曾了解过他。其实，一个强大的男人背后也有着无法言说的苦衷。"尹丝瑜说。

"你已经知道了这一切？"辛强看着尹丝瑜问。

尹丝瑜没有说话，只是点点头。片刻之后，她轻声说道："我们坐下来，喝一杯吧！"

两人随后来到了刚才的角落。

"我感觉，你还是应该回来帮他一把。"辛强看着尹丝瑜，似乎在哀求。

"人都有不同的宿命，就像回家一样，我们路不同，只有各自遵循自己的轨迹。你以为我不想过普通人的生活吗？但是……"尹丝瑜话还没有说完，就举起酒杯一饮而尽。

"为什么要选择在这里上班呢？"辛强问。

"你认为我应该做什么呢？"尹丝瑜反问道。辛强听着尹丝瑜的话，顿感无语。

"尹右川在晋华医院104号病房，有时间，你去看看他。"

尹丝瑜依旧把弄着手中的酒杯，久久无语。

晋华钢企会议室，林顺德站在主席台前，正阐述着自己的报告，下面坐着晋华钢企的二十三名董事，不时传来阵阵掌声。

田行健得意地坐在前排，跷着二郎腿。

"看来林总没有辜负你我的希望啊！"田行健扭头冲着旁边坐着的廖忠凯悄悄地说。

"是啊！不过你不要忘记那个老家伙占着晋华百分之三十八的股份，还有他的那个侄女，叫什么来着，这些人迟早是个祸害呀！"廖忠凯一脸阴险地盘算着。

"姜还是老的辣，要不是你出手，这个局面能定下来吗？这个你就看我的吧！他们一个都跑不掉。"田行健得意地哼了一声。

"我看这小子还行，就这么定下来吧！我先走一步。"廖忠凯说着走出了会议室。

紧接着，田行健也走了出来，回到自己的办公室。过了几分钟，田行健拿起了办公桌上的电话。

"叫林总来我办公室一下。"田行健冲着秘书喊。

不一会儿，林顺德来了。

"田董，您找我？"林顺德毕恭毕敬地站在离办公桌不远的地方。

"嗯，眼下老东西虽然住进了医院，可是他手中还捏着晋华百分之三十八的股份，要想击倒他，那就一定要让他撤股。"

"的确如此，留着他终究是个隐患，万一公司运营出点状况，他可是名义上的董事长，到时候他只要伸出一只手就可以让我们完蛋。"林顺德担心地说。

"别胡来！这个世界只有最愚蠢的人才动刀动枪，我要的是杀人不见血。"田行健咬牙切齿。

"那您的意思是？"林顺德疑惑地问。

"看来不使出撒手锏是不行了。晋华看来要经历一场腥风血雨了。"田行健缓缓坐下，点燃一根烟。

"下一步怎么做？"林顺德焦急地问。

"你听说过天源钢企吗？"田行健问。

"听说过，它名义上是晋华的下属企业，实际上却在自产自销。"林顺德说。

"是啊！它一直在苟延残喘，就像我在晋华，一直过着狗一样的生活，如今是该站出来，重新登上舞台了。"田行健有些忧伤地说。

"它和您一样？"林顺德有些疑惑。

当林顺德说出这句话的时候，田行健的脸色开始变得铁青，许久之后，他深吸了一口气，缓缓道："十年前，我是这家企业的董事长，晋华在当时和天源势均力敌，直至尹右川的出现，这个局面彻底扭转了。"

"他真的这么可怕？"林顺德问。

"有一段时间，我看到报纸上不断报道晋华要破产的消息，我以为这是天源收购晋华的最好时机，因为一个企业经营不善，那么股票势必会跌至谷底。于是，我命人悄悄买进晋华的大量股票，可事实上，这是尹右川向我放出的烟幕弹，当时晋华的股票并不是低谷状态，于是，天源的资金一夜之间全部落入了晋华的口袋。"田行健像是在回忆往事。

"接下来，天源的资金链断了，您被逼辞去了董事长。"林顺德猜测着。

"接下来，我每天都在跑银行，跑贷款，我不想让我苦心经营的企业就这么垮了。"田行健说。

"最终，您一笔贷款都没有借到，企业被尹右川收购了……"林顺德接着说。

"不！就在当晚我用天源作为抵押向银行借到了两千万，我想暂时渡过这个难关。"田行健打断了林顺德的话。

"那为什么……"林顺德越来越听不懂田行健的话。

"没有想到的是，我低估了尹右川的实力，他的势力已经伸到了T市的金融行业，这个银行的实际控股人就是尹右川，当我得知这个消息的时候，我感到绝望，慢慢地离还款日期越来越近，我眼睁睁地看着天源一步一步被尹右川拿走。"

"难怪当年不可一世的天源几个月就被晋华收购了。"林顺德恍然大悟。紧接着他继续问，"那眼下您打算怎么做？"

"我要以其人之道还治其人之身，我要让晋华成为我口袋中的一枚硬币！"田行健拍着桌子愤怒地吼着。

"这么多年来，尹右川他绝不会想到，我利用自己的积蓄和社会上募捐的资金重新控制了天源，这期间还得感谢一个人，是他帮助了我，给我重新再来的勇气。"田行健像是看到了希望。

"您是想利用天源作为跳板来吞掉晋华？"林顺德看着窗外黑烟滚滚的烟囱，仿佛看到了希望。

"不！我不仅要晋华，我甚至要他的女儿作为他一生为富不仁的牺牲品，他不是要把她的女儿嫁给你，作为辛强上任总经理的筹码吗？"田行健的脸色渐渐变得阴森可怕。

"辛强，他这个时候恐怕也是心有余而力不足了。"林顺德轻蔑地说。

"这种鸡飞蛋打的滋味，我想对于躺在病床上的一个老头子来说，一定是件值得回忆的事情。"田行健狠狠地将烟头熄灭。

"林丝琦呀林丝琦……"林顺德不住地重复着这个名字，嘴角露出一丝淡淡的微笑。

晋华医院104号病房，尹右川躺在床上，轻声叹着气。旁边坐着林丝琦，她不住地抹着眼泪。

"您为什么要我嫁给林顺德？"林丝琦质问。

尹右川重重地叹息，片刻之后，他轻轻地抓着林丝琦的手说："这么多年来，我一直把你留在身边，到现在我还是错了。"尹右川说着落下了两行眼泪。

"爸爸，您知道我不喜欢他的，难道我与晋华相比就这么不重要，您对我就这么冷酷无情吗？"林丝琦挣脱尹右川的手，放声大哭。

尹右川慢慢地从床上坐了起来。

"曾经的我，凭着一身的肝胆在商界闯荡，那时候我是常胜将军。可惜，现在我老了，我还想着用尽我最后一丝力气去控制大局，甚至为此赔上了亲情，但到头来，终究是一场空。"尹右川极度悲伤。

"爸爸，让我最后一次这样称呼您，您真的太自私了，您以为把我留在身边，就能让我过得幸福，您错了。"林丝琦哭着跑出了病房。

此时，房间里静悄悄的，仿佛一切都戛然而止。

尹右川看着林丝琦离去的身影，嘴角颤抖着。

"我欠你的，终究是还不上了。"他像是在哭泣。

在医院的楼道里，辛强捧着一束花走过来。看着掩面哭泣的林丝琦，正要打招呼，却见林丝琦奔下了楼。

辛强转身走进了尹右川的病房。

"她走了？"尹右川失望地问。

"嗯，走了。"辛强点点头。

"你终于来了。"尹右川的语气里充满悲伤。

"我是想告诉你，田行健和林顺德似乎已经完全掌控了晋华。"

"那你是愿意帮我做事了？"尹右川看着辛强，似乎在哀求。

此时的辛强内心十分矛盾，他本来再不愿意卷进与晋华的恩恩怨怨之中，可是眼下却已经骑虎难下。他用力地点点头，勉强露出一丝微笑。

"今天的报纸刊登了晋华的产品滞销的消息，这样下去晋华的股票马上就会跌至谷底。"辛强说着将手中的一份报纸递给了尹右川。

尹右川看着报纸，脸色越来越凝重。

"他们要干什么？难道真要毁了晋华？"尹右川惊诧得像是在自言自语。

"然后借机收购晋华，那么你手中的股票也就成废纸了。当然，剩下一些法人股还能让你平静地安度晚年。"辛强有些焦虑。

"我要的不是安度晚年，我要的是晋华！他们下手的速度居然如此迅速。晋华是我一辈子的心血，要毁也得我亲自毁掉！"尹右川眼中露出了前所未有的刚毅。

"马上用你的广告平台打压这些滞销消息，或许暂时可以缓解他们收购的速度。"尹右川斩钉截铁地冲着辛强说。

"怕是已经迟了，最近有一个钢企——天源——在大量买进晋华的股票，他们已经行动了。"辛强说。

"什么？天源？这个田行健，当初我就应该斩草除根，不该养虎为患。"尹右川震怒。

"眼下，晋华可谓四面楚歌呀！"辛强不由得发出叹息。

"依你之见呢？"尹右川将目光投向了辛强。

"尹丝瑜是不是在晋华也有股份？"辛强问。

尹右川听到辛强的话后，略感吃惊。许久之后，他淡淡地说："是的，她占有晋华百分之十的股份。"

"如果尹丝瑜可以重新回来帮助你，或许晋华有救。"辛强说。

尹右川久久无言，仿佛心中压着一块难以搬开的巨石。

"她和你的股权加在一起占百分之四十八，除了田行健占百分之十外，晋华公司的其他股东共占有百分之二十，在市面上流通的股票仅仅占百分之二十二。"辛强在病房里一边说着，一边来回走动。

"或许，这是最后的办法。"尹右川慢慢地躺下。

"即使天源将市面上的股票全部收购，股权才有百分之二十二，加上田行健的百分之十，那就是三十二，我想大多数董事的股权不会转让给田行健，你的胜算还是很大的。"辛强分析着。

尹右川对辛强的这个分析结果，并没有预想中的高兴。

"她不是已经去美国了吗？"尹右川说着，眼角不禁流露出一丝失望。

"她并没有去美国，我前几天见到她了。"辛强接着说。

尹右川轻轻地叹了一口气，接着说："有些事，有些人，多年以后都没有办法说清楚。但愿她可以想清楚。"

一间装饰简陋的茶馆里，在一个靠窗户的位置，林顺德跷着二郎腿，悠闲地喝着茶，不一会儿尹丝瑜戴着一副深色墨镜走了过来。

"你来了？"林顺德把玩着手中的茶杯，微笑着和尹丝瑜打招呼。

"说吧！什么事？"尹丝瑜直截了当地问。

林顺德放下茶杯，淡淡一笑。

"我就喜欢你这种直率的性格，好，我们谈正事。"林顺德向前凑了凑，看着尹丝瑜，"眼下晋华到处硝烟弥漫，现在只有你才可以决定大局。"

"就因为我手中拥有晋华的股份？"尹丝瑜问。

"嗯，我希望你在关键的时候，能站在田行健这边。"林顺德给尹丝瑜倒了一杯茶水。

"我为什么要背叛我的伯父？"尹丝瑜轻蔑地笑着。

林顺德没有着急回答，只是看着尹丝瑜的眼睛，随后说："你会的。"

接着他从包里掏出一张照片，轻轻递到尹丝瑜面前。尹丝瑜慢慢地拿起这张照片，她的脸色开始沉重，因为在照片中她看到一个一生都不会忘记的车牌号码，那是她丈夫曾经的座驾牌照。

这辆车的前面站着一个人。尹丝瑜眼神中满是疑惑。

"你的意思是我丈夫的死有内幕？"尹丝瑜紧张地问。

"的确，这是我千辛万苦搜集的。"林顺德像是胸有成竹。

"我为什么要相信你？"尹丝瑜还是不愿意相信。

"在事实面前，谁都逃不掉。这件事，我相信你心底一直藏着一个谜团，不过不要着急，一会儿我会给你发个短信，你会明白这些的，也算是合作的条件吧！"

尹丝瑜不敢相信眼前的事是真的，她无法确定林顺德的话可以相信几成。许久之后，她慢慢恢复了平静。随后，她坦然一笑，然后冲着林顺德说："不管你说的是真是假，他是从小陪伴我长大，给过我快乐的亲伯父，我想没有任何事情能胜过我们的感情。"

"那要看我知道的这些值不值得你去这样做。"林顺德紧跟着说。

尹丝瑜盯着林顺德，迟疑了一会儿，突然，她笑了起来。

"有意思，我倒是想听听。"尹丝瑜停住了笑。

"好！你一直在做慈善事业，我听说你的慈善机构现在资金很紧张，我想在你那里注入一笔资金。这个天上掉馅饼的事情，你应该不会拒绝的。"林顺德掩饰不住内心的狂傲。

尹丝瑜的脸色不知道什么时候变得十分阴沉。

"说实话，我很讨厌你的姿态，你真让我感到恶心。"尹丝瑜说着起身就要离开。

林顺德看着就要离去的尹丝瑜，他一脸不悦，可是在事情未得到结果之前，他还是强忍了怒气，转而换了一种说话的口气。

"等等，刚才我说的这些事情，你能否回去考虑一下？"林顺德似乎在恳求尹丝瑜。

尹丝瑜放慢了脚步，可是没有回头。

"我会考虑的，至于结果，我相信许多东西自有定数。"尹丝瑜说。

林顺德慌忙站起来走到尹丝瑜前面，微笑地点点头说："好，那祝我们合作愉快。"说完伸出一只手。

尹丝瑜没有伸出自己的手，在她看来林顺德就是个跳梁小丑。

"我跟你说最后一句话，你既不值得我尊重，更不值得我讨厌。"说完她拎着包，离开了茶馆。

尹丝瑜捏着手中的照片，林顺德刚才的话正中了她隐藏在内心深处的软肋，她思索着林顺德刚才的话，想起了自己的丈夫。

此时，天空阴沉着，仿佛瞬间就要来一场大雨，洗刷昨天已逝的足迹，尹丝瑜看着天空："冥冥之中，你能给我一点儿指示吗？"说完她轻轻合上了双眼。

夜晚,不知道什么时候飘起了蒙蒙细雨,林丝琦失魂落魄地走在大街上,沿街汽车喇叭响个不停,她却仿佛没有听见。

不一会儿,一辆汽车缓缓停在她身边,一个男子下了车,手中拿着一把雨伞,瞬间撑开罩在了林丝琦的身上。

林丝琦微微抬头,看着脑袋上方的雨伞,她的心中不由闪过一丝安慰,她知道辛强总会在自己失魂落魄的时候到来,在这个倒霉的夜晚,或许此刻最值得忘却痛苦。

她转身看着眼前的这个男子,脸上的微笑顿时消失得无影无踪。这个人居然是林顺德。

"我知道下雨了,特意给你送把雨伞。"林顺德深情地看着林丝琦说。

"你不觉得你可耻吗?你给我滚!"林丝琦吼着。

林顺德没有生气,只是苦笑一声,最后他轻轻地吁了一口气。

"你讨厌我,我没有办法,我只想告诉你,尹右川把你嫁给我并不是我的主意,情到深处,任何东西都掺杂不进来。"林顺德静静地站在雨中。

"如此,你倒是一个正人君子了?"林丝琦讽刺地问。

"谈不上,只是世事所迫,你我都是流浪者,都期望着有一个幸福的家,事实上,什么都需要代价,我选择了后者。"林顺德冷静地说。

"所以我们并不是一路人。"林丝琦一把推开林顺德。

此时林顺德全身湿透了,可是今天,他认为是最高兴的一天。

"我想我会让你改变你对我的看法,或许有一天你会真正地了解我。"林顺德无奈地笑笑说。

突然，他一把抓住林丝琦的手，用力地将雨伞塞到了她的手中，然后转身上车，扬长而去。

这一切都被辛强看在眼里，只是他不敢上前。他虽然答应尹右川要找到林丝琦，并好好照顾她，可是他不知道该如何面对林丝琦。

他看着林丝琦将手中的雨伞摔在地上，接着她坐在路边痛哭着，此时的雨越下越大，她的脸上分不清是雨水还是泪水，她就像是一只受伤的小鸟，站在枝头挣扎着，拍打着受伤的翅膀。

辛强不由自主地走了上去。

"很晚了，回家吧！"他蹲下身，握着林丝琦的双手。

"是你？你终于来了。"林丝琦抹着眼泪，慢慢站了起来。

辛强没有说话，只是用力点点头。瞬间林丝琦扑入了辛强的怀抱，只是辛强没有伸手拥抱，因为他知道这一拥抱那就再也回不了头了。

"我没有家了。"林丝琦哭诉着。

"我知道。"

"那我们去哪儿？"林丝琦问。

"你想去哪儿，我们就去哪儿。"辛强挽起林丝琦的手向前走着。

"其实，从一开始，我就喜欢你，或许这一切磨难，就是为了等你的到来。"林丝琦在雨中轻轻细语。

一个星期后。

辛强和尹丝瑜走在一条小路上，正在开心地说说笑笑。秋天的风吹得树叶沙沙作响，两人像友人，又像热恋中的情侣。

就在他们转过一个小胡同的时候，林丝琦赫然站在前方，正笑吟吟地拿着一束玫瑰花看着辛强。辛强顿觉一阵窒息。

"辛强，你们怎么在一起？"林丝琦有些不高兴。

"我们……我们在谈些事情。"辛强掩饰着自己内心的波澜。

"丝琦,你怎么会在这里?"尹丝瑜有些疑惑。

"我还想问你呢,你和他不是已经成为过去了吗?为什么你还要出现?"林丝琦有点儿控制不住情绪。

"我们并不是你想象的那样,再说我都有……"辛强想解释,可惜他的话还没有说完,林丝琦就又开口了。

"你不用说了,即使你有家庭,我想有一天你会明白我更适合你。"林丝琦冲着辛强大吼。

就在林丝琦愤怒地冲着两人大声喊叫的时候,她的身后突然出现了一辆汽车,这辆汽车急速行驶着,像是喝醉酒似的,一路狂奔而来,而此时林丝琦浑然不理会这些,只是发疯般地质问着尹丝瑜。

此时,路边瞬间蹿出一个人来,他手捧玫瑰花,呼喊着:"林丝琦,小心!"

就在林丝琦转身的瞬间,汽车已经到了眼前,她惊叫一声。此时这个男人猛地将林丝琦推到马路边,就在一刹那,一阵刺耳的刹车声,这个男人被撞倒在不远处。

林丝琦吃惊地看着倒在路边的男人,居然是林顺德。

林顺德喘着气,趴在马路上,口中流出鲜血。林丝琦像是丢了魂一样慢慢走到林顺德的面前。

"你不要命了吗?"林丝琦蹲下身子说,眼中露出一丝凄楚。

林顺德努力一笑,然后说:"从一开始见到你,我就知道你是我的女人,为你做什么我都不后悔。"

林顺德用力地将一束带血的玫瑰花送到了林丝琦的面前。林丝琦颤抖着接过来,感觉一阵又一阵的悲凉。

肇事的司机匆忙跑下了车,和辛强、尹丝瑜几个人七手八脚地把林顺德抬到一边，等待着救护车的到来。

J市光华医院的楼道里，林丝琦坐在椅子上，静静地等待着。不一会儿护士把林顺德从手术室推出来，又慢慢地推回病房。

林顺德的脸色特别难看。林丝琦急忙上去看他。

"我没事，能看到你，即使付出再大的牺牲，我也在所不惜。"林顺德喘着粗气说。

"你知不知道你流了多少血？医生说再不输血，你随时都有生命危险。"林丝琦焦急地说。

这时候一名三十多岁的女子走过来，一过来就哭着说："我是司机的家属，我丈夫已经被拘留了。我们真不是故意的，要多少钱我们给……能不能写一个谅解协议书。"

林丝琦愤怒地说："你不关心伤者现在的情况，就想着要谅解书？"

女子嗫嚅着："我们给钱，花多少钱都行……"

林丝琦："他现在需要休息，你过两天再来吧。"

女子点点头，拿出一个信封："这是三万块钱，你打个收条……"

林丝琦把钱推回去："过两天再说，钱我们先垫着。你走吧。"

女子说了一句"对不起"，转身离开。

林顺德慢慢地坐起身来，头靠在墙壁上，片刻之后，他看着林丝琦深情地说："我从小有一个愿望，就是要做一个成功的企业家，然后荣归故里，为了这个梦想我已经失去了太多，我只有走下去。"

"包括今天，你去就是为了对付我的父亲？"林丝琦失落地问。

"不！在商场上没有亲情，只有成败，如果换作是你的父亲，他也会这么做的。"林顺德接着说。

"这么多年了，我父亲和你一样，我同样阻止不了他。"

"我知道这样做对不起你，只是希望……希望这一切尽快结束，然后和你一起远走高飞。"林顺德忍着身上的疼痛说着。

"太累了，真不知道这一切到底为了什么？"林丝琦放声大哭。

"因为只有找到合适的对手，才会让彼此活得更有意义，所以我要为此一战。"林顺德话语中充满豪情。

"我父亲或许没有看错你。"林丝琦说着，头轻轻地靠在了林顺德的肩膀上。

"不，你父亲让你嫁给我，只是一种交易，而我对你的爱是真的。"林顺德慢慢将林丝琦拥入怀中。

"即使是交易，现在谈这些已经没有意义了。"林丝琦仿佛想通了。她仿佛想起了尹右川，那张严肃而慈祥的面孔，她心底喃喃自语："交易也好，真爱也罢，就让我为了您的利益最后牺牲一次吧！"当她下定决心的时候，眼角满是快要涌出的泪水。

晋华钢企办公室坐满了各位董事，田行健坐在最前面的椅子上主持着会议。

"最近晋华的经营出了一些问题，在此我作为执行董事向各位说声对不起。"他站起来缓缓地鞠了一个躬。

紧接着，他继续说："眼下晋华的股票是一落千丈，而尹董又住院，所以这次召集大家来，是为了晋华的改组事宜。"

此言一出，下面的董事顿时像炸了锅一样，纷纷想着自己的退路。

廖忠凯环视众人一圈，站起来说："我就打开天窗说亮话吧！各位想必知道最近天源疯狂买进晋华股票一事，实不相瞒，田董事早有了改组之意，如果大家同意改组的话，我可以保证大家手中的股票和在天源一样不变。"

廖忠凯作为商界德高望重的领导，此番话自然有分量，会场中大部分董事渐渐不再议论，还有几位董事瞬间就站起来表态，同意改组。

紧接着，会场上越来越多的人同意改组。田行健坐在主席台的椅子上，得意地点燃了一根烟，吐出一个烟圈。

似乎这一切瞬间就尘埃落定了。田行健站起来微笑着向大伙表示敬意。

"晋华这艘大船迟早会沉下去，只要大伙齐心协力，那么有我田行健的，就有大伙的，现在我宣布改组决议通过。"田行健意气风发。

就在下面发出雷鸣般掌声的时候，会议室的门慢慢地被推开了。紧接着尹右川坐着轮椅缓缓地进来了，后面推着的人是辛强。

尹右川环视众人，然后恶狠狠地盯着田行健，片刻之后，他开口说话了。

"晋华是我一手创立起来的，在四十年的时间里，公司培养了成千上万的员工。今天，有人却要毁掉它，我不知道在座的各位董事是什么样的心情。"尹右川义愤填膺地说。

田行健显然对尹右川的到来感到吃惊，不过瞬间他就恢复了刚才的镇静。

"你或许来得太迟了吧！"田行健有些得意地说。

"你认为呢？"尹右川反问。

"你还有多少资本和我斗？"田行健脸色开始变得狰狞。

"当年我真的不应该收留你！"尹右川说。

"你认为在这个时候谈这个有用吗？你手中只有百分之三十八的股份，你已经掌控不了大局了。"田行健仰天大笑。

"你忘了一个人。"尹右川冷冷地说。

田行健顿时收起了笑容，紧接着问："谁？"

"尹丝瑜。"尹右川回答。

田行健听到尹右川的回答，似乎并没有感到吃惊，相反却笑得前俯后仰。

　　许久之后，他冷冷地说："你认为她还会来吗？"

　　话音刚落，屋子里瞬间走进来一个人，她就是尹丝瑜。今天她特意化了一个淡妆，看起来非常精干。

　　看到尹丝瑜的到来，田行健顿时收起笑声，他吃惊地说："你不是答应不参加这个会议吗？"

　　尹丝瑜微微一笑，缓缓地站在主席台中间。

　　"你认为这一次你还会像以前一样侥幸？"尹右川紧皱的眉头稍稍舒张。

　　"虽然我答应过你，可是并不代表我每次都讲信用，特别是对于你这样的人。"尹丝瑜轻蔑地笑着。

　　"那你是要帮尹右川了？"田行健有些不死心。

　　"晋华是我伯父付出一辈子心血打下来的江山，不管是出于什么样的目的，我都不会让它倒闭，所以我向大家宣布，我支持尹董，并愿意将我的股份物归原主！如果在座的各位董事愿意同舟共济，我保证各位股东手中的股权价值会随着时间的延长而迅速增加。"尹丝瑜铿锵有力地说着。

　　此时整个会场鸦雀无声，每个人都在暗暗为自己的前程捏一把汗，他们甚至开始后悔卷入这场斗争，现在似乎一切都尘埃落定了。

　　尹右川缓缓地从轮椅上站起来，他的表情有些落寞，像一个在夕阳中挥剑却始终阻挡不了太阳落山的孤独侠客。他感觉自己真的老了，像一片树叶，终究会消失在风中，埋入泥土。

　　"在场的各位，你们都是曾经和我一起风餐露宿、披星戴月，才走到今天的。当年，一腔豪情壮志，有酒共饮，可惜今天你们当中有人不愿意继续与我同舟共济，或许我真的是老了。"尹右川的话中满是凄凉。

原来准备反水的股东纷纷低下了头，紧接着，尹右川从身上缓缓掏出一份文件。

"这是我在晋华的全部股份，现在我决定让给尹丝瑜，我相信她一定可以带领晋华重新走向一个美好的未来。" 尹右川说完拿出一支笔麻利地在上面签了字。

"辛强，将这份协议递给未来的晋华董事长。"尹右川冲着身后的辛强说道。此时尹丝瑜异常镇静，她没有对这份突如其来的收获很欣喜，只是眼神中露出了难以抑制的威严。

辛强接过协议，他从未有过这种感觉，他感觉尹丝瑜不再是当初那个流泪娇媚的女人，她甚至开始有了一种指点江山的气势。他慢慢地将手中的协议递给尹丝瑜。

他想努力从她的眼神中寻找到一点曾经的感觉，可惜什么也没有，取而代之是一种对欲望的征服。

许久之后，她环视下面坐着的田行健和廖忠凯，再度开口。

"其实，晋华只是我做的第一件事情，有一件事情隐藏在我心底三年了，今天我要当着大家的面说清楚，因为这是我一生的噩梦。"说着她从包里掏出一张照片。这张照片里是一个男人的身影，奇怪的是只有背面。

她手拿着照片让众人一一看过。

许久之后，她接着说："三年以来，我一直以为，我的丈夫和孩子是死于心脏病。可就在一个星期前，有一个人送给我这张照片，当时我震惊了，我不敢相信这是真的，甚至不敢面对。之后我苦心追查，终于发现我的丈夫和孩子居然是被人撞死的。"

尹右川有些不解地插话道："丝瑜，你在胡说什么？"

"今天我一定要说清楚，请您不要打断。"尹丝瑜有些愤怒地说着，紧接着她晃动着手中的照片。

"他们好好的，被车撞了，然后医院却做出了心脏病死亡的结论。试问有谁会相信，这张照片是之前一个记者正在拍摄J市的雨夜风景时无意间拍到的，大家可以清晰地看到这个男人的旁边有一辆车，看到的这个数字'8'正是车牌号码的最后一位，这辆车正是我丈夫的。"尹丝瑜高声说着。

"再看照片中这个男人，他出现在这里只是为了看看被撞者是否已经死亡。再仔细看看这个人的耳垂，可以看见有一个耳钉小洞。"

"那这个男人是谁呢？"辛强忍不住问。尹丝瑜并没有接话，她低头轻轻地抽噎着，她从一个女强人瞬间变成了一个受伤的弱女子。片刻之后，她再次指着照片说："大家仔细看看，这个背影、这个背影是多么熟悉，这个人曾经带领我们南征北战。"

"什么？你是说这个人是尹董事长？"辛强疑惑地看着尹丝瑜。

尹右川感到一阵又一阵吃惊，他争辩着说："我没有！丝瑜，我怎么会害死你的丈夫呢？"

尹丝瑜愤怒地盯着尹右川，久久无言，突然之间她像是发出了宇宙间最后的呐喊。

"你撒谎！你给我晋华的股份，是为了补偿我失去丈夫的损失，你千方百计地监控我，就是怕我发现这个秘密。到今天，你依旧认为人生的得失比亲情重要吗？"尹丝瑜质问尹右川。

"除了这个，你还有其他证据吗？"辛强不敢相信眼前的事实。

"我认识的人当中，只有一个人从小打过耳洞，他曾经告诉我，他小时候很顽皮，他的姥姥听说戴耳钉可以让一个人的性格安静下来，就给他打了耳洞，这个人就是我的伯父尹右川。"尹丝瑜极度悲伤。

尹右川静静地坐在轮椅上，像一个早已死去的人。他不再争辩，不再反抗。许久之后，他轻轻叹了口气。

"事到如今，怕是我说什么你都不会相信了，所以我……我接受你给我的结果。"尹右川说到此处，语气开始颤抖，眼角滑下两行泪水。

他扭头看着田行健和廖忠凯，似乎心底终于释然。此时从门外进来两名警察，一名年轻的警察出示了逮捕证："我们接到尹丝瑜女士的报警和她递交的证据，希望您能配合我们调查。"

"这一战，我输了。"尹右川淡淡地说。他像一个陌路英雄，走投无路之际，在自己的归宿面前，暗自啼血。

田行健慢慢地走到尹右川面前，拍拍尹右川的肩膀。

"其实，你没有输，我也没有赢，这一战只是平局。或许从一开始，我们就不应该成为敌人，我们老了，是该想想回家的路了。"田行健说道。

此时，林顺德从外面走了进来。他的伤似乎好得差不多了，只是腿脚还不利索。他看着眼前落魄的尹右川，再看看失意的田行健，突然仰天大笑。

"很精彩呀！不过遗憾的是，我还是来迟了一会儿，你们的战斗结束了，我的战斗才刚刚开始。"林顺德轻蔑地说着。

"你给我走开！我不想看到一条没有良心的狗在我眼前瞎转悠。"尹右川恼火地吼叫。

听到尹右川的话，林顺德并没有生气，他接着说："不要发那么大的火气嘛！我未来的岳父大人，还是留着最后一口气，看我和丝琦的婚礼吧。不过看不到也没关系，到时候，我一定去牢房里给您请安。"林顺德仰天又是一阵狂笑。

"你个畜生！我女儿是不会喜欢你的！"尹右川发疯一般站起来作势要打林顺德。林顺德向后一退，装模作样地吼着："警察先生，嫌疑犯打人啦，你们赶紧将这个疯子带走！"

此时，林顺德的电话声响起，他看着来电显示微微一笑接了起来。

"丝琦，我没事，你爸爸被警察带走了，不过你放心，我会想办法的。"林顺德瞬间就换了一种语气。

电话那头的林丝琦依旧焦急地询问着，林顺德仿佛一脸真诚地在想办法。许久之后，他阴森森地看着尹右川。

"想不想听听你女儿的声音？"林顺德轻轻地将电话附在尹右川的耳朵上。

"爸爸，你怎么了？"林丝琦焦急地问。

"爸爸没事，你千万不要相信林顺德，他……"尹右川着急地说着，上气不接下气。

"爸爸，我已经决定嫁给他了，虽然您对他有点误会，可是我想有一天你会真正了解他的。"林丝琦在电话那头说着。

"你……爸爸求你了，他简直……不是……"尹右川话还没有说完，林顺德就挂断了电话。

"老家伙，你还是安心走吧！"林顺德甚至再也不想看到尹右川。随后，两名警察将坐在轮椅中的尹右川带走了。

站在一边的田行健有些看不下去了，他冲着林顺德大喊："你别忘了，你曾经什么都不是，要不是晋华收留了你，你算什么东西？"

林顺德没有生气，他只是向前凑了凑，上下打量了一番田行健，然后说："你这个老不死的，你以为你还是董事局副主席，你以为天源还在你的掌控之中？"

"你什么意思？"田行健眼睛瞪得老大。

"天源在吞噬晋华股票的时候，我趁机抽走了一部分资金，眼下，天源是一潭死水，你有资本救活天源吗？或许你这个暗中控股人也该完蛋了。眼下，我才是合适的接手人。"林顺德淡淡地说着。

田行健听着林顺德的话，不敢相信眼前的这一切。

"我不相信单凭你能做到这些。"田行健僵持着。

"拿下天源，多亏了未来的尹丝瑜董事长，就在天源疯狂买进股票的时候，我悄悄地将一部分资金注入了她的慈善公司。"林顺德轻蔑地看了一眼田行健，然后指着台上的尹丝瑜，表情激动地说着。

"你……"田行健看着站在前面的尹丝瑜，他不敢相信看起来高雅的尹丝瑜竟然会做这种勾当。

他疯狂地抓住林顺德的衣领，然后愤怒地说："你真是个小人，当初我就不应该让你参与此事，都怪我有眼无珠养了你这么个白眼狼！"田行健顿觉浑身血液翻腾。

"你的手段也比我光明不到哪儿去。如果不是你让我将那张照片交给尹丝瑜的话，尹右川会败得这么惨吗？"林顺德夹枪带棒地讽刺道。

田行健气急败坏地指着林顺德："你……"话没有说完就甩手走出了会议室。

林顺德看着正要站起来的廖忠凯，走上前去："看来德高望重的商界领袖，再也主持不了J市商界的大局了，可悲呀！J市要变天，这不，你看丝瑜，还有我，没有你们，我们一样做得很好嘛！你们还是趁早回家养老得了。"林顺德很得意，仿佛是在向群雄显摆他的战斗成果。

廖忠凯一声不吭地扭头走了。

此时，尹丝瑜、林顺德，还有辛强，三人相互对望着。晋华的战争结束了，似乎他们三人的战争刚刚开始，空气中隐约弥漫着一股火药味。

"祝贺你！新一代的晋华董事长，我想我们以后应该有合作的机会。"林顺德率先开口了，他慢慢地走到了尹丝瑜的面前，言语几近轻薄。

尹丝瑜一脸平静，随后淡淡地说："合作当然好！不过我没兴趣。"

林顺德上上下下打量了尹丝瑜一圈，他轻蔑地笑着，然后点点头："我想你会有兴趣的！"说完后露出一丝神秘的微笑，走出了会议室。紧接着股东们陆陆续续走出会议室，整个会场只留下了尹丝瑜和辛强。

辛强看着尹丝瑜，他无法理解今天的尹丝瑜为什么会变成这样一个女人。

"你变了，变得强大，变得让人高不可攀。"辛强淡淡地说。

"我早就说过人是善变的，路不同，所以变的方式也会有所不同，奇怪吗？"尹丝瑜反问。

"很奇怪，至少让我无法理解。"辛强接着说。

尹丝瑜一脸镇静："理解？有这个必要吗？"说完走出了会议室。

辛强轻轻地叹了一口气，隔着玻璃，他看着窗外厂区的烟囱里冒出的轻烟，抱成一团，向上飘着，可到了天空最终还是散了开来。

夜静得出奇，辛强坐在自己的办公室里思索着。一会儿，白云霄走了进来。

"来了，正好帮我理一下尹右川的事情。"辛强直截了当地对白云霄说。

"你是说尹右川坐牢的事情？"白云霄坐在靠墙的沙发上，倒了一杯茶水，慢慢地喝着。

"既然尹右川开车撞死了尹丝瑜的丈夫和孩子，那为什么要把尹丝瑜留在自己的身边，这样做岂不随时有危险？"辛强像是在自言自语。

"我看问题可能出在田行健身上，为什么他会有那张照片？再一个，田行健怎么会瞬间控股天源，他的手段真这么厉害？"白云霄问。

"我也是这么想的，那张照片的来源可能就是突破口。"

白云霄没有说话，盯着埋头苦思的辛强，看了许久，他不知道辛强什么时候对这个曾经是敌人的尹右川这么感兴趣。

"尹右川真的值得你为他去追查这些东西吗?"白云霄问。

辛强恍然抬起头看着白云霄,一时不知道该怎么回答。

"我只是感觉,他的倒下对于我们来说并不是件好事。"

"为什么?"白云霄疑惑地问。

"尹右川倒下去了,那么下一个很有可能就是我,甚至是你。特别是林顺德,他变得太快了,简直让人不敢相信。"辛强接着说。

"这个人的确可怕,他要得势,对于我们的公司可是一次致命的打击。"白云霄说。

"更可怕的可能还在后面,尹丝瑜……"辛强没有说下去。许久之后,他看着白云霄说:"田行健这个人,你改天去拜访一下,或许从他那里可以了解到点什么。"

白云霄点点头,走出了辛强的办公室。

一个星期后。

尹丝瑜从晋华办公楼里走了出来。她全身一副职业装,戴着墨镜,麻利地从爱丽舍包里掏出一把宝马车的钥匙,随后,上了车。

突然,电话铃声响起。

尹丝瑜接起了电话。

"你好,哪位?"

"贵人多忘事,尹董,这么快就把我忘记了?"电话那头传来一个男人的声音。

"原来是你,林主任。不,我应该叫你林董,怎么,有事吗?"尹丝瑜客套地说。

"我在路易斯餐厅订了一个包间,下午六点,有空吗?"

自从上次和林顺德在晋华会议室分开后，尹丝瑜再没有和他见过。此时，他突然打电话，不禁让尹丝瑜犯疑。不过片刻之后，尹丝瑜就恢复了干练，接着爽快地说："好吧，不见不散。"说完后，她轻轻挂掉电话。

车徐徐开出了晋华停车场，尹丝瑜想起了辛强，她忘不了这个男人，特别是曾经的那些记忆，她知道辛强已经慢慢开始疏远自己，可是她确信这一路走来，自己根本就没错。

她拨着熟悉的电话号码，久久不见有人接听，她再次拨打，这次好不容易接通了。

"辛强，你怎么不接电话，急死我了。"尹丝瑜有些埋怨。

此时，辛强正盯着这个月的业绩报表发呆，他发现这个月的业绩没有下滑，反而有一个公司一直在大规模投放广告，他不知道这意味着什么。

"有事吗？"辛强有些不耐烦。

"你怎么用这种口气和我说话？"尹丝瑜更加生气。

"你到底有事没？没事，我挂了。"辛强说。

辛强想到近来发生的事，就浑身不舒服，在他心里只当尹丝瑜已经死了。

"你……我想我们真的都在误会对方。"尹丝瑜缓和了一下语气说道。

辛强听到这句话后，久久不愿说话，接着他用力地挂断了电话。尹丝瑜看着已经被挂断的电话，愤怒地拍打着方向盘，一个猛烈的刹车，她突然发现已经来到了丽江桥上。

她下了车，狠狠关上车门，站在桥上。她掏出一支香烟，点燃后猛抽了一口，一个烟圈徐徐从她口中吐出来，瞬间飘散在风里，尹丝瑜想起很多往事。

她看着江中一对又一对的情侣坐着船，拍打着水花，她感到前所未有的凄凉。

时间就这么一分一秒地走着,尹丝瑜看着地上的烟头,不知不觉,一盒烟就这么抽完了,可是思绪却久久没有平静,她看看手表,转身上了车。

路易斯餐厅,林顺德早早就等待着尹丝瑜的到来,他看到尹丝瑜的车徐徐开了过来,嘴角泛起了一丝微笑。

他走了过去,轻轻拉开了车门。

"尹董,你真守时,辛苦了。"林顺德客气地说道。

"我一向都这样。"尹丝瑜随手摘掉了墨镜。

两人走进了餐厅。林顺德走在前面,尹丝瑜跟着进了一个包间。尹丝瑜不客气地坐在餐桌最显眼的位置,望着门口走进来的服务员,轻轻点燃一根烟。

"好了,开始上菜吧!"林顺德瞟了服务员一眼。

"好的,您稍等!"服务员满脸微笑,转身出门。

突然,尹丝瑜冲着服务员说:"等等,包间房门就不要关了。"她边说边瞟了林顺德一眼,言语之中透露着对林顺德的鄙夷,因为在她看来,和这样的人坐在一起会窒息,她必须要透透气。

服务员疑惑地站在门口,一脸无奈。

尹丝瑜淡然一笑,冲着服务员轻轻喊道:"没别的意思,屋子太小,我只是不想让烟味影响了我们的用餐环境,你去吧!"

服务员怯怯地转身离开。

林顺德无奈笑笑,然后对尹丝瑜说:"尹董,你对其他人也是这么盛气凌人吗?"

尹丝瑜没有说话,片刻之后,她轻轻熄灭烟头,然后盯着林顺德问:

"你想说什么？"

"如果对我是这样，那辛强呢？"林顺德接着说。

此言一出，尹丝瑜的内心咯噔了一下，辛强似乎是她的软肋，这个人也许从此对她不再感兴趣，可即便这样，尹丝瑜想起辛强，内心依旧不能平静。

可是面对眼前的林顺德，尹丝瑜不得不故作镇静。

"这和辛强有关系吗？"

"我承认你是一个很有魄力的女人，可是，你走到今天，难道就没有我的一点功劳吗？"

"谢谢你给我提供了尹右川的犯罪证据，正因为这个原因，今天我才会来和你见面。"

突然，她的眼睛开始发呆，怔怔地望着门外。就在此时，辛强和吴梅在包间外面的位置坐了下来，辛强面带笑容拉着吴梅的手轻声细语。

尹丝瑜像是变了一个人，仿佛林顺德并不存在，她只是失神地看着辛强，而此时辛强就坐在尹丝瑜的对面，但他却没发现这个熟悉的女人正在一角默默地看着自己。

服务员走了进来，轻声问："先生，您的菜上齐了，您还需要什么？"

林顺德挥挥手，将服务员赶了出去。他并没有注意到尹丝瑜的表情，他随手夹了一口菜，然后接着尹丝瑜的话说："不！我并没有提供给你任何东西，是田行健，是他通过我的手给你的。"

吴梅温情脉脉地看着辛强。

"第一次陪你过这样的生日，今天我真的很高兴。"辛强面带笑容说。

"我也是，我希望这样的日子，你我都会铭记于心。"吴梅举起杯子轻轻抿了一口。

辛强一把抓住吴梅的手，深情地说："这么多年了，我们的孩子都那么大了，有些事情我一直以为可以忽略，直到今天我才明白，有些事情不做会遗憾一生。"

辛强接着从口袋里掏出一枚钻戒，递给了吴梅。

吴梅轻轻接过，笑着说："这让我想起了你当初向我求婚的时候，你的那个憨劲儿。"

"那时候我一穷二白，连个纯银戒指都是借钱买的。"辛强喝了一口酒接着说……

尹丝瑜伤感地看着辛强和吴梅亲热的样子，暗暗叹息着。

"你怎么了？"林顺德看着脸色煞白的尹丝瑜问。

尹丝瑜慢慢将视线拉了回来，她没有说话，只是看着酒杯，然后一饮而尽。片刻之后，她扭头看着林顺德说："不管如何，你的确为我做了一些事，说吧！你找我来，要干什么？"

林顺德重新审视着尹丝瑜，他看不透眼前的这个女人，只好将内心的设想和盘托出。

"我是这样想的，现在晋华由你掌舵，而天源现在的实际控股人是我，如果我们强强联手，那么在华北乃至全国，我们将所向披靡。"林顺德说。

"接下来呢？"尹丝瑜问。

"辛强现在和尹右川穿一条裤子，如果此人不除的话，那么尹右川随时有翻盘的可能，到时候，你我将死无葬身之地。"林顺德的脸色开始忧郁。

"那你的意思呢?"尹丝瑜问。

"斩草除根,让辛强永无翻身的机会。"林顺德说到此处,他的脸色开始铁青,眉宇间满是憎恨。

"有必要这样吗?"尹丝瑜大口大口地喝着酒。

"不仅这样,眼下我虽是天源的实际控股人,可是田行健名义上还是天源的董事长,难保他不会暗中搞点小动作。"

尹丝瑜看着外面谈笑风生的辛强,她的内心深处充满痛楚,可是却无处诉说。她看着辛强和吴梅,偷偷擦掉了眼角的一颗泪珠。

"辛强,我该怎么办?"尹丝瑜心里默默嘀咕着。可是,坐在对面的辛强始终没朝包房里瞟一眼。

许久之后,尹丝瑜用力举起杯子,冲着林顺德说道:"好,我答应你。干杯!"说着一仰头一口气将杯中酒喝完。

就在她放下杯子的时候,她发现外面有一双眼睛正朝这边看过来。那是一双熟悉的眼睛,就是这样一双熟悉的眼睛,让她忘记了许久之前的诺言,可如今他似乎忘却了曾经的一切,甚至连一个简短的电话都不屑于接听。

尹丝瑜用力将头扭在一边,她不想再面对辛强,她拿起酒瓶,然后冲着林顺德喊道:"来!继续,今晚不醉不归!"

林顺德迷离的双眼看着尹丝瑜,他微微笑着,在他看来,尹丝瑜不久之后也会成为自己的一颗棋子。

"好!既然尹董这么海量,那我就舍命陪君子了。"说着举杯一饮而尽。

辛强一直看着拼命喝酒的尹丝瑜,他不知道这个女人到底在干什么。

她似乎在享受着战果,似乎在为自己达到人生的顶峰而放马高歌。而在辛强看来,她在折磨自己,透支生命。渐渐地,辛强心底升起一丝怜惜，他无法言语，只是默默地看着尹丝瑜。

"咱们该走了，时间不早了。"吴梅催促着。

辛强点点头，然后站起来慢慢离开座位。就在他转身离去的那一刻，他扭头再次看着尹丝瑜。

而此时，尹丝瑜看着辛强离去的背影，瞬间失落至极，可是她没有想到辛强会回头。

两人的目光交织在一起，辛强看着尹丝瑜，内心一片彷徨。尹丝瑜看着转身的辛强，她多想辛强能够走过来，哪怕说一句安慰的话也好。她用力抓起酒杯，再次一饮而尽。当她再次抬头的时候，辛强走了。留下的只是错落有致的脚步声。

秋风渐起，这个夜晚，尹丝瑜是孤独的，她没有和林顺德打招呼，一个人怅然若失地走出餐厅。

随后，她靠在路边的大树上，抬头仰望星空，两行酸楚的眼泪滑落。紧接着，她招手打了一辆出租车，带着最后一丝留恋，进入车中。她看着灯光闪闪的街景，突然发现女人的痛楚是多么可怕。

丝丝秋风渐渐吹醒了她，此时，车中的电台上正在播放那首《我只在乎你》，她忧郁地合上了双眼。

一个月后。

白云霄走进了辛强的办公室，手中拿着一沓文件。

"怎么了？脸色那么难看？"白云霄关心地问。

辛强揉揉眼睛，振作精神，说："没事，有点累，我让你查的那件事情怎么样了？"

"你指的是田行健那边？"白云霄问。

"嗯，他最近有什么动静？"辛强站起来，看着窗外。

"自从晋华罢免了他的职务,他一直闲散在家。不久前,他在天源的股权也被林顺德套死了,现在是名存实亡的董事长。"白云霄有些惋惜地说。

"那林顺德呢?"辛强似乎对田行健并不感兴趣。

"他和尹丝瑜联手就要对咱们下手了。"

辛强轻轻地叹了口气,然后说:"看来该来的终究会来。"

"对了,我发现尹丝瑜的丈夫并不是尹右川开车撞死的,那张照片中的身影并不是尹右川。"白云霄接着说。

辛强转身看着白云霄问:"你是说凶手另有其人?"

白云霄点点头,然后接着说:"我查过晋华的内部资料,那天尹右川一直在办公室接待来自首都的钢企董事长。"

"那就是有人嫁祸他?"辛强接着说。

"我也是这么想的,我曾到交通局查看过那部车的出行记录。那天,那部车曾经出现在T市,而那天公司内部资料记录,田行健曾去T市开会。"白云霄说。

"你的意思田行健是凶手?"

"不!我想那天尹右川的司机应该是开车去送田行健开会的,很可惜这个司机没过几天就死了。"

"田行健可能见证了那一晚的事情,可惜他是不会替尹右川做证的。"想到这里,辛强不由得倒吸了一口气。

白云霄久久没有说话。此时桌子上的电话铃声响了,辛强抓起电话。

"哪位?"辛强冲着电话说。

"亲爱的,请允许我这样称呼你,这可能是我最后一次这样叫你了。"

辛强思索着,片刻之后,他恍然大悟。

"丝琦，你在哪儿？"辛强焦急地问。

"别管我在哪里，我们的故事也该结束了。"林丝琦的语气中有些哀怨。

"你到底在哪儿？你知不知道，你失踪的这些天，每个人都担心死了！"

"这些都不重要了，过几天就是我的婚礼，威尼斯大礼堂，希望你能来。"

"什么？你要和谁结婚？"辛强愤怒地吼着。

"林顺德。"林丝琦简短地回答。

"什么？你疯了？他……"辛强怒气冲冲地喊道。

没等辛强说完，林丝琦就打断了他的话。

"不！你们才疯了。一个人的欲望太大了，会活得很累，眼下我能找到这么一个对我好的人就足够了。"说完林丝琦挂断了电话。

辛强听着电话里传来嘟嘟的声音，慢慢地放下了电话，看着白云霄。

"林丝琦要和林顺德结婚了。"辛强一屁股坐在椅子上，点燃一根烟。

白云霄沉默了一会儿，然后说："我看这里面有误会，我们现在能做的只有尽快将尹右川从牢里面救出来，或许能够阻止这件事情。"

"可是，尹丝瑜和林顺德已经对我们下手了，公司的业绩很有可能再次陷入低谷。"辛强担心地说。

"他们太狠了，公司一旦陷入困境，我们势必抽不出手营救尹右川，这样在整垮我们的同时，又可以置尹右川于死地，林顺德就可以得到林丝琦。"白云霄分析着。

"好一个一石三鸟之计，看来这次真的要鱼死网破了。"

"我看先从尹丝瑜身上入手，尽快拿出证据证明尹右川的清白，这样尹丝瑜就不会成为林顺德的靠山，那样我们就还有赢的可能。"

辛强默默地点头，可是想起尹丝瑜，他有一种说不出的痛楚。

"或许只有这样干，才是最好的办法。"辛强起身缓缓走出了办公室。

尹丝瑜坐在办公室里看着眼前一份又一份的文件，是关于辛强的心愿广告公司和一些客户的合作情况的。她渐渐陷入沉思，片刻之后她按响办公桌上的通话器。

"叫刘秘书来办公室。"

"好的，尹董，您稍等！"

不一会儿，刘秘书走了进来，是一个年轻的女人。

"尹董，您找我？"刘秘书轻轻地说。

"这些文件是怎么回事？"尹丝瑜指着桌子上的文件，声音渐渐加重。

"这是一家广告公司的合作客户名单。"刘秘书说。

听了刘秘书的话后，尹丝瑜一脸沉重，片刻之后，她拍着桌子吼道："谁让你搜集这些的？"

刘秘书顿时吓得浑身颤抖，哆哆嗦嗦地说："是……是林主任。"

"够了！他算什么东西！"尹丝瑜怒吼着。

刘秘书从来没有见尹丝瑜发过这么大的火，她不敢再继续说话，只是低着头。

自从上次见过辛强后，尹丝瑜决定忘记这个男人，忘记曾经和他的一切，可是现在翻着手中的文件，不由得想起那个曾经让她深陷的男人，想起那些曾经的欢乐。可如今，辛强变了，变得陌生，变得让人遥不可及。

尹丝瑜挥挥手示意刘秘书出去。

现在辛强的客户资料全在她的手里,只要她愿意去击败辛强,辛强公司的垮台只是一个时间问题。

"这样的结果真的是我想要的吗?"尹丝瑜自言自语,仿佛他看到辛强正在某个角落暗自伤怀。

尹丝瑜想起了在餐厅时辛强转身时那个熟悉的背影。

"在你心里,难道我连你的一声招呼都不配得到吗?"尹丝瑜想着这些画面,伤痛的感觉灼皮至骨。

她轻轻拿起了桌子上的电话。突然,手机铃声响起,她看了一眼手机,是林顺德打来的。

她不耐烦地接起了电话。

"什么事?"

"桌子上的那些材料,你看见了吧!成败在此一举,我希望你能遵守我们的约定。"林顺德说。

尹丝瑜久久没有说话。

"喂!喂……" 林顺德在电话中焦急地喊着。

"我知道。"尹丝瑜重重地叹了一口气,果断地挂掉了电话。

晋华监狱里,一个人静静地躺在角落里,像个死人。不一会儿,一个年轻的警察走了进来,他冲着尹右川喊道:"尹右川!有人来看你!"

尹右川仿佛没有听见,只是盯着天花板发呆。警察将尹右川带进了探视室,辛强坐在玻璃窗对面。

辛强看着里面的尹右川,他发现,就在这几天,他残存的一点儿黑发全白了。

"你就没有什么想要告诉我的吗?"辛强盯着尹右川问。

辛强的声音通过传声器传到了尹右川那里,尹右川微微扭头看着辛强,许久之后,他才淡淡地说:"没有了,许多事情说也说不清。说与不说对我来说,都没有意义了。"

"我今天来,是要告诉你,丝琦就要结婚了。"辛强说。

尹右川听到辛强的这句话,仿佛觉醒了一般。他颤抖着站起来,双手拍打着玻璃墙,大声吼道:"你说什么?"尹右川不敢相信自己的耳朵。

"后天就是你女儿结婚的日子,新郎是林顺德。"辛强直截了当地说。

"什么?不可能,我的女儿是不会嫁给他的。"尹右川愤怒不已。

"这是丝琦亲口告诉我的,不管你相不相信,这一切终究会成为现实。"辛强有些无奈。

"不!不!"尹右川眼角终于有了眼泪。

"所以……你有什么想说的,我会转告丝琦的。"说到此处,辛强有些伤感。

尹右川绝望地瘫倒在椅子上,片刻之后,他满脸是泪地对着辛强说:"辛强,现在只有你能拯救丝琦,我求你了!"

"不!谁也救不了她,这是她的决定。现在我只想知道,你到底有没有害死尹丝瑜的丈夫和孩子。"辛强问。

尹右川叹息着,随后接着说:"那是三年前,有一天丝琦的母亲要出去转转,正巧那天我有事,就让跟随我的一个老司机陪她出去了。那晚雨下得很大,我不禁担心起来,果然,在凌晨,丝琦的母亲终于回来了,她告诉我她试着学车,不小心撞死人了,当时我就蒙了。"

"尹丝瑜为什么要说是你撞死了她的丈夫和孩子?"辛强问。

"她只是凭那张照片,我是事后赶到现场的,所以她认定是我。我给不了丝琦母亲任何名分,但终归应该帮她,后来我就安排她回到乡下了,那个老司机也被我打发走了。"

"这么说，你并不是凶手，你是为了丝琦的母亲才默认这一切的。"辛强说。

尹右川重重地叹着气，许久之后，他说："过去的事情就不要再提了。"

此时，辛强立刻打断了他的话。

"不！据我了解，当时车上还有一个人，那就是田行健，你并没有将全部真相告诉我，你到底想隐藏什么？"辛强质问着。

"什么？你是说那晚田行健也在车上？"

辛强点点头。

尹右川的思绪仿佛回到从前，片刻之后，他淡淡地说："那就对了，这些往事太复杂了，为什么要在今天重新提起？"

"你到现在还不想说清楚吗？你忍心丝琦就这样稀里糊涂地嫁给林顺德？"

尹右川沉默了许久，额头上渗着豆大的汗珠。

"事到如今，是到了该说清楚这些事情的时候了。"尹右川深深地叹着气。随后他接着说："其实，丝琦的母亲和田行健彼此一直深爱着对方，可惜，当我知道时，我们已经有了丝琦。后来，田行健在商场上被我打败了，我本想将他逐出J市，没想到丝琦的母亲跳出来百般阻挠，她宁愿远走乡下来换田行健的平安。"尹右川说完后，眼睛里充满了泪水。

"所以，田行健对你的恨，并不仅仅是商场上被你打倒，而是内心深处一种对爱的索取。"辛强接着尹右川的话说。

尹右川点点头，不再言语。

永恒婚纱店里。

林丝琦焦急地在店里徘徊着，这天是她和林顺德约好一起试婚纱的日子,她看着手表指针一分一秒地走着,不禁开始担心。许久之后,林顺德终于走进了店里。

看着林顺德走进来,林丝琦露出一丝微笑。突然,林顺德捂着胸口靠住门框,脸色凝重。

林丝琦上去一把扶住林顺德,担心地问:"你怎么了?"

林顺德深情地看着林丝琦,摇摇头。

"没事,上次受的伤还没有好利索,休息一会儿就好了。"林顺德握住了林丝琦的手。

"那为什么不早告诉我?我们可以改天再来啊。"林丝琦埋怨着林顺德。

林顺德苦涩地微微一笑,走到了一件婚纱面前。片刻之后,他转身看着林丝琦说:"没用了,我一直没有告诉你,我有严重的先天性心脏病,现在我的心脏越来越难受,医生说我时间不多了。"林顺德勉强笑着。

林丝琦一把抓住林顺德,眼中流露出无尽的悲哀。

"你早就知道这一切了?或许这就是命运,只希望我能陪你一起快乐地走过这最后的日子。"林丝琦悲痛地伏在林顺德的肩膀上抽噎着。

林顺德轻轻拍着林丝琦的肩膀:"我想会的,这最后的时间,每一分钟都应该充满快乐。来,你试一试这件婚纱。"林顺德看着眼前的婚纱,黯然神伤。

林丝琦努力地挤出一个微笑,取下婚纱在身上比画着。

此时,林顺德的内心却像针扎般疼痛,他悄悄转身捂着胸口,咬着牙,额头上渗着豆大的汗珠。

"要不,咱们回去吧!"林丝琦挽起林顺德,慢慢地向外迈着步子。

没有想到,林顺德却一把挣脱了林丝琦的手,然后有些不高兴地说:"不!我还没有死!我一定可以干完我想干的事情。"

"我知道你还一直惦记着你的那些对手,甚至包括我的父亲,难道在你心中那些东西真的很重要吗?"林丝琦开始大吼。

"对!既然开始了,就回不了头了,辛强的公司马上就要破产了,我等这一天已经好久了。"林顺德强忍着疼痛说道。

"即使有一天你做到了J市的龙头,那又怎么样?不是一样要深埋黄土,一样有未了的事情,你觉得这样活着,你快乐吗?"林丝琦盯着林顺德的眼睛,质问道。

"你说得对,但我别无选择。"林顺德的话语中似乎充满了无尽的哀愁。

辛强的办公室里,他和白云霄面对面坐着,平时不怎么抽烟的白云霄,此刻猛烈地抽着。

"最近有一家大公司一直在给我们投大量的广告,份额已占到我们年利润的百分之八十。"白云霄淡淡地说。

"这不挺好吗?有什么问题?"

"不好!这家公司从我进入公司的那天就开始向这里投放广告,而且量越来越大,我总有一种不祥的预感。"

"你说这很有可能是一个阴谋?"辛强皱着眉头说。

白云霄点点头,然后说:"这家投放广告的公司我们一点都不了解。我发现,随着它投放的量越来越大,按照它的要求,我们的许多老客户会一点一点、不易察觉地被排挤出局。如果有一天,它突然撤出,我们该怎么办?"

"难道这和林顺德有关系?或是尹丝瑜?"辛强听着白云霄的话,猛然从沙发上站起来。

"这个我不知道,可能我们将面临一场前所未有的灾难。"

"如果真是尹丝瑜，那……"辛强说到这里，停顿了许久，他不敢再往下想。

白云霄用力摁灭了烟头，他站起来看着辛强说："如果真是她，事情或许还有转机。"

"什么意思？"辛强疑惑不解。

"她只是想报仇，消灭尹右川，进而扫除有可能让尹右川起死回生的你和我，如果现在确定尹右川不是凶手，那么事情会迎刃而解。"

"对了，我见过尹右川了，他说是林丝琦的母亲撞死了尹丝瑜的丈夫和孩子。"辛强闪过一丝欣喜。

白云霄沉默了片刻之后，接着说："事情并没有那么简单，田行健谈起这件事情，遮遮掩掩，仿佛有许多事情不愿意说。"

辛强微微叹口气说："对于他们上一代的事情，有些时候是难以启齿的，林丝琦的母亲和田行健曾经有一段恋情。"

听了辛强的话，白云霄似乎豁然开朗。

"这就对了，我曾经亲自去乡下查问过关于林丝琦母亲的一切，没有想到她还有一个儿子，姓林，据说也在J市。"白云霄紧接着说。

"你的意思是说她和田行健还有一个孩子？并且也在J市？"辛强有点不敢相信白云霄的话。

白云霄点点头，片刻之后说："我总感觉这个孩子就在你我的身边。"

"为什么？"辛强有些疑惑。

"这仅仅是一种猜测。"

"这和咱们的公司似乎没有一点关系。"辛强一脸茫然。

白云霄一脸阴沉，片刻之后，他看着辛强说："的确，如果尹丝瑜真的对我们下手，我们将死无葬身之地。"

辛强听着白云霄的话,脸色渐渐凝重。许久之后,他有些茫然地说:"如果真有那么一天,我们也只能接受。"

辛强一个人坐在酒吧里喝闷酒,他想着最近发生的事情,觉得千头万绪,就像掉进了一个迷宫,不知道哪里才是出口。

此时白云霄走进酒吧,找了辛强好一阵子,最后看见辛强一脸醉相躲在沙发上,他一阵心酸。

他轻轻地走到了辛强的身边,推推辛强,然后说:"辛总,明天就是林丝琦的婚礼,你准备参加吗?"

辛强迷离着双眼,抬头瞅着白云霄,站起来满身酒气地拍着白云霄的肩膀说:"云霄啊!你来了,你说什么?"

"明天就是林丝琦的婚礼,你去吗?"白云霄重复着。

"去!为什么不去?"辛强趁着酒劲趴在白云霄的耳边说着。

白云霄一把推开了辛强,一脸怒气地抓住辛强的衣领吼着:"够了!现在我们的公司即将倒闭了,你醒醒好不好,就算我求求你了。"白云霄的声音有些哀怨。

辛强的表情停顿了片刻,随后淡淡地笑着:"好啊!尹丝瑜……"他呼喊着尹丝瑜的名字,渐渐地倒在了酒吧的桌子上。

清晨,辛强迷迷糊糊地醒来。他挣扎着坐了起来,猛然发现自己依旧在酒吧里,而白云霄早已不见踪影,而旁边却站着另一个人。

辛强朝身后望着,发现田行健不知道什么时候站在了他身后。

"你以为你躲在这里,外面就会平静?"田行健摘下眼镜,慢慢坐了下来。

"那我还能做什么?"辛强轻轻地摇摇头。

"其实,我们并不是一路人,可是走着走着就成为一路人了。"田行健若有所思地看着辛强。

此刻,辛强似乎对田行健不像当初那么厌恶了,不过,对于他的话,他还是有点不耐烦。

"你来就是为了和我说这些?"辛强扭头问。

田行健苦涩地一笑,随后冲着辛强说:"能给我支烟吗?"

辛强掏出一支烟,递到田行健的手里。

"谢谢!"田行健客气地说。辛强挥挥手,看着田行健点燃烟,然后沉浸在烟雾中,朦胧中那张面孔已经没有了往日的豪情。

许久之后,田行健看着辛强问:"你打算怎么办?"

辛强摇摇头,陷入沉思。

"小时候,我很穷,正因为如此,我很努力,很珍惜每一次幸福的瞬间。"田行健像是在和辛强聊天。

"那么现在你幸福吗?"辛强问。

"幸福包罗万象,比如能在这里遇见你,和你聊会儿天,这也是一种幸福。简单就是一种幸福,我想尹右川此时也是这么想的。"田行健淡淡地说。

"你了解他吗?"辛强问。

田行健苦涩地抿嘴一笑,随后说:"你听过多年的仇人成兄弟吗?"

田行健的话让辛强几乎不相信自己的耳朵。似乎在田行健心里,他与尹右川的仇恨早已化为云烟。

"你真的能放下这一切?"辛强问。

一支香烟即将燃尽,田行健轻轻地弹了弹烟灰,随后他无奈地说:"这些我早就想开了,可怕的是有些人开始变得很可怕,简直不敢让人相信。"

"你指的是尹丝瑜？"辛强渐渐听明白了田行健的话。

田行健沉默了片刻，叹着气，久久无言。

"她利用晋华的根基，要彻底让J市乃至T市的商界重新洗牌，我的公司说不定现在已经风雨飘摇了。"辛强看着田行健说。

田行健没有说话，只是从随身的公文包里掏出一份报纸递给了辛强。辛强接过报纸，报纸的头版上赫然印着：心愿广告公司濒临破产。

一瞬间，辛强感到前所未有的窒息，多年的心血就这样消失殆尽。他失望地放下报纸，不知什么时候，他的脑子里尹丝瑜那张温柔似水的脸庞变了，变成了一副狰狞的面孔。

"这一天终于来了。"

"是的，谁都逃避不了，就像林顺德利用尹丝瑜的慈善公司将天源的资金套牢，再过几天，我就会彻底退下来了。"田行健看着辛强，仿佛同是天涯沦落人。

田行健说着慢慢起身，就在离去的时候，他突然转身看着辛强，随后怔怔地说："我相信你可以的，你可以改变这个局面，现在已经不是为个人利益而战，而是为整个J市的商界秩序而战了。"

"的确！这不是结局，我还没有死，我要走下去。"辛强一把将报纸撕得粉碎。

此时，白云霄正在电脑上搜索着关于尹丝瑜的所有资料，他想从尹丝瑜身上找到突破口，或许这样才可以渡过眼前的难关。而此时心愿广告公司的员工都在为自己的前途斟酌徘徊着，白云霄看着眼前的这一切，心急如焚。

可是，辛强依旧没有露面，他似乎已经抛弃了这些和他一起出生入死的兄弟姐妹。白云霄盯着电脑屏幕，想着想着，一脸愤怒。

他尝试着通过技术手段去侵入一些公司的内部资料，看着屏幕慢慢打开的网页，他的眼睛不敢眨一下。

突然，页面上跳出了一份关于尹丝瑜慈善公司的一些信息。白云霄兴奋地看着，上面显示这家慈善公司每年营业额两千万，而公司实际投入慈善的将近一千万，剩余的则是公司内部支出。

白云霄思索着，似乎发现了一丝端倪。如果营业额是两千万，除去做慈善的一千万，那么还剩一千万。税收按比例应该上缴将近一百五十万，加上公司平时运转的开销二百万，那么应该还剩六百五十万，这些钱到底去哪儿了？

如果剩余的这些钱进了尹丝瑜的账户，那么尹丝瑜势必侵吞了公司财产，按照法律是要坐牢的。

"她不会这么傻。"白云霄一边思索着，一边自言自语。

白云霄冥思苦想着，最终他想起了在金融行业的一个朋友张明。他拿起桌子上的电话拨着号码。

"喂！张明吗？我白云霄。"

"哦！是云霄啊！什么事？"电话中传出了张明的声音。

"我想让你帮我查询一下北京丝瑜慈善公司的账户往来信息。"白云霄像是抓住了救命稻草。

"这……这不符合规矩，窃取公司的账号信息是犯法的，这你比我清楚。"张明在电话中为难地说。

"这件事情关系着一家公司的生死存亡，还希望你能念在老朋友的面子上，帮我这个忙。"白云霄的语气渐渐变成了哀求。

张明在电话中停顿了许久："好吧！就这一次！等我消息。"随后挂断了电话。

白云霄轻轻地吁了一口气，他抬头看着墙壁上的挂钟，十一点三十分。他关掉电脑,脸色渐渐发白,一股挥不去的忧伤写在脸上。因为此刻林丝琦的婚礼似乎已经开始了。

他随手掏出一支烟,慢慢点燃,直至整个脑袋笼罩在一片烟雾中。

林丝琦的婚礼现场一片热闹。林顺德穿着西装打着领带走在人群中,招呼着客人,而林丝琦则一身洁白的婚纱,脸上洋溢着幸福。

随着鞭炮声响起,所有的宾客渐渐入席。此时,林顺德却在东张西望,他似乎在寻找着谁,竟然连司仪对他的喊话都没有听见。更奇怪的是,林丝琦好像也心不在焉,她看着手表,心里盘算着。

这一切,现场的每一个人都能够看出来,每个人都在客气地相互打着招呼。禁不住司仪的催促,林顺德终于不再瞭望,他轻轻地咳嗽一声,站在了礼堂的前面。

"今天是我和丝琦的婚礼,大家能来,我特别高兴,我代表我的家人和丝琦的家人对各位表示感谢。"林顺德兴高采烈地说着。

听着林顺德的话,林丝琦微笑着点头。

紧接着,站在一边的司仪开始说话:"下面请新郎新娘相互交换戒指!"此时林顺德和林丝琦面对面站着,林顺德掏出一枚戒指,深情地看着林丝琦。

"这一天,我已经等很久了。"林顺德轻轻地说。

"希望我们彼此都记住今天这个日子,永生不忘。"林丝琦含情脉脉地说。

"好!就让这个美好的画面停留在彼此的记忆中,永不消散。"林顺德将戒指戴在了林丝琦的手上。

此时,宾客中瞬间响起雷鸣般的掌声。

林顺德冲大家点点头,随后笑着说:"请大家随意用餐!"话音落地，大伙渐渐坐回到原来的位置，就在扭头的瞬间，林顺德的视线似乎搁浅在那一刻。

他看见尹丝瑜迈着轻快的步子，慢慢走了进来。林顺德没有想到她今天会来，他和丝琦说了一声，然后走下了礼堂的台阶，上前和尹丝瑜打招呼。

"今天你能来，我和丝琦都很高兴。"林顺德说。

尹丝瑜微微一笑："是吗？这样的日子我怎么可能不来呢？"

"请！"林顺德做了一个手势，将尹丝瑜请到了上席。

不知道什么时候，辛强站在礼堂大门口，他头发蓬松，似乎多日没有洗过脸，手中握着一个酒瓶跟跟跄跄地走了过来。

这一切被林丝琦看在眼里，她三步并作两步地跑过去扶住辛强，失望地说："你终于来了。"

辛强用力搓搓自己的脸，他想让自己在此刻更清醒一点。

"你今天，真的很漂亮。"辛强勉强地笑着。

"你认为说这些话还有用吗？"林丝琦有些不快。

辛强看着林丝琦，他突然不知道该说什么，许久之后，他用力地说："有用！你们不能结婚！"

听到辛强的话，林丝琦的脸色瞬间充满了愤怒。

"如果你喝多了，请你到里面休息。今天是我大喜的日子，我希望你自重！"林丝琦不耐烦地转身就走。

就在此时，辛强一把抓住了林丝琦的手，随后他郑重地说："就算是我今天喝多了，那他说的话你总该相信吧！"辛强用力地指着身后。

此时，从大门外缓缓走进来一个人。刹那间，林丝琦像是木头一样呆住了，她不知道该说什么，更不知道眼前的这个人怎会突然出现在这里。

尹右川赫然站在门口，几个月的牢狱生活使他消瘦了很多，可是一双眼睛却炯炯有神。

林丝琦颤抖着，上前两步，嘶声喊着："爸爸，你终于来了！"

尹右川走到了林丝琦的面前，抚摸着她的脸，丝琦的眼泪落了下来。

"今天的日子，我怎么会不来呢？"尹右川的声音有些哽咽。

"你老了很多。"

"我虽然老了，可是还不糊涂，辛强说得对，你们不能结婚。"

听着尹右川的话，林丝琦顿觉晴天霹雳。

"直到今天，您还不同意我们的婚事吗？为什么？"林丝琦哭着问道。

此时人群中一片鼎沸，宾客们议论纷纷。

尹右川看着眼前的众人，他的声音渐渐变得微弱。

"你们不能结婚，因为有许多事情，我们必须承担，犯下的错，迟早要承担后果的。"

此时站在远处的尹丝瑜吃惊地看着尹右川，她不知道尹右川是怎样出来的，更不知道接下来尹右川会说些什么。

"在我和丝琦的母亲认识之前，田行健和丝琦的母亲就有一个儿子，虽然这是很遥远的事情了，可是今天有必要说清楚，这个男孩就是林顺德。"尹右川像是在回忆往事。

"不！你胡说！我怎么可能是田行健的儿子？"林顺德发疯一般冲着尹右川大声吼着，他无法接受这个事实。

对于这些，尹右川并没有生气，片刻之后，他接着说："其实，这一切田行健心里最清楚，可惜他来不了了，这是他托我带给你的信。"尹右川说着从身上拿出一封信，递给了林顺德。

林顺德急急忙忙打开，上面写着：

孩子：

　　当你看到这封信的时候，我已经去了我该去的地方。多年以前，我和你母亲生了你，可是你却姓了林，而不是田。其实和林丝琦一样，你们都是你母亲的孩子，只是同母异父。这些事情或许你的母亲从未对你讲过，现在我告诉你。

　　原谅这一切，原谅这些不能回首的往事。

　　我们一家本该其乐融融地生活，自从尹右川出现后，我们再没有快乐可言，紧接着丝琦出生了，她选择了和你一样的命运，也姓林，或许，她连选择的机会都没有，就姓了林。当我得知那是你母亲的决定时，我才知道，你母亲始终爱着咱们这个家，在我和尹右川之间，我永远是第一位的。

　　在事业上，我一败涂地，可是在感情上我胜利了。他能夺取你的母亲，可是他永远夺不走你母亲的心。

　　在这个日子里，做父亲的本该为你送上一份祝福，可惜，我不能，我要承担上天对我的惩罚。

　　对于你来说，这个日子想必是最刻骨铭心的，接受吧！孩子，她永远是你的妹妹。

田行健

一张纸轻轻地飘落，林顺德伤心地看着林丝琦。

"原来我们都错了。"他慢慢地从辛强身边走过，走到门口。

"你想知道田行健去哪里了吗？"辛强淡淡地说。

林顺德微微转身，看着辛强："你想说什么？"林顺德第一次直面辛强。

"好些年前,有一对地下情侣去T市游玩,可是途中下起大雨,就在他们返回J市的途中撞到了人,而当时车上是一个男人在开车。你想知道这个开车的男人到底是谁吗?"辛强像是在讲述一个亲眼所见的故事。

林顺德慢慢摘掉眼镜,此时,他才明白似乎这一切只有自己蒙在鼓里。

"那个男人就是田行健?"林顺德故作平静地问。

"你认为呢?当时就是他开车撞死了尹丝瑜的丈夫和孩子。"辛强干脆地说。

"你胡说!"林顺德冷静地看着辛强。

"我没有胡说,就是这样,你的母亲替他扛下了所有的责任,这也是他一直愧疚的原因。"辛强的声音变得越来越高。

"那他现在去哪儿了?"林顺德开始有些发狂。

辛强叹了一口气,随后说:"这么多年来,他每天都在做一个噩梦,现在他终于解脱了,因为他去警察局自首了。"

"什么?"林顺德吼着。

"特别是在今天,他知道你和林丝琦要结婚,他知道只有尹右川的出现才能阻止这场婚礼,所以他甘愿这样做,这一切都是为了你。"辛强不愿意再说下去。

此刻,林顺德眼神中流露出难以抑制的忧伤,他像是一个受伤的孩子,一动不动地站在那里。许久之后他慢慢转身,走出了大门,仿佛此刻的他终于放下了一切。

尹丝瑜看着离去的林顺德,神情有些失落,她嘀咕着:"他最终还是决定要去替尹右川洗刷罪名,这一切也该结束了。"

她起身走到了大门口,扫视了一眼尹右川。

"你终于出来了。"尹丝瑜淡淡地说。

尹右川冷眼盯着尹丝瑜，随后轻轻地说："我不算太坏，所以'好人有好报'这句话同样适合我。"

尹丝瑜低下了头，片刻之后，她用手摸了摸额头，看着辛强，眼神依旧那么温柔。

"你依旧那么恨我？"尹丝瑜淡淡地说。

辛强微微一笑，将手中的酒瓶随手扔在一边，然后说："这样的结果似乎出乎你的意料。"

"没关系，人生就是这样，有输有赢。从我认识你的那天开始，我就知道，我们路不同，所以追求的也就不一样。"尹丝瑜说。

"所以你就利用那张照片诬陷尹右川，进而坐上了晋华钢企的第一把交椅。其实，你从一开始就知道你的丈夫和孩子不是尹右川害死的。"辛强盯着尹丝瑜，眼神中再一次充满失望。

尹丝瑜轻轻吁了一口气，许久之后说道："事到如今，你认为说这些还有意义吗？"

"有！因为对于一个人来说，最重要的就是找到回家的路。"

尹丝瑜闭上双眼，感受着眼前看似平静的这场争斗。许久之后，她睁开眼睛说："可惜，我回不了头了。"说完后，她一步步走出大门。

一个星期后，尹右川的别墅下面，停着一辆车。

林丝琦提着行李从别墅门口走了出来，身后跟着尹右川。

"孩子，你还是别走了。"尹右川不舍地说。

"不！爸爸，我还是决定暂时离开一段时间。"林丝琦面无表情，一只手拉开了车门。

尹右川轻轻摇摇头，看着林丝琦，他感觉一瞬间失去了太多的东西。

"爸爸老了，可能不是很理解你们年轻人的事情，你去吧！去了英国，记得来电话。"尹右川声音有些哽咽。

林丝琦忍住了快要滑落的眼泪，转身上了车。不知什么时候，林顺德出现在车的前面，他看着车里面的林丝琦，神色凝重。

"你决定了？要离开这里？"林顺德走到车窗前面轻轻地说。

林丝琦扭头看着林顺德，默默无言。

"你来就是为了和我说这些？"林丝琦问。

"感谢你让我们拥有了一段浪漫的感情，虽然有些滑稽，可是很真实。"林顺德说。

"是啊！真不敢相信那些海誓山盟的话，在一夜间就崩塌了。"

"这就是宿命，我们没得选择。"

"你呢？你的时间也不多了。"林丝琦问。

林顺德无奈地摇摇头，片刻之后，他努力挤出一个微笑，然后说："顺其自然吧！或许，我也该找一个地方度过余生。"

"所以，我还是认为我们做兄妹比较合适。"林丝琦嘴角露出一个微笑。

林顺德淡淡一笑，不再说话。

"开车。"林丝琦冲着司机说。随后一辆车缓缓驶出了小巷，消失在了林顺德的视线里。

林顺德从身上掏出一张两人的合影，看着看着，突然泪流满面，他掏出打火机点燃了这张照片，照片慢慢烧尽，落在地上，一阵风吹过，随风而去。

他转身来到了晋华医院，准备开始新的生活。

辛强站在一座高楼的楼顶，向下看着。十七层的几间房子是他租下来用来办公的，可是现在他连房租都交不起了，从银行贷来的款项，除掉给员工发的工资，现在所剩无几。

他看着路上川流不息的车辆，想起了当年来到这里，身无分文，后来努力奋斗到现在，成立了这家广告公司。可是如今他又回到了原地。

他不甘心就这样结束了，他咬紧牙关，准备和尹丝瑜进行最后的战斗。他转身下了楼，汽车已经卖了，他一个人走在马路上，不知不觉，他来到了那间熟悉的酒吧。

停顿了片刻，辛强最终还是走了进去。他依旧找了一个寂静的角落，要了一瓶酒，开始自醉自酩。

就在他喝得微醺的时候，眼前出现了一个人，手中拎着一瓶法国罗曼尼，一言不发地坐在了对面。

"是你？"辛强抬头看着眼前的这个人。

此人正是尹丝瑜，今天她换了一身行头，没有以前那般高贵，反而酷似风尘女子。

"怎么？不欢迎我来坐一坐，顺便陪你喝一杯？"尹丝瑜微笑着。

"说实话，不怎么欢迎！"辛强冷眼盯着尹丝瑜。

"看来你还是不了解我。"

"我有必要了解你吗？你用一些不光彩的手段，瞬间变成了晋华的董事长，这也值得炫耀吗？"辛强举起酒杯冷嘲热讽道。

尹丝瑜的脸瞬间一片通红，她收起了笑容，冷冷地盯着辛强，随后把一杯红酒泼在了辛强的脸上。

辛强用手擦拭着脸上的酒，慢慢站起来，他看着尹丝瑜，然后咬着牙说："你不仅手段阴险，做人同样无耻。"

"够了！你没有资格这样说我。"尹丝瑜起身冲着辛强吼着，"我能走到今天，不排除为了我自己，但你要相信，我做的一切全是为了我们的未来。"尹丝瑜的神情有些哀伤。

"为了我们？"辛强冷笑着。

"不错！眼下这片土地，只有你和我才配拥有。"尹丝瑜接着说。

辛强看着尹丝瑜，他第一次发现眼前的这个女人欲望大得吓人。

"恐怕让你失望了，对于我来说，普通人的生活就足够了。"

"那你的企业呢？你就让它这么倒下了？"尹丝瑜盯着辛强问。

这句话正戳中了辛强的软肋，辛强一屁股坐在沙发上，不知道该说什么。

"只要你愿意跟着我，我保证你的公司做到像晋华一样强大，到时候，我们都不再是别人刀板上的鱼肉了。"尹丝瑜试着重新找回辛强的自信。

"我的公司？我该怎么办？"辛强似乎喝多了，不住地重复说着，脑子一片混乱。

他想着，只要此时答应尹丝瑜的要求，哪怕是和她说一句软话，自己的公司就不会倒下。可是一个男人的骨气和血性在哪里，辛强摸摸自己的额头，他不知道该怎么办，他抓起桌子上的酒杯一饮而尽。

就在辛强竭力思索之际，一个声音突然冒了出来，辛强微微抬头冲着远处看去，只见白云霄拿着一沓厚厚的资料走了过来。

"我看你想得太天真了，辛强是不会答应的。"白云霄看着尹丝瑜干脆地说。

尹丝瑜一脸吃惊地看着白云霄，他不知道这个人为什么会突然出现在这里。

"是你？"尹丝瑜吃惊地说。

"是我，其实你不应该感到奇怪，我来的目的很简单，就是找你谈谈。"白云霄绕过了尹丝瑜和辛强坐在一起。

尹丝瑜马上恢复了平静。随后，她斜眼看着白云霄，心里琢磨着白云霄的目的。

"和我谈？谈什么？"尹丝瑜努力地保持着微笑，重新坐了下来。

"我想你应该了解这个公司的一些资料吧！"白云霄将手中的资料放在了桌子上，随手推到了尹丝瑜面前。

尹丝瑜慢慢拿起桌子上的资料，脸色瞬间就变了，这是一份关于北京丝瑜慈善公司收入支出的报告。这里面有许多不为人知的秘密，包括慈善公司资金流向，尹丝瑜看着这份资料，她再也坐不住了。

"你从哪里得到这些资料的？"尹丝瑜质问着。

"这你就别管了，你顶多在法庭上起诉我偷窥商业秘密，这些后果我早就想过。"白云霄冷冷答道。

"知道有这样的结果，你还这么做？"尹丝瑜试探着。

"我对起诉的后果不关心，只是关心这家慈善公司的资金流向，我想你比我更清楚吧！"

尹丝瑜不仅没有紧张，相反淡淡一笑，随后她一脸轻松地说："你可以起诉我贪污慈善公款，我随时恭候。"

"不！我没有这份闲心，事到如今，你还是不见棺材不掉泪。"白云霄不想再兜圈子。

"你指的是什么？"尹丝瑜冷眼盯着白云霄问。

"丝瑜慈善一年的进账是两千万，捐款用去一千万，各种支出三百五十万，那么剩余的六百五十万呢？"白云霄盯着尹丝瑜厉声问道。

"这笔钱在公司的账户里，还有什么要问的吗？"尹丝瑜依旧一脸平静。

"你撒谎，这笔钱根本就不在公司的账户里，你用这笔钱悄悄以低价购买晋华的钢材，然后高价出口卖到国外，这是走私，这种行为的后果你是清楚的。"白云霄说着，一巴掌拍在桌上。

尹丝瑜没有接话，似乎这句话正戳中了她的软肋。

"你是怎么知道的？"她似乎有些累了，声音已经没有了原先那般洪亮。

"这个世界上没有不透风的墙，要怪就怪你心太狠了。你要不赶尽杀绝，我们会这样吗？"白云霄稍稍抑制住内心的愤怒说道。

"你们早就知道了？"尹丝瑜看着辛强问。

辛强没有说话，只是盯着酒杯中的酒，似乎此刻这杯酒再也没有原先那么芬芳了，而是带着苦涩。

她看着辛强，发呆，然后泪流满面，像一只斗败的小鸟，泛不起丝毫激情，她轻轻地抽噎着，直至放声大哭。

"我最后还是输了。"

辛强看着眼前的一切，微微叹息着："回头吧！你还有第二条路可以走！"随后他和白云霄走出了酒吧。

尹丝瑜手里握着酒杯，一饮而尽。她喃喃自语道："回头？我已经永远不能回头了。"

晋华钢企会议室一片沸腾，所有的董事都聚在一起谈论着最近发生的事情。此时尹右川从门外走进来，他略显憔悴，眼神不再如往日般刚毅。

他扫视了会场一圈，沉稳地说："晋华已经走过了几十个年头了，在这么长的岁月里，我们携手，经历过失败，也分享过成功，才有了今天的辉煌，所以晋华不能败。"

此时，在座的董事纷纷点头。尹右川停顿了片刻，接着说："最近大家可能听说了关于尹丝瑜董事长的一些事情。我想说的是，一个人可以有欲望，但不可以为钱投机倒把；一个人可以追逐所谓的梦想，但底线是不要出卖自己的灵魂。"尹右川说到此处，语气渐渐开始激昂。

此时，大伙纷纷表示赞成，紧接着一阵掌声响起。

"欢迎尹董重新回来主持大局，大伙鼓掌。"其中一名董事站起来高喊着。随后所有的人都附和着。

尹右川嘴角抿出一个微笑，随后他摆摆手说："感谢大伙还这么信任我，虽然在法律上我有继承尹丝瑜股权的资格，可是现在我的精力已经不如从前，所以我建议选举新的董事长。"

此言一出，大伙顿时又开始了议论，似乎今天的尹右川已经没有了往日的刚毅。

心愿广告公司，辛强和白云霄正坐在一起议论着。

"我不明白，你为什么要放过她？"白云霄冲着辛强说。

"那你想怎么样？"辛强反问。

"她应当受到法律的制裁，为什么你要网开一面。"白云霄不服气。

"其实对一个人内心的摧残要胜过任何一种惩罚，人的生命其实很短暂，我们能做的事情还很多，有些事情做了以后能怎么样呢？"

"也许你对她的感情一直未变，这是我永远都不可能理解的。"白云霄仿佛明朗了许多。

"你看看这个。"辛强从口袋里掏出手机，打开一条短信让白云霄看。随后他接着说："这是林丝琦临走时给我发的，有些时候女人的度量比男人更加宽广。"

白云霄低声念着："你还记得那晚雨中的情景吗？想不到那样的场景却是我们人生的最后一次交集。我不知道我还会不会再见到你，也不知道什么时候可以回到国内，但我知道，每当看到蔚蓝的天空，就会想起远在故土的朋友。"

"人生最好的东西总是和最坏的连在一起，幸福的极致往往是悲哀。

原谅所有的不对，你的心胸才会像蓝天般开阔。哦，对了，有时间去看看林顺德，他已经时日无多，我相信如果我们都可以拥有宽广的胸怀，即使最痛恨的敌人最终也会成为朋友。"

"原来我一直不了解女人。"白云霄慢慢合上了手机，他在一瞬间似乎明白了。

辛强起身，看着窗外即将来临的冬天，他将衣服重新裹了裹。

"晋华终于回到了尹右川手里，现在终于物归原主了。"辛强嘴角挤出一个微笑。

"他会不会像从前一样对付我们？"白云霄问。

"我想不会了，他现在已经精疲力竭，说不定正在找总经理的人选呢。"辛强说。

"这次不会是你吧？"白云霄开玩笑地看着辛强说。

辛强没有说话，片刻之后，他点燃一根烟，然后拍拍白云霄的肩膀说："好了，不说了，我该去医院看看林顺德了，这个往日的战友、昔日的敌人、今日的……"辛强没有说完，嘴角露着一丝笑，离开了办公室。

他下了楼，走在繁华的人群中，不时看着过往的行人，此刻的心情无比轻松。

这时，辛强的手机突然响了，他收到一条短信，是尹丝瑜发来的。短信的内容只有一个地址。辛强不解，但他还是开着车向短信上的地址驶去。

快到目的地时，辛强发现一群人站在一幢大楼下面，不时冲着大楼上面指指点点。

辛强快速走过去。

"那个女人在干什么呀？真有病！"人群中的一个妇女指着楼顶说道。辛强冲着楼顶望去，猛然发现楼顶上坐着一个女人，一只腿跷在半空中，随时都会掉下来。

这个女人居然是尹丝瑜。辛强瞪着眼珠子看着尹丝瑜，只见她头发蓬乱，好像许久没有梳过，她不时发出一两声傻笑。

辛强拨拉开人群，挤在了最前面，他冲着尹丝瑜喊着："丝瑜，有什么事情，咱们下来说，千万不要这样！"他边说着，边迅速冲进了大楼。

他到达楼顶时，楼顶上已经站了好些人，其中有两名警察，只是不敢太过靠近。

"丝瑜，你听我说，有什么事情，咱们都可以坐下来解决，千万别做傻事！"辛强看着尹丝瑜的背影，边说，边一步步靠近。

"你是她什么人？"其中一名警察问。

"我……我是她朋友。"辛强断断续续地说。

"这个肯定是她男朋友，怎么现在才来，她已经坐在那儿一上午了，有这样的男朋友真是倒霉。"有人夹枪带棒地说着。

辛强顾不上理会这些话语，他慢慢向前走着。突然，尹丝瑜回头看着辛强，她的眼神中充满了绝望，脸上顿时流下两行热泪。

"你终于来了。"尹丝瑜似乎恢复了神志。

辛强用力点点头，继续向前走着。

"别过来，我……我希望我们就这样相视，让这一刻的美好留在我最后的记忆中。"尹丝瑜深情地说。

"为什么要这样？你完全可以重新来过。"辛强停住了脚步。

"不！我们路不同，我已经不能回头了，而你才开始，我们注定不可能再有交集。"

"人都会犯错，为什么你从来都不愿意面对真正的自己？"辛强压抑不住内心的焦急。

"你还记得我们第一次见面吗？从那一刻起，尹丝瑜就已经死了，走了这么久,对我来说已经够奢侈了。"尹丝瑜傻笑着。

此刻,辛强想起很多,他想起了第一次看见尹丝瑜的那种冲动,想起了第一次和尹丝瑜缠绵于J市那个旅馆,想起了在酒吧他们深情拥抱着跳舞。他们那时是知己,可如今却那么陌生。

"真的不可以重新来过吗?"辛强忧伤地说。

"你是说我们吗?你还记得在酒吧,你拥着我,我为你唱的那首歌吗?其实那首《我只在乎你》就是为你而唱的,可是现在一切都已经成为往事,我们之间已经不可能了。"尹丝瑜黯然地诉说着。

"为什么?"辛强大吼。

"因为对于我的丈夫来说,我不是一个合格的妻子;对于晋华而言,我是一个叛徒。我不再是那个光鲜的尹丝瑜,我只是披着人皮苟延残喘地活在人的世界里。"尹丝瑜几度落泪。

"我们的事情我不会忘记,每一个清晨,我都会不由得想起很多,直到夜幕降临,我都依然活在每一个相拥的瞬间。"辛强倾诉着自己的心声。

"这已经足够了,就让这一切永远活在记忆里吧!你的记忆中有我,我的记忆里亦有你,再见了!"尹丝瑜说着纵身一跃,像一朵花儿飘散在天空中,辛强忍不住,瞬间冲了上去,他想抓住尹丝瑜。可惜,还是迟了一步,她重重地摔在了地上,离开了这个让她眷恋,又让她绝望的世界。

一个月后,辛强站在黄陂陵园里,手拿着一束鲜花,看着墓碑上尹丝瑜那张面带笑容的照片黯然悲伤,他蹲下身子,双手抚摸着墓碑,将鲜花放在前面。

"一路走好!"辛强低声说。

"我想她会的。"身后传来一个声音。

辛强转身，看见林顺德站在不远处，正盯着这边。辛强慢慢站起来，他微微整了整衣服，恢复了往日的平静。

林顺德缓缓走了过来，手中拿着一束黄玫瑰。

"你怎么来了？"辛强有些纳闷。

"我为什么不能来？我只是想让她走得更安心些。"林顺德蹲下身子将鲜花放在墓碑前面。

"怎么感觉像是猫哭耗子。"辛强挖苦着。

"是吗？至少我们在同一条战线上战斗过，你不这么认为吗？"林顺德回应着。

"在我看来是同流合污，与狼共舞。"

"直到现在你依旧是满腔斗志，包括在这里，这也是我佩服你的地方，不管任何时候你总是追求稳中求胜。"林顺德回头看着辛强说。

辛强微微一笑，然后说："过奖了，你也不差，终于过了把瘾。"

"可是，我再也走不下去了。"林顺德收起了笑容。

"这我知道，正如林丝琦所说，这都是宿命。"说到这里，辛强倒有些为林顺德悲伤。

"听说你要接替尹右川担任晋华新一任董事长？"林顺德苦涩地笑着说。

"说实话，我认为你担任这个职位比我更合适。"

"为什么？"林顺德似乎很奇怪辛强这么说。

"因为你的战略眼光比我长远，这一点的确是我不具备的。"辛强毫不掩饰自己内心的想法。

"我第一次听见你对一个人有这么高的评价。"林顺德微微笑着。

就在此时，尹右川从不远处走来。林顺德看着尹右川渐渐走近，转身准备离去，突然尹右川开口了。

"等等，干吗这么着急走？"尹右川看着林顺德的背影喊道。

林顺德微微转身看着尹右川，他从尹右川眼中似乎永远看不出什么，片刻之后，他只能说："和你们在一起，我怕我不太受欢迎。"

"你想多了，如果你真不受欢迎，尹董就不会把你留下。"辛强接着说。

"是吗？照你们这么说，我怎么感觉我什么都不是了。"林顺德自我挖苦道。

尹右川微微挤出一个笑容，看着林顺德说："能从内心里正视自己的人现在已经不多了，大丈夫做错了，勇于承认就是一种魄力。入晋华钢企，怎么样？"

听着尹右川的话，林顺德久久无言，许久之后，他慢慢伸出一只手，冲着尹右川说："希望咱们合作愉快，可是我已经时日不多了。"

尹右川一边握着林顺德的手，一边拍着辛强的肩膀，随后放声大笑。辛强拍着林顺德肩膀说："你的这些事情，尹董已经知道了，你就放心好了，他已经给你安排了国外最好的医生。"

林顺德顿时两眼放光，他看着尹右川不知该说什么。

"你的合约看来还可以延续，我看我该走了，我老婆和女儿等我回家吃饭了。"辛强冲着林顺德神秘地一笑，转身就走。

一缕斜阳划过，尹右川微微笑着，林顺德好像突然明白了什么。两个人相对，久久无言。

"谢谢您，不放弃我！"林顺德羞涩地笑着，双手插在下衣口袋里。

尹右川轻轻地拍着林顺德的肩膀："是你不放弃自己，如果你真放弃自己了，今天你就不会来这里了。"

"原来您这么了解我。"林顺德有些不好意思，边说边搀着尹右川慢慢地离开。

"浑小子,就你心眼多。"尹右川慢声责备着。

"看来姜还是老的辣。"林顺德索性敞开了心扉。

尹右川微微摇头:"你小子,到现在还忘不了以前的事。"

两人渐渐走出了陵园,尹右川驻足,回头看着陵园上方的天空,只见一缕彩虹浮现在天边,伴着夕阳,像是在娇艳地演绎着落幕前的最后一个场景。

"丝琦,你在哪里?你现在好吗?"尹右川有些悲伤。

"但愿她能够像这一缕彩虹,娇艳而美丽,无忧无虑,永远快乐。"林顺德接着尹右川的话说。

林丝琦提着行李并没有去飞机场,她只是想找个地方暂时躲起来,她捏着林顺德给她的纸条,只见上面写着三个大字:三河屯。

林丝琦仔细琢磨着,随后将纸条朝着天空一扔,转身招了辆的士,任由司机载着她在这座城市里游荡。

她正在试着忘记以前的事情,忘记那些刻骨铭心而又荒唐的记忆,可是越是这样,心里越憋得慌。就这样走了许久,天空渐渐变暗,夜晚即将来临。

"小姐,已经走了一小时了,还要走吗?"司机问。

"接着走!"林丝琦吼道。

"可是我们要交班了。"司机解释着。

"别废话!"林丝琦有些恼怒,随手扔给司机五百元。司机接过钱,也不好再说什么。

林丝琦第一次发现J市的夜色很美,可惜这样美好的夜色竟然充斥着忧伤的记忆。

她从手提包里掏出一支烟,慢慢点着,一个烟圈从口中吐了出来,她感觉有些累了，前所未有的疲惫，最后她伏在车窗上不知不觉地掉下眼泪。

"停车！我要下车。"她擦拭了泪水，大声喊着。司机吓了一跳，一个急刹车，车立刻停了下来。

林丝琦下了车，她茫然地望着眼前的一切，突然发现，眼前是 J 市的宏坤大桥，她放下行李，站在桥上看着下面缓缓流动的江水，陷入沉思。

J 市曾县三河屯一个农家院落里，一个妇女正端着簸箕撒着稻谷，院子里一大群鸡鸭争抢着食物，不时发出咯咯的叫声。

这座院子的四周用篱笆围起，透过篱笆隐约可见一间土屋，门敞开着，院子的西面摆着几个凳子和几张缺了脚的桌子，凳子上面坐着十来个孩子，最大的有八岁，最小的约两岁，他们正盯着前面的一块小木板，默默地念着："秋天来了，树叶黄了，燕子就要飞到南方过冬……"

"燕子，你背会了没有？"妇女冲着坐在凳子上的孩子问。

不一会儿，一个小女孩跑了过来，满脸笑容。

"婶婶，我背会了。"小女孩是这群孩子中年纪最大的。

"好！真乖！背会了就把这桶泔水给猪倒了！"妇女摸着女孩的脸蛋说着。

"好啊！婶婶，我这就去，您明天继续教我认字，等我长大了，你就不用这么辛苦了。"小女孩提着泔水走着。

"好！好！明天继续教你们！"妇女轻声笑着。

"婶婶，你的学问真多，你比村里的人强得多。你是怎样学到这么多学问的？"小女孩在不远处问。

妇女顿时迟疑了许久，然后望着篱笆外面轻声叹着气，往事似乎重新浮现在眼前。

她就是之前尹右川家中的保姆林婉仪，后因一桩车祸案远走乡下，如今岁月流逝，她已经不再是当初那个水灵灵的小姑娘，换来的是两鬓白发。

她失神地看着篱笆外面，仿佛外面的风景就像是一江春水，只是江水已经东流，空留些许惋惜。她轻轻地走到篱笆前，一只手附在篱笆上，看着前面的小路，这条小路曾经给了她希望，让她见证了城市的风情和魅力，可是最终她还是选择回来，或许这就叫作落叶归根吧。

她转身慢慢地向屋里走去，就在此时，一个声音响起。

"妈妈，您还认得我吗？"

林婉仪微微一怔，慢慢转身，看到了多年未见的林丝琦。林婉仪顿时泪流满面，她上前紧紧抱住林丝琦说："孩子，妈妈对不住你……"

林婉仪拉着林丝琦的手走进屋里。

屋子里面的布局特别简陋，迎面放着一个木头大柜子，旁边搁着几袋食盐和一瓶酱油。脚下到处是玉米秸秆，不远处的大土炕上放着几条破旧的被子。

"您就住在这里？"林丝琦悲切地问。

"还有那些孩子，总算不是很孤独。"

"孩子？"林丝琦疑惑地问。

"就是院子里那些孩子，她们都是孤儿。"林婉仪接着说。

"你一个人的日子就够辛苦了，为什么还要收养这么多孤儿？"林丝琦问。

"有了她们就有了欢乐，总共十个孩子，都是一个女士从外地收留到这里的，她定时寄钱过来。"林婉仪讪讪地回答。

"一个女士？"林丝琦问。

"是啊！比你大不了几岁。"林婉仪给林丝琦倒了一碗水，放在了她面前。

"看来她也是个大善人。"

"不过她好久没有消息了,怕是出远门了。"林婉仪说到这里有些惋惜。

"您别担心,好人就会有好报,以后我会来多多陪伴你。"林丝琦甜蜜地笑着说。

就在此时,门外的燕子突然叫唤着进了门。

"姊姊,篱笆外面站着一个叔叔,说是找人的。"燕子怯怯地说。

林婉仪点点头,眉头闪过一丝不安,然后走出了房间。篱笆门外一个男人手拿一个包裹,身旁放着一辆自行车,看样子是一个邮递员,正朝里面望着。

"你好,你是林婉仪吗?"男人贴着篱笆问。

"你……你有什么事吗?"林婉仪撩了撩了额前的头发。

"我是送包裹的,这里有你的一个包裹。"男人隔着篱笆将包裹递过来。

林婉仪放松了紧绷的神经,轻轻打开包裹,里面有十来件孩子们穿的衣服,还有许多看似放了很长时间的水果。

"燕子,把这些水果拿去分了,不许争吵了!"林婉仪喊着。就在此时,一封信从包裹里掉了出来。她微微蹲下身体,捡起这封信,然后快速打开,只见上面写着:

姊姊:

　　请允许我这样称呼你,至少这样让我感觉我不是一个孤独的人。包裹里的衣服是给孩子们买的,对了,还有你的一件,你看合身吗?是不是颜色有些艳了,呵呵。

林婉仪一边看着信，一边从包裹里揪出那件衣服，嘴角露出一丝微笑，然后继续往下看信。

此刻我已经踏上了去美国的飞机，一方面是生意忙，一方面是由于身体的原因，我不知道什么时候才可以再见到你，也不知道什么时候可以回来，不过当我看到异国的小朋友就会想起你甜美而纯真的笑容。这个世界有太多的不舍，每个人总有自己的路要走，谁也代替不了。对了，里面有一张银行卡，卡里的钱足够这几个孩子上大学了，为了这一切，我已经回不了头了。不过待到他们长大成人的时候，别忘记告诉他们我内心深处的一个秘密，我也姓尹，名字叫丝瑜。

林婉仪的眉头紧紧皱起，她嘴里轻轻念叨着什么。

"尹丝瑜？她就是尹丝瑜？"

此时林丝琦走出了屋，看着林婉仪异样的表情，快速走了过来。

林婉仪将信递给了林丝琦。林丝琦接过信，一边咂着嘴，一边轻声念着，突然她的表情变得异常冷峻。

"尹丝瑜？她……她不是已经死了吗？"林丝琦诧异地说。

"什么？不可能，她怎么会死呢？"林婉仪不敢相信。

"她真的死了，由于挪用公款和涉嫌走私钢材，一时想不开，跳楼了。"林丝琦说。

"这么好的姑娘，居然……"林婉仪不忍再说下去，转身进了屋。

林丝琦重新看着这封信，她隐隐感觉尹丝瑜在这封信里面隐藏着自己的苦衷。

"难道卡里面的钱就是被挪用了的公款？"林丝琦越来越感觉事情没有那么简单。

"那走私钢材是怎么回事？难道她的死是为了掩盖一些事情？"林丝琦叠起了信，陷入沉思。

"难道他们为了扳倒尹丝瑜故意设了这样一个局，利用慈善公司控股天源的机会，故意走私一批钢材，让她有口难辩。"想到这里林丝琦冒出一身冷汗。

身后一群快乐的孩子们正在嘻嘻哈哈地笑着，仿佛只有在童年才不会有忧愁和怨恨。冷风中，林丝琦看着远方的一排白杨树，颤巍巍地摇晃着。

"你不会白死的，我会让他们付出代价，女人生来就不应该被欺凌。"林丝琦冷冷地嘀咕着。

晋华第一监狱。田行健埋着头坐在地上，多年前的一场撞人逃逸，他被判了八年有期徒刑。此时他盯着天花板，静静地思索着。

"5079，有人来看你了。"一名狱警隔着铁栅栏冲他喊着。

田行健微微朝外面瞟了一眼，重重地叹了一口气。他跟随警官走到探视区，来人正是当初给田行健出谋划策的廖忠凯。

"老弟，我看你来了。"廖忠凯轻轻地说。

田行健慢慢抬起头，没有好气地说："你来干什么？"

"老弟，你这是什么意思？我一直在想办法救你出去呀！"廖忠凯还是一脸热情。

"我真后悔当初听你的，她只是一个女人，你为什么要赶尽杀绝呢？你真是吃人不吐骨头。"田行健隔着玻璃墙喊着。

"哎！老弟，你这话可就不对了！我什么时候杀人了？"廖忠凯渐渐收起了笑容。

"你会得到报应的,你做的那些勾当,我会让你付出血淋淋的代价,以后你的日子也比我好不到哪儿去。"田行健咬牙切齿地说。

"我想你不会这样做的,咱们谈个条件怎么样?"廖忠凯淡淡地说。

"我没有兴趣!"田行健冷冷地说。

"谈林顺德的事情,你总该有兴趣吧!"廖忠凯斜眼瞟着田行健。

"你想干什么?"田行健愤怒地吼着。

"他现在不仅仅是晋华的董事长,天源同样由他掌控,可我在天源也有股份,这都是你的杰作,如果我私自借用天源的名义走私一批钢材,你想结果会怎样呢?"廖忠凯狡黠地冷笑着。

"你真卑鄙!"田行健气愤地捶着玻璃。

廖忠凯冷冷地说:"那你最好在这里老老实实地待着,该说的说,不该说的就带到棺材里去。"

辛强最近好像轻松了很多,大清早哼着小调走进了办公室。公司的业务一直上升,这两天他正筹备着将公司上市,屁股还没有坐稳,白云霄就跟了进来。

辛强扭头看着白云霄,示意他坐下。

"有事吗?"辛强问。

"这里有几份文件等你签字,公司的事情一切正常,只是……"白云霄面露难色。

辛强眉头一扬,然后说:"只是什么?"

白云霄正要接着说,没有想到辛强挥挥手,打断了白云霄的话。

"关于晋华的事情,咱们最好以后别提。"辛强有些不耐烦。

"可是……可是这里面真的有问题。"白云霄依旧说着。

辛强摆摆手，片刻之后，他淡淡地说："好，最后一次，你说。"

"最近收到消息，天源又在走私钢材，这个黑幕并没有因为尹丝瑜的死而合上，这里面真的有问题。"白云霄语重心长地说。

"真有这么回事？"辛强听着白云霄的话，不由得冒了一身冷汗。

"尹丝瑜已经死了，现在是林顺德，那么将来我们是不是也会被逼到穷途末路呢？这都是未知数。"白云霄点燃一根烟，狠狠地吸了一口。

"你为什么这么肯定不是林顺德自己在搞鬼？"辛强反问。

"他外表看似大大咧咧，其实内心深处却一直谨小慎微，这样的事情无疑是冰在火上走，最终死路一条，林顺德他没有那么傻。"白云霄解释着。

"如果这是他故意虚晃一枪呢？借这件事情打击天源的派系，甚至是想彻底控制晋华呢？"

"如果真是这样，事情就简单多了，怕的是……"白云霄不敢再说下去。

"怕的是有人真想搞垮林顺德，尹丝瑜的死只不过是一个开始，接下来就是晋华。"辛强接过白云霄的话。

"如果真是这样，那这个人会是谁呢？"白云霄像是在自言自语。

"会是廖忠凯？还是……"辛强陷入沉思。

"如果真是他，那他的动机呢？"白云霄递给辛强一根烟，然后说着。

"你是说他的背后还有人？"辛强接过烟，慢慢点燃。

"这正是我感到困惑的地方，我也在一直思考这个人，他确实没有理由这样做，难道是……"

"不！事情还没有水落石出之前，我们最好不要妄自揣测。"辛强打断了白云霄，似乎白云霄的话说在了他的痛处。

林顺德一个人坐在办公室，盯着电脑，最近天源财务部的出纳和会计突然失踪了，他隐约可以嗅到，在这个地方到处散发着浓重的火药味，他看着从财务部搜缴回来的公司业务印章，怎么也想不到这两名财务人员的胆子这么大，没有经过自己的同意，居然就私自在一些对外出口合同上盖了公司的业务章。这意味着天源钢企在违法走私，万一上面查下来，他这个董事长恐怕要面临法律的制裁。

"这难道就是对手给自己设的局？他终于出手了。"林顺德嘀咕着，眼中抑制不住愤怒的火花。

此时他脑袋中浮现出田行健的身影，他多想亲自去看看他，可是害怕两人相对无言。

桌子上的手机突然响起，林顺德的思绪回到了现实，他打开手机，是一条短信，奇怪的是短信内容竟然是一堆数字。

"2008—589，2009—253。这是什么意思？"林顺德轻声念着。

他起身来到了资料室，仔细翻阅着以前的文件，猛然发现手机上提示的这两个文件标号早已经被人取走了。

就在此时，他的秘书走了进来，此人姓刘，跟了林顺德还不到一年。

"林总，您找什么呢？您需要什么文件，我给您送到办公室。"刘秘书轻声说。

林顺德抬头看着刘秘书，此时他谁也不敢相信，停顿了片刻之后，林顺德笑了一声说："没什么，我只是过来瞎看看。"说着继续翻阅着文件。

刘秘书见林顺德依旧翻阅着文件，慢慢转身关上门，退了出去。

"这两份文件的内容是什么呢？这可能就是事情的关键，否则对手不会提前拿走，真是做得天衣无缝。"林顺德轻轻叹了口气。

一辆大巴车行驶在路上,林丝琦坐在车上,看着窗外的风景,在看了尹丝瑜的那封信后,她感觉事情远没有结束,接下来可能要面临更残酷的风暴,她决定悄悄潜回J市,暗中查探情况。

在她身边坐着一个年轻女人,一直在翻报纸,嘴里还嘀嘀咕咕说个不停。

林丝琦心烦地扭头正想说她两句,突然,报纸上的一个消息映入她的眼帘:"天源钢企的出纳、会计双双失踪。"

这样一个消息对林丝琦来说无疑是震撼的。她将身子往旁边靠了靠,盯着这个女人的报纸看着。

女人似乎感到不适,斜眼看着林丝琦。

"这都是三天前的事情了,这年代什么事情都有,这种消息已经不算新闻了。"女人轻声说着。

"三天前,天源的会计和出纳就失踪了?"林丝琦吃惊地问,静悄悄的车厢里,突然传来了这样的声音,所有的乘客都朝这边望着。

林丝琦吐吐舌头,不好意思地将头扭向了一边,此时她无意间发现前面不远处坐着的一男一女并没有回头朝这边看,只是从包里掏出墨镜,慢慢戴在眼睛上。

"这两人会不会就是那失踪的会计和出纳?"林丝琦心里默默思索着,可是仔细一想,哪有逃犯逃出去还要乘车回来的。

此刻,廖忠凯正在晋华最有名的一间茶馆悠闲地品着茶,他跷着二郎腿,哼着晋剧。

不一会儿,手机铃声响起。他从口袋里掏出手机,看着屏幕微微笑了一下。

"老哥,我正要给你打电话,没想到被你抢先一步了。"廖忠凯笑着说。

"心有灵犀呀！最近怎么样？"电话那头问道。

"放心，都在掌控之中，那个老不死的厉害了半天还不是败在了你我的手下，要我说还是你老哥的招数狠，一箭三雕。"廖忠凯喝了一口茶接着说。

"小心驶得万年船，那就先这样，先把那老东西搞定，他要开口了，咱们可就是在阴沟里翻船了。"电话那头依旧轻声慢语地说着。

"好说！我马上办！"廖忠凯挂断了电话。

在一间优雅的餐厅里，林丝琦戴着墨镜低头喝着巴西咖啡，一会儿她掏出手机拨通了那个熟悉的电话。

"我回来了，你很意外吧！"林丝琦一脸冷静。

"你……你回来了？"电话里一个男人的声音。

"见个面吧！老地方！"林丝琦说得很干脆，随后挂断了电话。

一杯咖啡渐渐变冷，林丝琦看着窗外，人来人往，这个城市依旧是那样熟悉，只是人已经开始变得陌生。不一会儿，一个男人从门外走了进来，这人正是辛强。今天他换了一身休闲皮夹克，面带微笑地冲着林丝琦走了过来。

"请坐！"

"真没有想到，你还会回来。"辛强坐在了林丝琦的对面。

"很意外吗？"林丝琦瞟了辛强一眼问。

"不！是很高兴！"辛强依旧一脸微笑。

"你确实应该高兴，踩着那么多人的肩膀走到现在，我不知道该佩服你，还是应该……"林丝琦抿了一口咖啡。

"其实，我一直想回到以前的生活，只是已经走得太远了，恐怕现在回头太难了,我老婆也一直劝我收手,可是男人的生活太难把握了。"辛强搓搓手,端起服务员送来的咖啡。

"原来在你眼里还有亲情,我以为你一直就是这样冷血无情。"林丝琦神情有些激动。

辛强诧异地望着林丝琦,他不知道今天的林丝琦为什么会是这样,每一句话都是那样咄咄逼人。

"你怎么了?"辛强疑惑地问。

"我没怎么,我只是想知道对于尹丝瑜的死,你的内心深处有过愧疚吗?"林丝琦盯着辛强问。

辛强看着林丝琦,他眼神顿时停滞在了那一刻,片刻之后,他低下了头,用力地搓着脸,许久他深深叹了口气。

"说实话,我真的很愧疚。"辛强尽量压抑住内心的悲伤。

"那你为什么还要那样做?"林丝琦紧接着问。

辛强将手伸进上衣的口袋,掏出一根烟,不一会儿烟雾笼罩在他的周围,他开口了。

"我也不想这样,可是……有些事情我们把控不了。"辛强说。

"原来真是你,我真的看错你了。"林丝琦有些悲伤地看着辛强,随后猛地起身。

辛强只是抽着烟,脑袋埋得更低了。片刻之后,他抬头看着林丝琦正要离去的身影,一脸痛楚。

"你要去哪里?"辛强问。

林丝琦微微停下了脚步,但没有回头,只是叹了口气。

"这是我的事,不过,以后我再也不想见到你。"林丝琦说完,快步走出了餐厅。不巧的是一出门和白云霄撞了个满怀。

"是你?"林丝琦面无表情地看着白云霄,扭头走开了。白云霄疑惑地走进了餐厅，其实，在之前他和辛强正要一起去签一份重要的合同，走到半路，辛强接到了林丝琦的电话，所以他也只好识趣地留在外面等待辛强出来。

白云霄看着坐在椅子上的辛强，摇摇头。

"她已经走了。"

辛强抬头看了白云霄一眼，然后起身。

"我知道，奇怪的是她为什么对我的成见那么深？"辛强边说着，边走出了餐厅。

"应该不会吧！你们谈什么了？"白云霄跟在后面，轻声问道。

"只是谈了谈尹丝瑜。"

听了辛强的话，白云霄一时无语，片刻之后，他突然问："她是不是发现什么了？"

"对于尹丝瑜的死，难道我就没有怀疑过吗？只是有些事情真的没办法面对。"

"原来你也清楚，我还以为……"白云霄不再说下去。

"你还以为我就这样认命了，任凭他们躲在暗处胡作非为？"辛强咬着牙说。

"那你为什么不和丝琦解释清楚，她或许以为你就是那个躲在背后杀人于无形的魔鬼。"白云霄接着说。

"有些东西是解释不清的，我相信事实胜于雄辩，但愿最终的结果可以印证一句古话：日久见人心。"辛强说着走到车前，打开了车门。

J市湖心公园里，尹右川和辛强坐在湖边，两人手中各持一个鱼竿静静地看着湖面。

"你每天都来这里钓鱼吗？"辛强问。

"是的，退出那个圈子已经很久了，不钓鱼还能干什么呢？"尹右川一脸平静。

"你真的不关心外面的世界了？"辛强试图想知道些什么。

"关心又能怎样？现在有些人变得很厉害，我已经老了。"尹右川的语气中充满无奈。

"你指的是林顺德？"辛强问。

"是谁不重要，关键是做了些什么，只要是对的，那么手段就是其次。"

"你完全可以出来掌控大局，何必任由他们胡作非为。"辛强不解。

尹右川摆摆手，打断了辛强的话。

"不！有些时候雾里看花未必不是一件好事，因为即使没有雾，你看到的也未必是真的。"尹右川盯着鱼竿，瞅着游过来的鱼儿。

"现在天源在走私钢材，你知道这件事吗？"辛强问。

此言一出，尹右川突然扭头看着辛强，一双狼一样的眼睛抑制不住精光。片刻之后，他重新看着湖里的鱼儿，表情放松了许多。

"是吗？我倒是没有听说，我想听听你的看法。"尹右川说。

"我感觉这是有人要整垮林顺德，然后争夺晋华的控制权，随后重新对J市的商界洗牌。"

"外面的世界变化得真快，让人始料不及。"

"这些事情你就任由它们发展下去吗？"辛强的声音提高了很多。

尹右川好像对辛强的话并不感兴趣，沉默许久后，他抬头看看天空，一轮红日正徐徐移动过来，他微微笑了一下。

"管了又如何？即使管了，以后依旧会发生，这也是万物循环的规律。一生之中，有太多的事情管不完，与其这样，何不享受眼下的时光？"尹右川扭头看着辛强。

听着尹右川的话,辛强顿觉无语,只是无奈地苦笑着。

"哎呀!鱼儿上钩了,和你聊天真误事。"尹右川一脸兴奋地抓住鱼竿向上提着,将一条鱼拖上了岸。

此刻,他像一个小孩儿,在追寻着他最后的快乐。辛强看着尹右川仿佛明白一些东西。

林顺德茫然地在公司的走廊里徘徊着,他极力思索着,对于他来说时间已经不多了,一封举报信随时有可能让他翻船。

突然,电梯里走出来一个人,正是林丝琦。

"是你?你回来太好了。"林顺德抑制不住内心的兴奋。

"是我,我们又见面了。"林丝琦很平淡。

"嗯,走!去我的办公室,我们好好聊聊。"林顺德一脸笑容。

"不!没有必要了,我只是想问你一句话,尹丝瑜的死和你有关系吗?"林丝琦站在原地,面无表情地盯着林顺德。

听到林丝琦突如其来的问话,林顺德感到莫名其妙,他没有立刻回答,只是尴尬地笑了一下。

"没有想到,你回来和我说的第一句话竟然是这样的。"林顺德抬头看着林丝琦。

"别转移话题,回答我!"林丝琦的语气加重了。

林顺德收起了笑容,面色越来越沉重。

"在你心中,我真的那么坏吗?就算我和她的死有关,至少我还是你的哥哥,我们就不能心平气和地聊聊吗?"林顺德的语气无比沉重。

"我们还有的聊吗?这个时候已经不是从前,你认为我们该聊些什么?"林丝琦的语气开始缓和了些。

"的确,岁月无情,将每个人划得遍体鳞伤,我们注定回不到从前了。"林顺德有些惋惜地说，随即转过了身。

林丝琦看着林顺德的身影，突然感觉是那样熟悉，往事历历在目，只是不能回望。如今他们是带有血缘关系的兄妹，现在能做的仅仅是这些。

林丝琦暗暗叹了口气。

此时她突然想起辛强，这个曾让无数女人倾倒的男人，留给自己的记忆依旧是那么纯真，特别是那个风雨交加的夜晚，辛强就像一艘夜里航行的轮船将她从无边的大海里打捞起来。

"我真不应该掺和你们的事情，我是在为自己酿一杯苦酒，何苦要这样做呢？"林丝琦的表情异常悲伤。

"今后你有什么打算？"林顺德转身，失神地看着林丝琦。只见林丝琦摇了摇头。

"我也不知道。"林丝琦甩下这么一句话后便走了。

林顺德恨不能立刻追上去，可是回头一想，即使追上了又能如何？他一个人茫然站在走廊里，许久许久。

第二天，天刚亮，天空飘起了鹅毛般的大雪。辛强还在被窝里，家里的电话就响个不停。辛强强忍着睡意，接起了电话。

只听见一个男人喘着粗气，在电话里说个不停。辛强的脸色越来越沉重，一言不发地抱着电话，直至最后茫然失措地挂断了电话。

妻子吴梅睡眼惺忪地问："大清早的，这是谁呀？不能等到白天去了公司再说。"

辛强没有说话，只是默默拉开床头柜的抽屉，拿起一包烟，抽出一根，轻轻点燃。

许久之后，他说："林顺德被抓了。"

吴梅听到辛强突如其来的这么一句话，一骨碌坐起来看着辛强。

"他出什么事了？"吴梅疑惑地问。

"走私的事情。"辛强慢慢坐起来开始穿衣服。

"走私？这他都敢做？"吴梅有些诧异。

"白云霄去看过他了，关在北城看守所，林顺德在看守所提到两份文件，这关系到他的清白，可是它会藏在哪里？"辛强起身简单洗漱着。

"什么文件？"吴梅一边询问着，一边快速地叠着被子。

辛强从卫生间走出来，从墙上拽了一个手提包，似乎对吴梅的话充耳不闻，随后出了门。

屋里只剩下吴梅一个人，看着辛强远去的背影，她突然感觉到前所未有的孤单，这不仅仅是因为辛强长时间对工作的投入，更多的是作为女人所无法言说的痛楚。

她轻轻推开窗户，一阵冷风夹杂着片片雪花飘打在她的脸上。看着这个城市，每个人匆匆而过，重复着足印。从来没有人知道离未来是越来越近还是越来越远，只是埋首向前，风雨兼程。

她慢慢合上了双眼，两颗泪珠顺着脸颊渐渐滑下。此时手机响起，她急忙擦去眼角的泪珠，拿起手机。

"还好吗？"电话里传出一个男人的声音。

吴梅听着电话里的声音，不由顿生厌倦。

"有事吗？"吴梅没有好气地说。

"别这么大的火气嘛。我们的计划就要实现了，难道你不应该高兴吗？"电话那头传来了淡淡的笑声。

"不要把我和你牵扯在一起，有事说事，没事我挂了。"吴梅冷冷地说。

"一会儿你会收到一份快递，这份快递至关重要，我想你知道应该怎么做。"电话那头传来一丝冷笑。

"我不想这样了，这样的日子我过够了。"吴梅大声喊着。

"你以为你还可以回头吗？不能了，咱们现在是一根绳上的蚂蚱，跑不了我，也逃不了你。"电话那头传来一阵又一阵的冷笑声。

"你……"吴梅像发了疯一般，一下将手机摔到地上。片刻之后她软软地瘫坐在地上。

吴梅想起一年前的那一幕。那是一个漆黑的夜晚，她正在等公交，就在她左顾右盼的时候，突然一辆车停在了她的眼前。

一个中年司机摇下玻璃窗户向她打着招呼。

"美女，你回哪里？要不要送你一程？"中年男人面露淫笑。吴梅害怕，一个劲摇着头。

"不……不需要。"

"不需要？那你需要什么？"中年男人依旧挑逗着吴梅。

此时车门拉开，走下来一个年龄稍微小点的年轻人，一手捂住吴梅的口鼻，另一只手拦腰抱住她，使劲把她往车里拽。

吴梅一边挣扎着，一边厮打着眼前的这名年轻人，过了一会儿，吴梅只感觉两眼眩晕，身子软软地倒在了车身旁，最终她被抱上了车。

等到第二天她睁眼醒来时，已经睡在一间宾馆里。她一骨碌坐起来，回忆着昨晚的事情，却什么也想不起来。吴梅叹息着，正要走出房间，只见桌子上放着一张照片。

吴梅抓起照片，一张自己的裸照赫然在目，吴梅咬着牙，她害怕极了，她不知道辛强看到这张照片会怎样。她绝望地坐到地上，那一瞬间，她只想到了死，她愤怒地抓起照片，正准备撕烂的时候，只见照片后面留着一个电话号码。

吴梅思来想去，最终颤巍巍地拿出手机，决定给这个手机打个电话，询问昨晚到底是怎么回事。

"你……你好。"吴梅擦着眼泪,颤抖的声音抑制不住内心的恐慌。

"哦,你醒了?昨晚睡得可好?"电话那头是一个男人粗犷的声音。

"这张照片是怎么回事?"吴梅再次询问。

"照片?嗯,我办公室里还有,我只不过给你留了一张而已,不过谁也没有对你怎样,你放心。"

"你想怎么样?"吴梅怯怯地问。

"不想怎么样,如果有缘的话,我想请你帮我一个忙。"男人冷笑着。

"什么忙?"吴梅再也压制不住心中的怒火。

"现在还没有想出来,我想以后一定会有的,放心,这仅仅是咱们两个人之间的事情,不会有第三者知道的。"

"你最好把那些照片给我,否则我现在就报警。"吴梅冲着电话大喊着。

"千万不要干傻事,如果你的丈夫看到这些照片会做何感想呢。辛强这顶绿帽子注定要戴一阵子了。"电话随即被挂断。

此时,传来了轻轻的敲门声,吴梅的思绪瞬间被拉了回来。她擦拭着眼泪,努力恢复了往日的平静。

她走到门口,轻轻地打开门,向外探着脑袋。一个年轻小伙子手里拿着一个包裹站在门外。

"这是您的一份快递,请签字。"小伙将一份快递送了过来,然后随身拿出一支笔。

吴梅很利索地签下了自己的名字,她茫然地看着眼前这个薄薄的,像是文件包一样的东西,轻轻撕开。

里面是天源钢企的两份合同,吴梅仔细看着,上面清楚地记录着天源最近一段时间的交易明细。

"这难道就是天源走私钢材的证据？他为什么要送到我这里？"吴梅看着这两份文件，突然感觉有一股不祥之兆。

就在此时，传来一阵急促的脚步声，吴梅惶恐地朝门外望着，只见辛强拎着包回来了。

此时吴梅心里七上八下的，她不知道该不该把这些事告诉辛强，就在她犹豫不决的时候，辛强已经走到了门前。

"你怎么了？"辛强看着吴梅铁青的脸色，闪过一丝不安。

"没……没什么，屋里太闷了。"吴梅转身回到屋里。

"窗户不是开着吗？"辛强疑惑地问。

"我……我给你倒杯水吧！"吴梅掩饰着内心的不安，把文件放在桌子上，转身走进了厨房。

辛强看着吴梅的身影，不明白今天的吴梅到底是怎么了。他无奈摇摇头，眼光落在了桌子上放着的那份文件上，他走了过去，拿起文件看起来。

"你怎么这么早就回来了？去看林顺德了吗？"吴梅在厨房里问着。

辛强看着这两份文件，眉头渐渐紧锁，他似乎在一瞬间明白了，他不敢相信多年的妻子，竟有这么多事情瞒着他。

去晋华第一看守所的路上，他接到一个神秘的短信："证据在你家里。"这就是这条短信的内容。

辛强深深叹了口气，他不愿意面对这样的事实，吴梅在他心里一直是个表里如一的女人，可是现在，他觉得一切都变了。

吴梅端着一杯水，不知道什么时候站在了辛强的背后。

"你渴了吧？喝吧！"此时吴梅的表情异常平静。辛强转身看着吴梅，他从她的眼中读出了一份淡定。

"这么多年了,每次我回家的时候,都能听到这样温馨的话,可是今天我不渴。"辛强说。

"你是在埋怨我?"吴梅问。

"不是埋怨,是心碎。"辛强心中充满了疑问与愤怒。

"我真不知道这些,你要相信我。"吴梅的声音提高了很多,"这是快递员刚才送过来的,这都是廖忠凯干的,和我真的没有关系。"

"如果真是他操纵着这一切,为什么还要将这些证据邮寄给你,他不怕你去报案吗?"辛强一下子将水杯摔到地上。

吴梅吓呆了,她第一次见辛强发这么大的火,可眼下的事情她真的不知道该如何去解释,她用力将辛强推倒在沙发上,然后伏在他身上放声大哭。

"我真的是有苦衷的,这一切真不是我干的,有一天你会明白的。"吴梅哭得撕心裂肺。

辛强傻傻地坐在沙发上,他不知道该如何面对眼前的这一切,许久之后,他拉起了吴梅的手,用力地说:"走!现在自首还来得及,哪怕这一生老死狱中,也要挺起胸膛走下去。"辛强站起来拉着吴梅就要往外走。

"不!我不要这样!"吴梅挣扎着,惶恐地看着辛强。

此时林丝琦从门外走了进来,她看见辛强正在拉扯吴梅。林丝琦喊道:"住手!先等等!"

"你来干什么?"辛强的怒气并未消减。

"我来是要告诉你,嫂子说的未必是假的,操纵这一切的极有可能就是廖忠凯。"林丝琦一只手扶起了吴梅。

"为什么?你有证据吗?"辛强问。

"你就不仔细看看,快递信封还在这里,她有必要说假话吗?"林丝琦解释着。

"如果真是这样，那她为什么不第一时间去报案？"辛强依旧一脸不解。

"女人的苦衷，谁都不会明白，等她想说的时候，你自然会知道。"

"你到底还有多少事情瞒着我？你这样让我越来越看不透了。"辛强盯着吴梅说。

"我已经向市局报案了，立刻拘捕廖忠凯，现在就差这份证据，这些事情还是等林顺德出了看守所再说吧。"林丝琦看着辛强冷冷地说。

中午时分，T市飞机场附近站满了真枪实弹的武警。一名长胡子的老头挂着一根拐杖颤巍巍地走进了候机厅，这人正是廖忠凯，他看着里里外外的武警，重新将墨镜往上推了推。

"各位乘客，大家好，T市飞往深圳的8596次航班开始检票，各位旅客请做好登机准备。"广播里发出了甜美的声音。

廖忠凯快速起身，挂着拐杖混在人群当中。安检站口的两名武警，警惕地朝人群查看。

"请打开你的护照。"一名武警冲着廖忠凯说。

廖忠凯微微抬头，用力摇摇头，他努力扮成一个哑巴老头。

"原来是个哑巴，快过去。"一名武警看完护照后对他说。

廖忠凯麻利地挂着拐杖迅速向前走去，就在登机的时候，林丝琦和两名市局公安干警已经把在了门口。廖忠凯默默地将脑袋埋得更低了。

"等等！"林丝琦喊着。

廖忠凯心里顿时咯噔一下，不过还是没有停下脚步。

林丝琦上前一步，走到了廖忠凯的面前，一把将他的墨镜摘了下来。

"你这条瞒天过海之计还真像那么回事！"林丝琦冷冷地说。

"认识这个吗？"一名警察上前，一副手铐在廖忠凯眼前晃荡着。

"认识。"廖忠凯轻声说。

"跟我们走一趟吧！"这名警察淡淡地说。

机场派出所，廖忠凯双手被铐在一起，坐在一张凳子上。辛强和吴梅接到派出所的消息后，第一时间赶到了派出所。廖忠凯像一只斗败的公鸡，垂头丧气，一声不吭。

"给我点水，我要喝水。"廖忠凯低声说着。

"现在你还一意孤行，抗拒公安机关的调查，后果你是知道的。"一名警官倒了一杯水递过去。

"你这个混蛋，到这时候还想逃避你所犯下的罪行！"吴梅上前要撕扯廖忠凯，当初不堪回首的往事深深刺激着她。站在一边的两名警官见状连忙上前阻拦。

廖忠凯斜眼瞟了吴梅一眼，眼神中满是鄙夷。

"现在还轮不到你来教训我！就算我是死刑，你能逃得了法律的制裁吗？"廖忠凯轻蔑地说。

"你简直吃人不吐骨头。"吴梅只感觉羞愤交加。

此时的辛强内心异常难受，他不愿意相信吴梅和这样的人有牵扯，可是在现实面前，再多的辩解都是那么苍白无力。

他看着吴梅，一时间不知道该说什么，他想起了他和吴梅刚认识时两人的甜蜜。

"你和二十年前没有什么区别。"辛强伸出一只手握住了吴梅的手，仿佛时光回到了二十年前。

"不，我老了，我做了许多不该做的事情。"吴梅慢慢低下头，眼圈开始泛红。

"我知道，今天就是想听你讲一讲这些事情。"辛强的表情有些哀怨，他脸上分明有抑制不住的忧伤，他抬头看着天花板，"别怕，说吧！不管结果如何，我会……和你一起承担。"

吴梅的泪珠打湿了衣领，她低着头缓缓地说着一年前的往事。

"一年前，我被廖忠凯手下的人拍了裸照，要挟我为他做事。"

此时，廖忠凯的脸色开始变得铁青。

"关于你的遭遇，我们会搜集证据，给你一个交代，但是那两份合同怎么会到了你的手里？"其中一名姓王的警官开始问。

"那份文件是邮寄过来的，可是关于文件的内容我一无所知。"吴梅接着回答。

"你是第一次见到这份合同吗？"王警官问。

"我……"吴梅的身体有些颤抖。

"你要实话实说。"

"是廖忠凯让我托人去天源钢企悄悄弄出来的。"吴梅回答道。

"天源钢企那么大，你是怎么偷出来的？"王警官问。

"因为天源的总经理和我老公有一些交情，我去那里自然会有一些额外的方便。"吴梅轻声说着。

"廖忠凯，你还有什么话说？"王警官盯着一边的廖忠凯问道。

"我认罪，是我指使她干的。"廖忠凯面对指证，像泄了气的皮球一样软软地瘫在凳子上。

"为什么要这样做？"王警官问。

"为了打击林顺德，我知道我犯了罪，可是其他的事情真的和我无关。"廖忠凯的眼神中露出了求生的欲望。

"你说的其他事情是指什么？"王警官冷眼盯着廖忠凯。廖忠凯顿时浑身颤抖，接下来便是沉默。

"事到如今，你还想隐瞒事实，尹丝瑜的死是不是和你有关？"辛强站起来怒目圆睁地盯着廖忠凯。

廖忠凯颤抖着微微抬头。

"不……不是我逼死她的。"廖忠凯极力争辩着。

"那是谁？"王警官紧接着问。

"是……尹右川。"廖忠凯擦着额头上的汗珠。

辛强听着廖忠凯的话，顿时脑袋一片昏沉。

"这怎么可能？"辛强上前一把抓住廖忠凯。

"尹右川借田行健的自首洗脱了自己身上的罪名，随后他接近并拉拢尹丝瑜，唆使尹丝瑜从慈善公司挪用一笔巨款，以慈善公司的名义走私了一笔钢材。"廖忠凯说道。

"尹丝瑜不可能就这么轻易相信尹右川。"辛强打断了廖忠凯的话。

"尹右川太善于打亲情牌了，他正是看中了他和尹丝瑜的这层亲情关系，并以家族成败论和一番雄心壮志打动了尹丝瑜，否则尹丝瑜怎么会跳楼呢？她真的是看透了现实。"廖忠凯接着说。

此时，王警官拿起桌子上的电话，快速地拨着电话号码："给我接指挥中心，我是王亚男。"

"你好，请讲！"电话那头。

"我这里有重大案情，我申请马上包围晋华公司，冻结晋华所有资金账户，封锁所有道路出口，立刻通缉尹右川。"王亚男边说着，边拿起桌子上的帽子，推门走出了审讯室。

中午时分，晋华公司的大楼下面停了许多警车。数十名警察沿着厂里的小道迅速朝大楼方向涌来。

办公室里，尹右川正安静地坐着，旁边还坐着林丝琦。墙上的钟表不时发出嘀嗒嘀嗒的声音，除此之外，一片寂静。

"这个时候，你还能在我身边，我很欣慰。"尹右川淡然地说道。

"不管什么时候，你都是我的爸爸。"林丝琦面无表情地说。

"你母亲还好吗？"尹右川发出了淡淡的感慨。

"好，她活得很简单。"林丝琦说。

"简单？"尹右川迟疑了一下，随后他点点头。

"简单，好！好！"尹右川用力地点点头。

"爸爸，你是不是很恨我坏了你的计划，我不该发短信给他们。"林丝琦的表情有些痛苦，她慢慢依偎在尹右川身上。

"爸爸不怪你，每个人都有自己的选择，有人选择了亲情，而你选择了正义。"尹右川抚摸着林丝琦的手。

"爸爸……"林丝琦嘶声痛哭。

随着一阵急促的脚步声，数十名警察纷涌而入，王警官站在中间，冷眼看着尹右川和林丝琦。

"尹右川，你被捕了，跟我回警察局接受调查。"王警官的话音还没落地，两名警察迅速过去架起了尹右川。

尹右川发出了一声叹息，随后他深情地看着林丝琦，嘴角努力闪过一丝微笑，转而离去。

几个月后，尹右川被控走私罪、非法操控股价罪、玩忽职守罪，数罪并罚，判处无期徒刑。

廖忠凯，被控走私罪，参与操控股价罪、胁迫罪，数罪并罚，判处有期徒刑十八年。

田行健，被控参与走私、非法经营等罪，判处有期徒刑八年。

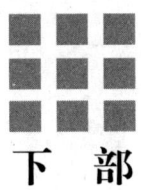

下 部

晋华第一看守所，晚八点，一扇紧紧关着的大门缓缓打开。

林顺德从里面走了出来，胡子拉碴，看上去憔悴了很多。他随手提着一个包，头深深地埋在衣领里，慢慢地走了出来。不远处，停着一辆黑色的本田车，林顺德走近后，车门打开了，辛强戴着一副墨镜，从车上走了下来。

"真没有想到会是你来接我。"林顺德苦涩地冲着辛强微笑。

"该走的都走了，还会有谁来接你？"辛强边说边接过了林顺德手里的包，拉开了汽车的后备厢，放了进去。

"也好，习惯了。"林顺德深深吸了口气，随后上了车。

车行驶在马路上，这个夜晚寂静无声，唯独车里飘着一段段车载摇滚音乐。

"你有什么打算？"辛强问。

"我不知道，只是感觉外面的空气比里面好多了。"

"你畏惧了？"辛强问。

"让人想不到的事情太多了，丝琦现在怎么样？"林顺德反问道。

"她现在是晋华唯一的合法控股人，她比你幸福。"辛强握着方向盘。

林顺德的眉头突然紧皱，许久之后，他轻轻叹了口气。

"为什么？你指的是什么？"林顺德问。

"至少她比你得到的多。"辛强随口说着。

林顺德的脸色开始铁青，甚至有些坐立不安。

"有烟吗？我抽一根。"林顺德冲着辛强说。

辛强取了一包中华，自己抽了一根，然后递给邻座的林顺德。

"省里的文件下来了,要企业合并和重组,这一批晋华和我的公司都在这个范畴里。"辛强点燃了烟。

"那又怎么样?"林顺德猛抽了一口,轻轻吐着烟圈。

"那就意味着每个企业的控股权都会重新洗牌,闹不好某些人要借此占有一部分股权,从而牢牢控制企业。"辛强斜眼看着林顺德。

"这个跟我没关系。"林顺德依旧抽着烟,漫无目的地望着远方。

"这家企业毕竟留着你父亲的血液,我只是希望你能够重新站起来迎接新一轮的挑战。"辛强有些愤怒地盯着林顺德。

"停车!"林顺德大声喊道。

一个急刹车,车子停了下来,林顺德推开车门下了车。辛强看着林顺德,他感到一种前所未有的失望。

"你想过林丝琦吗?"辛强冲着林顺德的背影喊着。

听着辛强的喊声,不远处的林顺德慢慢停下了脚步。他回头看着辛强,眼神中流露出一阵又一阵迷茫。

"林丝琦?"林顺德重复着这个名字。

"她现在一个人承受着所有的压力,就算是为了她,你就不能回一次头?"辛强下了车,关上车门,径直走到了林顺德的面前。

林顺德沉默了许久,看着辛强,他不知道辛强为什么非要将他再次拉入那个是非之地。

"你就是为了这个,让我重新走进晋华?"林顺德失声笑着。

辛强抬头深深吸了一口气,随后淡淡地说:"说实话,我并不否认我对丝琦的欣赏,可是让你回到晋华并不是因为这个。"

"那是为什么?"林顺德反问。

"只是我认为一个人该走的路必须接着走下去,没有任何理由。"

林顺德仰天笑着,他没有想到现在的辛强竟然变得如此多情。从后备厢取出手提包，他随手招了一辆出租车，消失在夜色中。

一间休闲咖啡馆内，林丝琦和吴梅面对面坐着。许久之后，林丝琦端起手中的咖啡慢慢抿了一口。

"过得好吗？"林丝琦轻声问。

"不好。"吴梅说着把衣服裹紧了一些，仿佛在这个店里，空气都是冰冷的。

"我感觉你并不适合他。"林丝琦语气有些轻蔑。

吴梅无奈地抬头扫了林丝琦一眼，轻轻吁了一口气。

"你的这句话让我想起了好些年前，第一次认识他，他就说我不适合他，或许正好印证了他的话。"吴梅的语气有些哀怨。

"他几天没有回家了？"林丝琦问。

"从林顺德出来之后就再也没有回来过。"

"与其这么痛苦，为什么不放弃？"林丝琦似乎是在安慰吴梅。听着林丝琦的话，吴梅突然将手中的咖啡向前一推，浑身颤抖一下。

"我知道……我知道你一直喜欢他，可是……"吴梅的眼神中仿佛闪烁着泪花。

"是的，我喜欢他。"林丝琦干脆地说。

"可是我接受不了另外一个女人和我一起分享我的丈夫。"吴梅竭力诉说着。

"可是你背叛了他，一个男人会允许自己的女人背叛他吗？"林丝琦反问。

"不！我从来都没有背叛他。"吴梅辩解着，眼角滑落了两滴泪珠，"什么事情都在变化，或许这样才是最好的结局。我只想知道他现在好吗？"

"你怎么肯定辛强最近一定和我在一起?"林丝琦有些疑惑。

"如果不是他的意思,你我绝不会就这样坐在这里。"吴梅收起了悲伤。

"好吧,既然这样我就不藏着掖着了,想好后把这个签了。"林丝琦随手从包里掏出一份离婚协议书,推到了吴梅面前。

吴梅看着这份协议书,眼睛直愣愣的,一言不发,片刻之后,她伸出手拿起协议书,轻轻地抽噎着。

"好吧!我会给你们一个满意的答复。"吴梅咬着牙,嘴唇片刻之间划出一道血痕。

她抬头看看咖啡厅里人来人往的身影,突然之间,感觉这个世界再也没有她的容身之地。

咖啡厅里依旧飘着一首轻柔的曲子,如烟如梦,如泣如诉。

……如果说分手如此容易,总有人来人去,我又为何哭泣伤心,而姻缘本是注定,聚散各有道理,迟早总是该死心……

曲子未尽,吴梅的眼泪早已滑落在脸颊,她失神地望着,许久之后,她拿起笔,干脆地在协议书上签下了自己的名字。

吴梅将协议书重新推到了林丝琦的面前,她看着自己手上的戒指,这个戒指是自己生日的时候,辛强送给她的。她将戒指摘了下来,放在协议书上。

"这个请你还给他,这个戒指对我来说,已经没有意义了。"

林丝琦家中,辛强一个人坐在桌子前面,桌子上放着一盘凉菜和几个空酒瓶。

辛强泪眼迷蒙，一个人坐着，嘴里嘀嘀咕咕地自言自语。

"你带走了我的心，你……你伤了我的心。"

话还没有说完，他拎起酒瓶将剩余的酒统统倒在碗里，大口大口地喝着。一会儿传来了轻轻的敲门声，辛强似乎充耳不闻。他依旧喝着，嘴里碎碎念叨个不停。

门外站着的是林丝琦，她敲了许久，不见辛强开门，索性从包里拿出了钥匙，直接开门而入。

一进门，满屋子的酒气熏得林丝琦作呕。辛强迷茫地看着走进来的林丝琦，嬉笑着招呼："回来了，来，陪我喝一杯。"

林丝琦慢慢走到桌子跟前，拉了一个凳子坐了下来。

"心里难受就说出来，说出来总好受些。"林丝琦轻声安慰着。

辛强眉头一皱，片刻之后，一行酸楚的泪流了下来。

"想要回去，我不会阻拦你，因为我知道即使把你强留下来，你的心终究是别人的。"林丝琦语气中充满了淡淡的忧伤。

辛强看着林丝琦那娇媚的脸庞，一时竟无语。

"其实，我也想让你回到从前，可是现在你已经回不了头了。"林丝琦接着说。

辛强擦了擦眼泪，失声问："为什么？"

林丝琦没有说话，只是将一份离婚协议书轻轻放在桌子上。

"她已经向法院提出了离婚，并且已经签了字，她说……" 林丝琦不再说下去。

辛强紧张地抓着林丝琦的手问："她说什么？"

"她说她以后再也不想见到你。"

辛强像发了疯一般，将眼前的酒杯一下摔在地上。

"我不相信，她不会这样，她不是这样的人。"辛强失望地叫着。

林丝琦随后从包里掏出吴梅手上的那枚戒指，递给了辛强。

"这是你买给她的，她说她已经不需要了。"

辛强接过戒指，心如刀割。此刻他没有理由不相信林丝琦说的。他怔怔地看着眼前的戒指，想起许多刻骨铭心的记忆。

辛强就这样一直坐着，一言不发。

夜色渐渐暗了下来，辛强深深叹了口气。

"如果她觉得这样做就会幸福，我只好祝福她。"辛强不再流泪，慢慢起身回到卧室，倒头就睡。

清晨，一缕阳光从窗户外面射了进来。林丝琦穿着睡衣站在窗前，轻轻地抽着烟。辛强慢慢睁开双眼，他看到站在窗前的林丝琦，猛然发现自己一丝不挂地睡在林丝琦的卧室里。

"我怎么会……怎么会睡在这里？"辛强抚摸着脑袋思索着。

林丝琦淡淡地笑着走过来，伏在辛强的怀里。

"你不要担心，其实这样我根本不介意。"林丝琦微笑着。

"可是，我暂时还不想这样，我……"辛强争辩着。

林丝琦轻轻用手指捂住了辛强的嘴说："现在我不想听这些，我只想就这样一直下去。"说着递给辛强一根烟。

辛强抽着烟，一时间不知道该说什么。

"新上任的傅市长最近就要插手晋华的重组问题，你有什么好想法？"林丝琦问。

辛强吐出一口烟，然后说："听说这个市长不是善类，接下来的事情可能不好办。"

"那我们也不能坐以待毙呀！"林丝琦接着说。

辛强默默点点头，片刻之后，他接着说："听说这个市长手下有一个秘书，此人负责前期晋华的重组准备工作，如果能从这里下手，或许事情就不会那样麻烦。"

"这个秘书，我前几天已经通过电话了，约好今天下午见面，不过让我吃惊的是，他对晋华了如指掌。"林丝琦有点担心地说。

"如果是这样，那我们只好小心应对了，这是国家政策，谁都阻挡不了。"

"这么大的企业，我绝不会轻易让其落入奸猾小人之手，那样我就太对不起尹家的列祖列宗了。"林丝琦说着将烟头狠狠摁灭。

晋华大酒店，一间豪华的包间里。

林顺德的对面坐着一个年约六旬的人，两人不时发出愉快的笑声。

"老师，分别已经八年有余，没想到你还能记起我。"林顺德微笑着对老者说。

正面坐着的正是新任傅市长，全名傅天年，原先他是一所高校的校长，后来进入政坛，几近波折，终于到了今天的位置上。

"顺德，你是我当年最看重的学生，如今你虽然不得志，但有老师在，你大可放心。"傅市长说着端起酒杯轻轻抿了一口。

"谢谢老师，学生我惭愧呀！已经过了而立之年，至今还是没有打拼出一番事业。"

"过去的那些事情就别提了，跟上我你算找对人了。对了，关于晋华的重组计划书做出来了没有？"傅市长笑着询问道。

"做好了，老师您先看看。"林顺德说着从随身公文包里取出一份计划书送到了傅市长面前。

"听说现在这个晋华现任董事长和你有些渊源？"傅市长问。

林顺德面露难色，片刻之后微笑着说："她和我是有些关系，不过都是以前的事情了。"

"马上和她接头,最好按照我们的重组意见进。"

"嗯,老师,我明白。"林顺德斩钉截铁地点着头。

一家西餐厅里,林丝琦焦急地等待着。一名服务员走过来轻声询问说:"您好,请问您现在点餐吗?"

"暂时不需要,谢谢。"

就在此时,林顺德的身影映入了林丝琦的眼帘。林丝琦稍稍压低了脑袋,她不想让彼此感到尴尬。可是林顺德似乎早已看见了林丝琦,径直朝着林丝琦的座位走来。

林丝琦正要站起来闪躲,林顺德瞬间走过来,一只手摁在林丝琦的肩膀上,然后微笑着说:"我们又见面了,你还好吗?"

林丝琦眉头一扬:"把手拿下去,我还有事,先走了。"

"等等。"林顺德干脆地说:"你不想谈谈关于晋华重组的事情吗?"

林丝琦猛然转身,看着林顺德吃惊地问:"难道你参与了这件事?"

林顺德冷笑一声,拉了一把椅子坐下:"我想此刻你应该叫我一声哥哥才对。"

林丝琦转身回到了桌子前,坐下。

"我没时间听你说这些。"林丝琦仿佛对林顺德格外憎恶。

林顺德决定不再兜圈子,他微微咳嗽一声,然后缓缓地说:"我是代表傅市长来的,和你这个董事长谈一谈晋华重组的事情。"

"原来你就是傅市长的秘书,你可真是神通广大,一转眼都成了市长身边的大红人了。"林丝琦有些纳闷地说着。

"人生就是这样,许多事情难以预料,我是这样,你不也一样吗?有些人昨天高高在上，转眼间就成为阶下囚；有些人成为阶下囚，却侥幸不死。"林顺德悠闲地继续抽着烟。

"你想怎么样？"

林顺德笑了一声，随手从包里掏出一份重组计划书扔到了林丝琦眼前。林丝琦拿起计划书细细阅读着各项条款，越看越让人心惊。

"把晋华百分之三十的股份收由国有资产管理局来组织国企收购？亏你们能想出来。"林丝琦一脸愤怒地将计划书扔在桌子上。

"不！你看错了，如果按照这个计划实行重组，晋华每年可以少上缴政府百分之四十的税，而且晋华出厂的钢材政府统一收购，那么运费这一块也省不少。"林顺德轻蔑地说。

"这么说晋华还占了便宜了？"林丝琦一脸怒气地问。

"不！不！你还没有读完，后面还有个补充协议，如果晋华百分之十的股份转入一家私人企业的话，那么政府方面将不会再派新的领导班子参与晋华的经营。"林顺德依旧是一脸傲气。

"然后你们上报国家说晋华是按照百分之二十的股权重组的，好去邀功，剩余的百分之十用来中饱私囊！"林丝琦直接戳破了林顺德心里的如意算盘。

"话也不必说得这么难听，现实就是如此，你别无选择。"林顺德面目狰狞地盯着林丝琦。

"如果我不答应，你又能怎样？"林丝琦一脸傲气地看着林顺德。

"如果真是这样，那么晋华的钢材连J市都运不出去。"林顺德狡猾地笑着。

"你真阴险，你这样做就是因为尹右川曾经害过你吗？"林丝琦问。

"是的，我要让他付出十倍甚至百倍的代价去偿还欠我的债，我要让他亲眼看着晋华重新被我掌控。"林顺德狠狠地将烟头熄灭在烟灰缸里。

吴梅一个人冷冷清清地坐在家里盯着天花板发呆。

"妈，饭煳了，你怎么不去看看？"琳琳提醒着。

吴梅听到女儿的喊声，思绪瞬间被拉回了现实，急忙跑到厨房，此时传来了敲门声。

"去开一下门。"吴梅对琳琳喊着。

门吱呀一声开了。

"妈妈，是顺德叔叔来看你了。"吴梅听到女儿的喊声，急忙从厨房里跑了出来。

"是顺德呀，怎么又带这么多水果来，你看你也挺忙的。"吴梅急忙收拾了一下沙发，让林顺德坐了下来。

"没事，我只是路过，你过得还好吗？"林顺德关切地问。

"我……我还算好。"吴梅支支吾吾地说，随后拿着水壶给林顺德倒了一杯水，问道："你还好吧？"

"我就那样，刚在政府单位里找了个工作，瞎忙。"林顺德客气地端起水杯喝着。

"辛强最近有没有回来过？"林顺德问。

吴梅轻轻叹了口气："已经很久没有回来过了。"

"我从电视里看到政府要对晋华重组了？"吴梅轻声问道。

林顺德点了点头。

"许多人做了坏事，却依旧活得很好，受苦受累的就是咱们这些人。"林顺德淡淡地说。

"人不就这样，再说了，过去的事就过去吧，还提它干啥。"吴梅叹着气。

"辛强的那个公司不会重组吧？"吴梅小心翼翼地问着。

"这个倒是没有听说。"林顺德放下杯子,"怎么?你还担心他?"

"不!我只是随口问问。"吴梅有些不好意思。

"对了,我这里有些东西要暂时放在你这里,请你妥善保管,不要告诉任何人。"林顺德说着从包里拿出一个用纸包着的袋子。

吴梅迟疑地看了林顺德一眼,然后点点头。

"那我走了,有事给我打电话。"林顺德放下东西,然后冲吴梅笑了笑,转身离开。

林丝琦和辛强在晋华公司的一间办公室里正激烈地争辩着。

"这份重组计划明明就是抢劫,我要控诉他们。"林丝琦愤怒地说。

辛强一脸淡定地接着说:"证据呢?这份合同滴水不漏,林顺德真是人才。"

"到这时候了,你还夸他?"林丝琦依旧一脸怒气。

辛强摸着下巴,陷入了沉思。

"如果真是这样,我们暂时只能拖延重组的时间。"

"你的意思是?"林丝琦问道。

"第一,这份合同是政府政策,我们不能对抗。尽快将资产下放到各个小公司,因为收购多少股权是按照公司总资产来定的。"辛强干脆地说着。

"这倒是一个好办法。"林丝琦说。

"第二,和林顺德继续谈判,可以答应征收百分之三十的股份,内幕交易尽量要有证据。"辛强接着说。

"林顺德也不是傻瓜,他会让你这么做吗?"林丝琦一脸忧郁。

"第三,如果他们还要开出更高的价码,那么可以申请政府派驻领导班子参与经营,但事先要把公司的实际经营权下放到每一个小公司。"辛强似乎胸有成竹。

"好吧，先暂且这样，我立刻就去安排。"林丝琦点点头。

"要不要把白云霄调过来帮你？"辛强询问着。

林丝琦点头微微一笑。

"在我最困难的时候，我就知道只有你最了解我。"

市政府办公室，傅天年坐在办公桌前面，点击着电脑。突然传来了轻轻的敲门声，傅天年快速关掉了电脑中的画面。

"进来！"傅天年喊着。

林顺德夹着公文包走了进来。

"老师，您找我？"林顺德弓着身子询问。

"晋华重组中股份收购的事情，张书记是怎么知道的？"傅天年一脸不悦。

林顺德面露惊讶的表情，随后向前走了两步。

"老师，会不会是林丝琦搞的鬼呢？"林顺德有些不安。

"张书记认为咱们收购的股份太多，会有搞垮民营企业之嫌。"傅天年起身在办公室来回走着。

"按照政策，收购晋华股份的百分之三十在正常的范围之内，那份计划书上并没有把柄露出来。"林顺德小心翼翼地应付着。

"你别忘记晋华钢企是一个老牌的民营企业，它的爪牙早就伸到政府的各个部门，这也不是不可能。"傅天年沉思着。

"难道尹右川现在还有这么大的神通？"林顺德琢磨着。

"不！是一个叫辛强的人，你可知道他？"傅天年扭头看着林顺德。

林顺德的眉头紧紧皱在一起，沉吟了片刻。

"这个人，我太了解了，他终于再次搅和进来了。"

"眼下得尽快推动晋华的重组工作，要不我们将更加被动。"傅天年好像并没有注意到林顺德脸上的表情。

"对了，林丝琦已经答应按照我们的计划书进行重组。"林顺德接着说。

"什么？她已经答应？这么快就答应，她究竟在玩什么把戏？"傅天年疑惑地问。

"现在唯一需要做的就是那份补充协议，我看咱们得马上着手这个事情。"林顺德接着说。

"这个事情是要做，可更重要的是尽快以政府的名义派驻工作组。"傅天年接着说。

"的确，绝不能让晋华的资产瞒天过海，转移到其他公司，那样的话咱们就竹篮打水一场空了。"林顺德接着说。

"不，如果能真正抓住它转移的证据，那样的话，晋华无论怎么折腾都是一步死棋，到时候我看谁还敢站出来替他们说话。"傅天年冷笑着。

"眼下倒是有一个人适合进驻晋华。"林顺德轻声地说。

"谁？"傅天年扭头看着林顺德。

林顺德悄悄地在傅天年耳朵边说了几句，没有想到傅天年却突然破口大骂。

"荒唐，耗子给猫当伴娘，连本带利一股脑儿送。"傅天年阴着脸。

"老师，您放心，如果他进去了，那么晋华的这趟浑水，势必会更汹涌，您就等着看好戏吧！"林顺德一脸阴险。

"但愿如此。"傅天年微微点头。

晋华钢企董事长办公室外的走廊里。白云霄夹着一个公文包径直朝董事长办公室走去。

走到门口，他轻轻敲了一下门，可是里面没有回应。他轻轻捏着门把手将门推开一个小缝，只见里面辛强和林丝琦正在深情拥抱着。白云霄的手指顿时一颤抖，轻轻将门合上。

隔着一扇门，白云霄隐隐约约地听见里面两人的表白。就在他站在门口徘徊的时候，门突然开了，林丝琦一脸笑容地站在门口。

"哦，是你呀！进来吧！"林丝琦微笑着说。

"我……如果林总你不方便的话，我下午过来吧！"白云霄有些尴尬。

林丝琦略微红着脸说："没什么不方便，进来吧！辛强还在里面等你。"说完将白云霄让了进来。

辛强看着白云霄走进来，微笑着上前一把抱住白云霄，眉宇间流露出难以言表的快乐。

"这一阵子，我没有回公司，辛苦你了。"辛强看着白云霄笑着说。

"应该的，如果没有你，我不会重见天日。"白云霄客气地说。

"这个就是晋华新任董事长，哦，我差点忘记了，你们认识。"辛强指着站在一边的林丝琦说。

"是的，我们认识，而且还是朋友。"白云霄看着林丝琦。

"眼下，政府要重组晋华，可是林顺德这个跟屁虫又掺和进来了，他们想一口吃掉晋华，中饱私囊。"林丝琦直截了当地说。

"我听说了，这个是我最近搜集的关于民营企业重组的一些政策报告。"白云霄说着从包里掏出一份资料递给林丝琦。

"这个我已经看过了，里面并没有值得我们做文章的东西呀！"林丝琦一脸茫然。

"不，按照国家政策，此次晋华的股份收购应该在百分之十到三十之间，再加上政策之内的免税，还有运输费用等，晋华按照百分之二十的股份重组，企业还是受益者，因为政府没有理由搞垮一个民营企业。"白云霄分析着。

"我也核算过，按照收购百分之二十的股权来说，晋华基本和现在没有什么两样，关键是现在他们还要百分之十的股权中饱私囊。"林丝琦解释着。

"这帮混蛋，简直是国家的败类，眼下要抓住他们的把柄是不容易，我看先将晋华的股权以欠债的形式转移一部分，那样晋华暂时就不会受损失。"白云霄气愤地说。

"这也是我找你来的目的。"辛强接着说。

"可是这样操作万一被抓住把柄，晋华将面临垮台，我们可能要面临牢狱之灾。"林丝琦担心地说。

"眼下没有更好的办法，你先约林顺德谈判，设法拿到他中饱私囊的证据，我这边着手负责晋华股权转让的事情。"白云霄说。

"对了，林顺德那天约我的时候说要签一个补充协议，我想这个就是他中饱私囊的证据。"林丝琦接着说。

"可是这样，一个腐败的市长可能就成了漏网之鱼，那样晋华的未来将面临更大的挑战。"白云霄接着说。

"一定要把他们都绳之以法，绝不能让他们有喘息的机会。"辛强斩钉截铁地说。

"是啊！我再想想，说不定此时，政府的工作组就要进驻晋华了，那样股权转移就容易暴露了……"白云霄的话还没有说完，门外传来敲门声。三人相互对望一眼，辛强最终快速走到门口，拉开了门。

门外赫然站着的是吴梅，身后还跟着一个中年人。

"这是派驻到晋华进行资产监管的吴总监，我是她的秘书，我姓刘。"中年男子介绍着。

辛强两眼迷离地看着吴梅，她的脸上已经没有了风采，消瘦中带点沧桑，看着辛强只是怔怔无言。

"进来吧！"辛强的声音很低。

吴梅和刘秘书进来了。吴梅扫视了在场的每一个人，然后眼睛盯在了林丝琦的身上，她的神情在瞬间恢复了平静，她微微咳嗽一声，随后开口说话。

"此次我是受市政府领导委托来协助监管晋华资产的，希望林总能够积极配合，推进晋华重组工作顺利进行。"吴梅干脆地说。

吴梅的出现，无疑让在场的林丝琦感到意外，林丝琦稍稍向前迈了一步，微微伸出右手，略带微笑地说："欢迎！欢迎！"随后她拿起办公桌上的电话说："立刻给吴总监和刘秘书安排办公室。"

"刘秘书，你先出去安顿一下，我这里陪林总他们商量些事情。"吴梅朝身后的刘秘书说。

刘秘书略显不安地点点头，出了办公室。

办公室里剩下四个人，令人尴尬的是四人谁都不先吭声。白云霄看着这种场面，实在憋不住了，可是他打心眼里同情吴梅。

"林总，你先出来一下，咱们到外面谈些事情。"白云霄想借故支开林丝琦。林丝琦讪讪地退出了办公室。

"没想到在这里能见到你。"辛强率先开口。

"可我在这里见到你，却一点也不意外。"吴梅盯着辛强的双眼，直到辛强无奈地低下脑袋。

"你怎么会成了政府的代表？"

"我是作为专业人士被市政府临时委派的。"

"林顺德帮了你不少忙吧。"

"我郑重地告诉你，我做的事情合理合法。"

"你来就是和我说这些？"辛强声音很低。

"不！我来这里是为了工作，还有就是给后半生挣点养老钱。"

"我知道我欠你很多，你不要用这种口气和我说话，行不行？"辛强说。

"你不欠我什么，我用这种口气已经对一个男人说了半辈子了，你难道不熟悉？"吴梅的声音有些颤抖。

"我知道你忘不了以前的事情，我何尝不是。"辛强接着说。

"那你为什么要和她在一起？"吴梅泪眼婆娑。

"这……"辛强想解释什么，可是张大的嘴唇却一个字也说不出来。

"我知道我已经无权干涉你的生活，可是这样的女人，她让我痛心。"吴梅的眼睛里闪烁着泪花。

"我不知道你为什么对她有那么大的偏见，但总之……"辛强不想再说下去。

"但总之，她是你的女人，是吗？"吴梅把辛强的后半句话说了出来，辛强顿时感觉浑身不自在。

"不是你想象的那样，梅子，你听我说。"辛强一把抓住吴梅的胳膊。可是吴梅却挣脱了辛强的双手。

"你为了这个女人，家也不要了，甚至想过要和她一起转移晋华的股份，你知不知道这是一条不归路！"吴梅大声喊着。

"不！谁告诉你的？是不是林顺德？"辛强争辩着。

"你别管是谁，我不会停手的，你们千万当心了。"吴梅咬牙切齿地说，随后转身要离开。

"你最好不要掺和这件事情，对你没有一点儿好处。"辛强看着吴梅的背影说。

"你在怜悯我？可惜现在我已经不需要了。"吴梅转过身，泪珠滚落了下来。

这一刻，吴梅的心像刀割一样，脸上的热泪直流到嘴边，随后她用力地拉开办公室的门，扬长而去。

刘秘书站在晋华钢企的一间办公室里来回踱着步。此时，他的手机突然响起。

"喂，是我。"刘秘书冲着电话说。

"紧密盯着吴梅的一举一动，千万不要坏了大事。"电话那头传来声音。

"嗯，我知道。"刘秘书点点头。

"如果他们要将股权转给的话，一定要设法阻止。"电话那头一个沉重的声音。

"这是老板的意思吗？"刘秘书反问。

"你认为呢？"电话那头说，随后挂断了电话。

此刻，刘秘书拿着电话，陷入了沉思。

晋华大桥上，辛强看着桥下的江水，大口地吸着烟。白云霄正从远处走过来。

看着辛强熟悉的背影，白云霄却觉得有些陌生。他缓缓站在辛强的身后沉默着。

"你真的决定要放弃吴梅？"白云霄忍不住问。

"现在谈这个还有意义吗？"辛强没有转身，只是眼睛一动不动地盯着奔涌不息的江水。

"有，曾经的爱情你都可以踩在脚下，还有什么你是看重的呢？"

"许多事情就让未来去证明吧！我找你来是想谈一谈晋华股权转让的

事情。"辛强接着说。

"你想怎么做？"白云霄问。

"我想将晋华的股权转让到心愿广告公司的名下。"辛强转身看着白云霄。

"你是想趁机侵吞晋华的部分股份？你现在简直变得让人不敢相信。"

"如果你我联手的话，这件事情一定会成功，事成之后……"辛强的眼睛里闪过一丝兴奋。

"不，我不会干这种事情，这样做和那些中饱私囊的贪官有什么分别？"白云霄愤怒地吼着。

"风头一过，我会将股份归还的，你怎么连我都不相信了？"辛强解释着。

白云霄没有吭气，许久之后，他笑了笑说："抱歉，我只想做一个正义的人。"

晋华钢企的一间小型办公室内，林丝琦正襟危坐，看着晋华集团的几名董事。

"大家想必听说了最近晋华要重组的消息，把大家召集在这里，就想听听大伙的意见。"林丝琦发话了。

"从政策上看，收购百分之二十的股权，另外减免上缴的税收，基本和我们的现状持平。"其中一名田董事插着话。

"关键就在这里，有些贪官还要私下让我们交出百分之十的股权。"林丝琦打断了这名董事的发言。

"那咱们就去告他们，现在是法治社会，我就不相信没有个说理的地方。"跟随晋华走了很多年的李董事愤怒地拍着桌子。

"这个办法我也想过,可如果真那样做了,稍有不慎,后果将不堪设想。"林丝琦担心地说。

"那也不能将我们的股份让出一部分供他们中饱私囊呀。"张董事接着说。

此时,林丝琦微微叹了口气。

"林董事长,我们听你的,都跟随晋华大半辈子了,我们要与晋华共存亡,如果有人不愿意牺牲点个人利益,我们也不勉强。"李董事夹枪带棒地说。

"老李,你……"张董事瞪着眼睛盯着坐在身边的李董事。

"大伙都别吵了,听我说。"林丝琦声音提高了许多,她环视下面坐着的十多名董事,"在座都是晋华的骨干,也是我最信任的人,如今晋华面临如此剧变,作为董事长,我深感责任巨大。"

"林董事长,你发话吧!我听你的。"李董事再次高声说着。

"如今这样的局面,要让大伙将手中的股份让出一部分,估计大家都不愿意,所以我决定将我的股份全部让出来,转给在座的每一位。"林丝琦的声音明显又高了一些。

此言一出,下面顿时炸开了锅,大伙议论纷纷。

"林董事长,你什么意思呀,就算是为了拯救企业,也应该我们大伙一起出力,再说你将股份让给我们,这和眼下的重组有什么关系?"张董事不解地问。

"你们虽然是晋华的董事,可是你们都拥有自己的小公司,名义上属于晋华管制,我将股权让给你们,事实上,你们和晋华就再也没有关系了。"林丝琦的言语中露出淡淡的悲伤。

"你是想用这种办法规避政府的重组?这样对于你来说太不公平了。"李董事接着说。

"眼下我没有什么人可以相信，但我相信只要大伙齐心协力，那么晋华的魂就在。"林丝琦接着说。

"按照眼下我们各个公司的总资产，大家出的不到百分之一，倒是可以逃过一劫，可是在政府监督组进驻晋华之际，我们这样做，风险是很大的。"张董事担忧道。

"我申明我们并不是抗拒政府的重组，只是那些贪官逼人太甚，他们要想整垮民营企业中饱私囊，作为晋华的董事长我绝对不允许他们的阴谋得逞。"林丝琦斩钉截铁地说。

"既然这样，我们大伙没有什么说的，我们听你的！"几名董事争先表态。

"这种事情只局限在咱们在座的几个人范围内，这关乎晋华的存亡，所以大家就在这里把这个文件签了。"林丝琦说着从包里拿出一沓资料，发给了所有的董事。

李董事接过林丝琦手中的资料翻阅着，随后说："保密协议？这个我签，至于将股份以采购合同的形式转让给我，你是不是再考虑一下。"

"不必了，大伙赶紧签了，我们组就在督查的眼皮底下。"林丝琦干脆地说着。此时传来了一阵敲门声，林丝琦的神情顿时紧张起来，叮嘱所有董事将文件放到一边，暂时不要翻开。随后咳嗽一声，"进来！"

吴梅从门外走进来，她警惕地环视着在座的众人，然后看着林丝琦。

"林总，我想看看公司最近的进出口贸易合同，还麻烦您吩咐一下秘书。"吴梅盯着林丝琦桌子上的公文包，眼珠子一动不动。

"好的，我现在正在开会，谈公司下一步的运营计划，一会儿我让秘书送到你的办公室。"林丝琦冷冷地说。

吴梅答应着，可是视线始终没有离开林丝琦的眼睛。

"吴总监还有什么问题吗？"林丝琦的脸色变得阴沉起来。

"没……没有了。"吴梅有些尴尬地退出了办公室。

晋华钢企门口,吴梅大步走了出来。一辆车缓缓驶到了她的面前,紧接着前车窗玻璃慢慢地摇了下来。白云霄从车里伸出脑袋来,看着吴梅。

"上车吧,我送你一程,顺便聊聊。"

吴梅迟疑片刻,还是上了车。

"你怎么会当上晋华重组的总监呢?"坐在前面的白云霄询问着。

"咱们能不探讨这个话题吗?"吴梅的表情异常冷静。

"你连我都不相信?"白云霄尴尬地笑笑。

"我只想做自己想做的事情。"

"如果你知道林顺德的一些秘密,希望你随时告诉我,我相信你还是一个好人。"

"我到家了,停车!"吴梅一等车停下来,就拉开了车门走了出去。

看着吴梅下车后,白云霄轻轻地叹息一声,车继续向前行驶。

"白总,咱们去哪?"司机询问着。

"掉头!回晋华。"

"回晋华?咱们刚出来呀!"司机有些疑惑。

"你把我放在门口就行了。"

车很快就到了晋华钢企门口,白云霄下了车,急匆匆地走了进去。他来到了董事长办公室门口,静静地站在那里,隐约听见有人正在交谈。

"果然是这样。"白云霄耳朵伏在门上静静地听着,嘴里轻轻地说。

里面应该有两个人,他们的声音很低,白云霄小心地转动着门把手,直到把门拉开一个小缝隙,眼前出现的赫然是辛强和林顺德。

"你终于肯和我合作了?"辛强盯着林顺德说。

"我佩服你的胆识,居然敢和我在林丝琦的眼皮底下见面。"

"最危险的地方就是最安全的地方，怎么，你不敢？"辛强坦然一笑，示意林顺德坐下。

"对我来说，从来就没有敢不敢，因为这里迟早是我的，包括你屁股下面的那把椅子。"林顺德盛气凌人。

"你这么自信？"辛强冷笑一声。

"谈条件吧！"林顺德收起笑声。

"干脆！我只想要晋华的一部分股权而已，而你的目的是重新掌控晋华，咱们合作，各取所需，就这么简单。"辛强微笑地看着林顺德。

"你的意思是我利用重组的机会胁迫林丝琦将百分之十的股份划到你的心愿广告公司，然后我拿着晋华的涉嫌转移资金的证据整垮晋华。"林顺德说道。

"然后你可以利用手中的补充协议整垮你背后的老板，直接检举他中饱私囊，到那个时候你就可以重新掌控晋华。"辛强补充说。

"好一条妙计，你就不怕我会将这样的消息告诉林丝琦？"林顺德从椅子上站起来，冷眼看着辛强。

辛强缓缓地从椅子上站起来，收起了满脸的笑容，突然仰天一阵冷笑。

"你不会的，因为你知道自己想要什么。"辛强再次坐回到椅子上。

"等我电话！"林顺德摔下一句话，随后急步离开。

此时门外站着的白云霄早已不在，他转身来到了吴梅的办公室，仔细搜寻着抽屉里的文件，可惜找了半天只找到些财务报表。

"吴梅不可能什么事情也不关注，只关注这些财务报表。"白云霄小声嘀咕着。

"她手里一定握着很重要的东西，要不然她不会那样盛气凌人。"白云霄陷入沉思。

晋华游泳馆，林丝琦穿着泳衣在水里游着，白云霄坐在泳池旁边静静地看着。不一会儿，林丝琦从泳池里上来了，径直走到了白云霄的身旁，坐了下来。

"你真的要将自己的股份转让出来？"白云霄看着林丝琦问。

"还有其他办法吗？"

"我以前看错了你。"白云霄微笑着。

"人都是这样，这一刻你看对了一个人，下一刻或许就不是那么回事了。"林丝琦边擦着身上的水，边说着。

"你想说什么？"白云霄轻声问。

"好了，不谈这个了。"林丝琦打断了白云霄的话。

"你真的很勇敢。"白云霄继续恭维着。

"换你是我，你也会这么做。"林丝琦端起一杯冷饮喝着。

"林顺德那边你准备怎么做？"白云霄不由自主地点燃一根烟。

"饭继续吃，合同继续签。"林丝琦轻蔑地笑着。

"你不怕你的把柄会落在他手里？"白云霄吐出一口烟。

"即便这样，能够保全晋华，虽死无悔。"林丝琦的语气开始变得生硬。

此时林丝琦电话响起，她擦了擦手，接起电话。

"好久不见。"林丝琦看着熟悉的电话号码说道。

"事情考虑得怎么样了？"电话那头的声音。

"一切按部就班，就按你说的那个条件办。"

"好，那就下午三点，海世界大酒店808房间，不见不散！"电话那头传来了爽朗的笑声。

"好！准时见！"

"最好别带什么窃听设备之类的东西,那样你我都不会有好果子吃。"电话里的声音瞬间变得阴冷。

"规矩我懂!"林丝琦说着挂断了电话。

吴梅的家中,吴梅和辛强静静地坐在沙发上,谁都不说话,旁边站着女儿琳琳。

"你先回屋写作业,爸爸和妈妈有事情要谈。"辛强看着琳琳轻轻地说。

"不!爸爸,你已经好久没有回来了,是不是又想和妈妈吵架?"琳琳怯怯地盯着辛强。

辛强摸着女儿的脑袋说:"爸爸是坏人吗?"

"爸爸不是坏人!"

"那你怎么连爸爸的话也不听了?"辛强的声音越来越柔软。

"爸爸,你真的不要我和妈妈了吗?"琳琳依偎在辛强的怀中轻声问。

吴梅听着琳琳的话,眼里不由自主地闪出泪光。

"有些事情,你以后会懂的。"辛强摸摸琳琳的脑袋。

琳琳讪讪地回到屋里。

"你不要再掺和这件事情了。"辛强看着吴梅轻轻地说。

"这和你有关系吗?"吴梅一脸怒气。

"我只是不想让你再受伤。"辛强一脸柔情。

"我已经伤得体无完肤,你以为我还在乎所谓的伤害吗?"吴梅咬牙切齿地说。

"你玩不过他们的。"辛强接着说。

"正义是无法用手段磨灭的,总有一天你会明白,人走错路之后是要付出代价的。"

"好吧！既然你这么执着，那我也不好说什么。"辛强缓缓起身，走到门口，又停下了脚步。

"梅子，不要相信林顺德，如果他让你做什么事情，或者让你保管什么东西，你一定要慎重。"辛强依旧深情地说着。

"我不相信他，那你呢？我可以相信吗？"吴梅冷冷地反问。

"我只想帮你。"

"谢谢，已经没有必要了。"吴梅起身回到了卧室。

海世界大酒店，林丝琦一身职业装，戴着墨镜，提着公文包，缓缓地走到了电梯口，轻轻地摁了个"8"。

电梯缓缓上升，她看着手表，离三点还有一刻钟，此时电梯门缓缓打开。

林丝琦迈着沉重的脚步，径直来到808房间。她敲了敲门，门开了，门里豁然站着一个男人。

"刘秘书，想不到还有你。"林丝琦有些吃惊。

"林总，别来无恙，请进！"刘秘书把林丝琦让了进去，随后轻轻地关上了门。

林顺德在房间里已经等了很长时间，看着林丝琦进来，他一脸笑容地走了过去。

"好！挺准时，难怪尹右川会将企业交给你。"林顺德笑着伸出了一只手，想要和林丝琦礼节性地握一下。没有想到林丝琦却视而不见。

"你也不错，转眼间成了政府的代言人，前途无量呀！"林丝琦冷淡地说。

"不管如何，你都应该叫我一声哥哥。"林顺德苦涩地笑笑。

"现在谈这个还有意义吗？"

"这是那份重组计划书，没有什么问题就签字吧！对了，这份补充协议你先看看，没有什么意见就也签了吧！"林顺德拿着两份协议书递到了林丝琦的面前。

"真没想到你成了傅天年的替身。你想过后果吗？"

"谢谢你，在这个时候还善意地提醒我，人都有自己的选择，为每一个理想付出相应的代价，这就是法则。"林顺德转身静静地看着窗外的风景，语气中充满悲哀。

"一旦事发，你就是他的垫背，而他依然可以瞒天过海，保住仕途。"林丝琦看着林顺德，内心深处不由得泛起一丝涟漪。

"我知道，即使是这样，我认了，这便是我的路，再说胜负还没定，一切都是未知数，不是吗？"林顺德转身挤出一丝微笑。

"怎么？你要我将百分之十的股份转到私人名下？"林丝琦的眼睛落在了那份补充协议上。

"是的！我不想让你变得一无所有。"

"这样做值吗？"林丝琦不禁问。

"没有什么值不值，就当是我送给你未来的结婚礼物。"

"那傅天年那里，你怎么交差？"

"我成立了一个公司，已经将我所有的财产当作晋华百分之十的股份注入这家公司，你放心好了。"

"我为什么要这样做，因为我没有忘记父亲告诉我的那些话，我还有一个妹妹，在利益面前，我总不能连一丝亲情都没有吧！"林顺德的表情异常痛楚。

"我误会你了。"林丝琦生出一丝歉疚。

"不！在晋华重组这件事情上，我依旧不会放过你，因为那是我的选择和追求。"林顺德努力挤出这几个字。

"好吧！希望有一天，我可以看到你高高兴兴地实现自己的目标。"

"希望我们下次再见面的时候，我们的脸上都是笑容。"林顺德语气变得低沉。

"既然这样，我签！"林丝琦直接拿着笔在那份协议上签下了自己的名字。

"事情办完了，我该走了。"林丝琦抬头看着林顺德。

"陪我喝杯咖啡，坐一会儿好吗？"林顺德看着林丝琦的眼睛闪过一丝挽留。

"好！喝一杯，祝我们未来都顺利！"林丝琦闪过一丝笑容。

两人坐了下来，隔着一张桌子，谈起了许多以前的事。

"还记得以前的事吗？"林顺德深情地问。

"那时候你舍身相救，我躲过一场车祸，而你却睡在医院里。"林丝琦说着闪过一丝痛楚。

"那个时候，你我几乎结成夫妻。"林顺德端起咖啡轻轻抿了一口。

"那时候，我才知道有你这样一个哥哥。"林丝琦端起咖啡大口地喝着。

"可惜……"林顺德不再说下去。

"可惜后来发生了太多的事情，始料不及。"林丝琦的脑袋慢慢开始失去知觉，眼睛开始迷糊，随后脑袋重重地磕在桌子上，昏睡了过去。

林顺德叹了口气，起身拿起公文包离开了酒店。

西华公园一角，吴梅和林顺德相互对望着。

"东西带来了吗？"林顺德问道。

"带来了。"吴梅轻声应着。

"那就好，是该我出手的时候了。"林顺德闪过一丝冷笑。

"你真要这样做？"吴梅有些忐忑不安。

"搞垮他们，这不也是你想看到的吗？"林顺德反问着。

"可是……"吴梅还想说什么。

"你不是很希望辛强回到你的身边吗？你很快就会看到。"林顺德盯着吴梅说。

"就算是他能重新回到我的身边，但他的心不在了，谁也拉不回来。"

"事到如今，我们已经没有回头路了。"林顺德一脸不悦。

"既然这样，就听天由命吧！"吴梅说着将一份厚厚的资料给了林顺德。

林顺德接过资料，点点头。

"等我的好消息吧！"说完他转身离开了公园。

傅天年的办公室，林顺德拿着一沓厚厚的资料向傅天年回复着。

"拿到他们的把柄了？"傅天年两眼盯着林顺德。

"老师，他们转移资产的证据已经拿到了，这次他们就是插上翅膀也跑不掉了。"林顺德笑着说。

"好，那就定个时间，开个晋华重组的新闻发布会，到时候我要当场将这些证据暴露给媒体记者，我看谁还敢站出来帮助他们。"

"老师，把晋华搞臭后，我们下一步该怎么办？"林顺德小声询问着。

"当然是当场免掉那个叫林丝琦的董事长，进行新一轮的股权收购，那样的话一切都是由我们说了算。"傅天年摸着下巴得意地笑着。

"您看由谁来担任这个董事长合适呢？"林顺德试探性地问着。

傅天年审视着林顺德的眼睛，恍然间明白了林顺德话里面的意思，他微微笑了一声："这个当然最好由你来接任了。"

"那就先谢过老师了。"

晋华广场锣鼓喧天，鞭炮齐鸣。这一天是晋华重组的日子。傅天年满脸微笑地坐在主席台上，身边坐着不少政府官员。林顺德作为秘书坐得离傅天年不是太远。而此时的林丝琦则坐在主席台一个最不显眼的地方。

广场上人海云集，不少媒体记者拿起摄像机拍摄现场的情况。不一会儿主持人开始念开幕词，紧接着傅天年作为市领导讲话。

"大家好，很高兴和各位媒体记者还有广大的晋华职工们相聚在这里，晋华作为本地的民营企业，这么多年在促进地方经济的飞速发展上功不可没。晋华作为此次重组的首批企业，政府相应地给了许多优惠政策，下一步在政府的带领下，我相信晋华的明天会更辉煌。"傅天年的话音一落，现场响起了阵阵掌声。

"请问傅市长，政府拿晋华作为首批重组企业，会不会有打压民营企业之嫌？"一名记者问。

傅天年笑吟吟地再次站起来，大声地说："我刚才已经讲了，政府虽然收购民营企业的部分股权，但在税收、运输、销售方面会有很大的折扣，仔细算来，民营企业应该是受益者，我们之所以这样做，目的就是让更多的民营企业联合起来走向市场，迈向国际轨道！谢谢！"

"傅市长，据我所知，一部分民营企业抵制政府的重组，进行资产转移，晋华有这样的情况吗？"《时政周末》的记者问。

傅天年听着下面记者的询问，脸色顿时阴沉起来。他沉吟了片刻，眼光射向了坐在一边的林顺德。

可是没有等林顺德开口，傅天年再次说话。

"这件事本来在今天这个场合我不便说起，但事到如今，却又不得不说，晋华的确进行了资产转移。"傅天年说完停顿了片刻。

"据我所知，晋华在接到政府的重组报告后，就紧急召开董事会，进行资产转移，我们有切实的证据证明这一切。"林顺德抢先站起来，一边说着，一边掏出一沓厚厚的资料。

此言一出，顿时人群鼎沸。坐在犄角旮旯里的林丝琦也神情紧张起来，没想到这件事情做得如此隐秘，却还是被他们拿到了证据。

"晋华抵制政府的重组也是有原因的，因为政府官员当中有人中饱私囊，借着手中的权力，打压民营企业，我认为这并不是晋华的错。"林顺德话音一转接着说。此时傅天年不禁紧张起来，他没有想到林顺德会在这种场合说这些事情。

傅天年心里一边盘算着，一边向林顺德使着眼色。没想到林顺德非但没有住口，反而把矛头指向了他。

"民营企业来之不易，但绝不能毁在这些贪官手里。"林顺德愤怒地吼着。

"您的意思是这样的贪官就在政府班子里面？方便说出他的名字吗？"记者接着问。

"当然方便，他就是我们当中在座的一位高官。"林顺德停顿了片刻，一双冷眼看着傅天年。

"谁？"人群中有人喊着。

"他就是我们德高望重的傅天年市长。"林顺德鼓起勇气高声喊出来。此言一出，在座的所有政府官员都暗暗吃惊。

"您有证据吗？"另一位媒体记者问。

"有！这就是证据！"林顺德说着从包里掏出了那份补充协议。

傅天年战战兢兢地站了起来，指着林顺德吼着："你胡说，我什么时候签过这样的一份协议？你这分明是诽谤。"

"这份协议是他让我签的，签的是我的名字，可是我有我们谈话的录音。"林顺德冲着傅天年说。

"你……"傅天年愤怒地指着林顺德破口大骂。

不知道什么时候，下面的人群自动让出一条通向主席台的路，紧接着一名长者缓缓走了上来。

"是张书记来了。"人群中有人喊着。

眼前出现的是新任市委书记张凯平，他走到了主席台前，拿起林顺德手中的补充协议和一盒录音带，然后看看傅天年。

"早就告诉你，不要滥用手中的权力去打压民营企业，你这样做，坏的是政府的名声，丢的是国家的脸。"张凯平厉声呵斥着傅天年。

"作为领导知法犯法，你还有什么话说？"张凯平依旧质问着傅天年，此时的傅天年面如土灰，站在原地，一动不动。

"我冤枉……他这是诬蔑……"傅天年额头上豆大的汗珠子慢慢地渗了下来，语无伦次地说着。

"那就让司法机关去审判你的罪行吧！带走！"张凯平大声说。话音一落，两名纪委人员，拉着傅天年走了出去。

张凯平转身看看广场上的群众，他微微弓着身子讲话。

"各位晋华的职工朋友们，政府不会打压民营企业，政府只想把你们的力量聚集起来，共同发展，走向世界。"张凯平真诚地说着。

"那晋华的重组工作，您看？"身边的秘书悄声向张凯平询问着。

"晋华涉嫌转移资产，原来的董事长是不能用了。我看就由林顺德暂且接任董事长，由我带队，亲自负责晋华的重组工作。"张凯平转身看着在座的政府官员和部分晋华的股东。

"的确，林顺德之前在晋华工作过，对晋华比较熟悉，这样我也好尽快推进重组工作。"身边的秘书轻轻地说。

张凯平微微点头，随后他转身看着现场的人群，高声说道："现在我宣布，晋华重组工作小组成立，由我担任组长，公开重组，鉴于晋华前任董事长涉嫌转移资产，现任命林顺德暂代董事长，负责公司的日常运营。"

此时的林顺德终于松了口气，不远处的林丝琦看着林顺德愉悦的表情，心里又惊又气。

林丝琦慢慢地走到林顺德面前，苦涩地笑着说："祝贺你，你终于如愿以偿了。"

"谢谢，事情还没有完，结论怎能下得这么早呢？"林顺德笑着说。

白云霄一个人在家中，电视中正在直播晋华重组的现场，看着林顺德意气风发的样子，白云霄直作呕。

"这个家伙终于如愿以偿了。"白云霄自言自语。他想起了吴梅。

"或许吴梅才是解开这最后枷锁的人。"白云霄轻声嘀咕着。

此时，传来了阵阵敲门声。白云霄起身开了门，门外站的是辛强。

"进来吧！"白云霄将辛强让了进来。

"最近不去公司，在家里忙什么呢？"辛强笑着问，随后一屁股坐在沙发上。

白云霄没有马上回答，他给辛强倒了一杯水后，也坐在了沙发上，随手点燃一根烟。

"林顺德当了晋华的董事长，你知道吗？"白云霄问。

"知道，这和你有什么关系？"辛强反问道。

"当然和我没关系，我是替林丝琦不平。"

"原来你也这么想？"辛强苦笑一声。

"你不是也想在这趟浑水中分一杯羹,怎么?清醒了?"

"对于企业来说,挣钱肯定放在第一位,我那样做没有什么不对。"

"那你找我来为了什么?"

"又一个尹右川出现了,你不感觉到害怕?"

"你想怎么样?"

"我想扳倒林顺德,为了林丝琦也好,为了自己也罢,总之被人打败的滋味很不好受。"辛强坦言。

"坦白说,我厌倦了商场上的这种争斗。"

"我希望你能帮助我。"

"我又能做什么呢?"白云霄双眼看着辛强,眼睛中闪烁着迷茫。

只见辛强在白云霄的耳朵边轻轻嘀咕着,没有人知道他们究竟在谈什么。

J市的一家健身馆,林丝琦正举着杠铃。辛强慢慢地走了过来。

"你还真有雅兴,在这里韬光养晦?"辛强看着林丝琦说。

"好久不见,你还是那样神采奕奕。"林丝琦一把将杠铃扔在地上,站了起来。

"你就甘心一辈子躲在这里吗?我们可以从头再来。"辛强的语气加重了许多。

"不!一切都已经过去了。"林丝琦大声吼着。

"不!我还没有倒下,你宁愿看着另一个尹右川重出江湖吗?"辛强嘶声争辩着。

林丝琦心里顿时咯噔了一下,她陷入了沉思。

林顺德坐在晋华董事长办公室里叹着气。虽然他现在是名副其实的董事长，可是手下的股东却个个生有异心，巴不得他马上滚蛋。此刻他在椅子上也是如坐针毡。

"刘秘书，你来一下我办公室！"林顺德对着桌子上的电话喊着。

不一会儿，刘秘书走了进来。

"林董，您找我？"刘秘书怯怯地看着林顺德。

林顺德微微叹口气说："在这里，你是我唯一的亲信，所以有什么事情你要第一时间告诉我。"

刘秘书点点头。

"最近股东们有什么情况？"林顺德问。

"只有少数几个股东同意政府的这个重组报告，大多数还是不同意。"

"这样下去不行，名义上我是晋华的董事长，可是实际上我控制不了晋华，得想个办法。"林顺德语气加重了很多。

"林董，其实这次重组就是个好机会，您可以……"刘秘书看看窗外，不再说下去。

"有话就说！"林顺德有些恼火。

"您可以利用重组，逼大家交出股份，然后私自成立自己的公司，那样还不是您说了算。"

"你是要我贱卖晋华？"林顺德一下从椅子上站了起来。

"对！"刘秘书应着。

"那样我林顺德可就成了晋华的罪人了。"林顺德轻声嘀咕着。

"心不黑无以成大事，林董，你以前不就是这样的吗？"刘秘书小声迎合着。

"住口！我的过去用不着你提起！"林顺德听着刘秘书的话，突然破口大骂。

刘秘书战战兢兢地点点头。

"还有，密切注意吴梅的动向，小心她坏了大事！"林顺德吩咐着。

"我明白！"刘秘书点头应着。

一家餐馆内，林丝琦头戴一顶帽子低着脑袋吃着饭，突然从后面来了一个人，环视了周围一圈后，坐在了林丝琦的对面。

林丝琦微微抬头看着这人，心里顿时放松了警惕。

"来了，没有人知道咱们碰面吧！"林丝琦轻声说着。

此人是晋华集团一名姓张的董事，当日，他力劝林丝琦不要将股份转让出去，林丝琦对眼前的这人依旧心怀感慨。

"没有。"张董事干脆地回答。

"公司最近情况怎么样？"林丝琦问。

"林顺德每天都在做各位董事的工作，本来我们都同意张书记的重组方案，可是林顺德让我们让出大部分股份，我怀疑他要贱卖晋华。"张董事分析着。

"哦？真有这事情？"林丝琦听着张董事的话，顿时大吃一惊。

"所以当下我们应该设法阻止他。"张董事悄声说着。

林丝琦微微点头，陷入沉思。

"这样，你先回去，密切关注林顺德的状况，我私底下联络一下其他董事，咱们再想办法。"

"好吧！我等你的消息。"张董事一说完，起身快速离去。

晋华师范大学门前，吴梅焦急地朝着学校里望着，她正在等待女儿。此时白云霄从远处走来，看着吴梅的身影，他的表情稍稍放松了些。

"在等孩子？"白云霄冲着吴梅的身影喊着。

吴梅微微转身看了白云霄一眼，点点头。

"你来这里干什么？"吴梅反问着。

"嫂子，别误会，我只是想找你谈谈。"

"好吧！等我接上孩子，咱们找个地方细谈。"

不一会儿，吴梅就看见了自己的女儿琳琳。

"琳琳，琳琳。"吴梅叫着女儿的名字。

琳琳老远就向着吴梅一路跑过来，脸上洋溢着幸福。

"妈妈，你都多久没到过我们学校了，怎么这个时候想起来了？"琳琳笑着挽着吴梅的胳膊向前走着。

"女儿虽然大了，妈还是不放心啊！"吴梅轻轻地叹着气，可是脸上洋溢着微笑。

"白叔叔也是来接我的吗？"琳琳再次问。还没有等吴梅开口，白云霄抢先开口。

"是的，白叔叔路过，看到你妈妈在这里，索性拉你们一回，我的车在那边。"白云霄笑着说。

琳琳笑着，一路小跑着到了白云霄的车前面。

"来！上车吧！"白云霄拉开车门，吴梅和琳琳随后上了车。车缓缓地驶向了省城。

"白叔叔，你最近见到我爸爸了吗？"琳琳询问着。

白云霄迟疑了片刻，随后笑着转移了话题。

"琳琳，你的学业怎么样？"白云霄边问着，边从后视镜里注视着吴梅的神情。此时的吴梅一脸冷淡，一言不发。

"我还好，只是很久不见爸爸了，真不知道他怎么想的。"琳琳抱怨着。

"以后你会明白的，你不是一直相信你爸爸是个好人吗，就让我们一起去见证吧！"白云霄说道。

"好了，琳琳，咱们到了，你先回去，妈妈陪白叔叔说几句话就回去。"吴梅望着琳琳嘱咐道。琳琳点头答应着，随后下了车。看着琳琳的身影，吴梅轻轻叹了一口气。

"林顺德准备贱卖晋华，你难道就无动于衷吗？"白云霄扭头看着后座上的吴梅。

"真佩服你们这些经商的，连这样的消息都逃不过你们的眼睛。"吴梅斜眼看着窗外的风景。

"晋华贱卖一事，关系着许许多多职工的命运，我希望你能把他犯罪的把柄交给我。"

听着白云霄的话，吴梅顿时浑身一颤，紧接着她问："你怎么知道他的把柄在我手里呢？"

"我相信你在晋华绝不会坐着吃闲饭，除此之外，林顺德唯一信任的也只有你。"白云霄的眼中放着精光。

"这个让我再考虑考虑，林顺德毕竟帮助过我。"吴梅有些迟疑。

"他的所作所为并不是帮助你，只是利用你达到他控制晋华的目的，你该醒醒了。"白云霄极力劝说着。

"这个……这个我心中有数。"吴梅的话语中充满忧伤。

白云霄看着吴梅的表情，语气顿时软了下来。

"好吧！你先考虑考虑，我希望你能尽快给我答复，晋华能不能保住就看你的了。"白云霄接着说。

此时吴梅依旧没有说一句话，在车中坐了片刻，她用力地吐了一口气，扭头打开车门，瞬间就消失得无影无踪。

市委张书记的办公室，张凯平坐在椅子上看着一份报纸，看着看着他的脸色越来越难看。不一会儿，他将手中的报纸往桌上一扔，抓起桌上的电话说："叫刘秘书来我办公室。"

"这叫什么事？这帮晋华的董事居然还反了天了，都闹到省工会了。"张凯平嘴里嘀嘀咕咕地骂着。此时刘秘书推门而入，没有等他站稳，张凯平又是一阵咒骂。

"他林顺德能不能给我收拾好乱摊子？要是再闹下去我的脸就要被他丢尽了！"张凯平冲着刘秘书一阵臭骂。

"这一阵子，林顺德正在安抚晋华的董事，我看做什么事情也是需要时间的，您说不是吗？"刘秘书一脸无奈。

"这么说是这帮董事的不对了，政府把那么大的好处塞给他们，他们还不知足？"张凯平气呼呼地盯着刘秘书。

"现在晋华的董事根本不服林顺德，再说了，他……"刘秘书不敢再说下去。

"他怎么了？"张凯平问。

"他准备贱卖晋华。"

张凯平一听这话，顿时火冒三丈。

"我不管他是贱卖还是贵卖，我要的是晋华的重组计划能够顺利地进行，如果他真有那个本事，就让他去搞。"张凯平用力地敲着桌子。

"那个已经下台的林丝琦就是这些董事的靠山，我看林顺德难以得手。"刘秘书接着说。

"贱卖晋华，亏他林顺德能想出来，拿千万职工的幸福换自己的前程，我看这个董事长不当也罢！"张凯平一屁股坐在椅子上。

"我这就回去把您的意思告诉他！"

"回去告诉他，能给我摆平眼下的重组工作就不错了，贱卖晋华，就算得手了，我都不会放过他！"

刘秘书脑袋像捣蒜锤一样点着，随后一溜烟地走出了办公室。

林顺德和吴梅坐在迎西公园的一个石头凳子上，冬天的日头发着微弱的光芒，这几日，林顺德明显消瘦了很多，吴梅还是像往常一样面无表情。

"我不想再这样下去了。"吴梅开口了。

"或许你一开始和我合作就是错误的。"林顺德吐着烟圈。

"放手吧！你现在已经得到晋华了，你还想怎么样？"吴梅眼神中充满请求。

"我还可以回头吗？爬上了一座山峰，本以为这是最高点，可是山的那头还有山。"

"林丝琦已经付出了代价，这场博弈中，没有赢家。"

"她什么也没有得到，或许我比她好点。"

"你得到了什么？你比她还惨，你知不知道你一直在悬崖边徘徊，哪怕是一阵风都可以将你吹下山崖。"吴梅盯着林顺德，声音提高了许多。

"听你的话，好像我们的关系已不仅仅是朋友。"

"你打算怎么样？"

"一直走下去，哪怕前方是万丈深渊，我也不会回头。"林顺德态度决绝。

"好吧！在我最后的防线还没有崩溃之前，我还会义无反顾地支持你。"

"希望这件事情能有一个完美的结局。"

晋华的一间会议室里，所有董事都坐在了一起，大家交头接耳地议论着，此时林顺德从门外走了进来，会议室里顿时安静了不少。林顺德环视会场一下，然后盯着身边的刘秘书。

"把政府的重组合同给大家发下去。"林顺德说。

片刻之后，会议室里再次沸腾起来。

"大家好！作为晋华的新任董事长，我深感责任重大，此次重组大伙知道，经历了太多的波折，我想说的是，不论如何，重组的事宜我们推托不掉，所以大家有什么意见就在这个大会上提出来。"

"你的意思是让我们拿手中百分之五十的股份用来重组，这样做我们坚决不同意。"下面的张董事率先发言。

"再说了，林丝琦董事长为了保全公司，宁愿将股份让出来分给我们大家，你怎么一点都不向着我们晋华人。"李董事接着猛烈抨击林顺德。

"如果林丝琦还在，她也不会同意大伙出百分之五十的股份，这样下来，比当初定的股权收购比例都高。"王董事站起来愤怒地拍着桌子。

林顺德听着众人刻薄的话语，脸色越来越冷，沉默了许久，他再次开口。

"如果林丝琦肯将股份的百分之五十交出来，大伙是不是愿意跟随？"林顺德站了起来。

林顺德的话一出口，全场顿时鸦雀无声。大家你看我一眼，我瞅你一眼，都不再言语。李董事斜眼瞅着林顺德，他打心眼里愿意跟随林丝琦，看着大家都不再说话，他猛然站起来："好！如果林丝琦同意这样做，我首先表个态，我愿意！"

张董事瞟了一眼李董事，随后站起来说："上次林丝琦董事长本来是要将股份转交给大家，由于有人作祟，这事情也就作罢了，如果她肯将手中的股权交出来供政府重组，我们还有什么不愿意的。"

张董事的这番话一说，大伙纷纷点头。

"如果林丝琦愿意，我们就愿意。"大伙你一言我一语，其实都各有各的打算，有些甚至认为林丝琦根本不会站在林顺德那一边，林顺德的话只不过是一句老虎下山的假话。

林顺德环视了会场一圈，紧接着说："大家既然这么支持林丝琦，即使她已经不再是晋华的董事长，你们还愿意听她的，我也没说的。"

林顺德的话还没有说完，其中一些董事就开始起哄。

"林丝琦会和你站一起吗？"几名坐在后排的董事问。

就在此刻，会议室的门开了，林丝琦走进来了，随身提着一个公文包，浑身透着一股无法让人反抗的威仪。她缓缓走到主席台前，看着下面坐着的董事，稍稍咳嗽一声。

此时，整个会议室鸦雀无声。

"是的，大伙猜对了，我是绝对不会和林顺德站在一起的。"林丝琦淡淡地说。

此言一出，整个会场顿时响起了雷鸣般的掌声和欢呼声。林丝琦挥了挥手，示意大家静一静。

"首先，我感谢在座的每一位，即使我已经不是大家的董事长，大家还一如既往地追随我的决定，我再次深表感谢。"林丝琦说着，对着在场的所有董事深深地鞠躬。

"林顺德不把晋华人的利益放在第一位，作为一个晋华人，我们誓死不从。"林丝琦接着说道。

会议室里所有的人都呐喊着，林丝琦的发言，无疑说在了大伙的心坎上。有些上了年纪的董事，甚至落下了热泪。

"你……"林顺德指着林丝琦一句话都说不出来。

就这样，时间一分一秒地过去了，林丝琦沉默着，突然她重重地敲着桌子："可是，今天我们晋华面临着重组，这是国家扶持民营企业的一项政策，大伙不应该抵制，即使大伙把所有的股份都牺牲了，可是换来的是晋华的长远发展，随着中国市场的国际化程度加深，我们一个独立的民营企业能扛住国际市场的冲击吗？"林丝琦的声音又提高了几分。

"首先我要向大家道歉，我先前的认识不足，给重组带来了困难，可是眼下为了晋华的未来，我们不应该畏首畏尾，所以我愿意拿出股权的百分之五十作为政府重组的条件。"林丝琦环视着众人。

此时会场有人开始小声议论着，对林丝琦一百八十度的大转弯纷纷表示不解。

"我支持林顺德董事长的工作，我首先在这份文件上签字。"林丝琦大声说着，随后她拿起桌子上的协议书快速签下了自己的名字。

"既然这样，我也愿意拿出百分之五十的股权，我同意！"一直跟随林丝琦的李董事随后说着，拿起笔在协议上签了字。

会场开始有一些缓和的迹象，不一会儿，另外几名董事也纷纷拿起笔签下了这份协议。

"林顺德终于得偿所愿了。"辛强站在J市大桥上看着来来往往的车辆。吴梅站在一边扶着栏杆盯着辛强。

"从你的话里我听出了些许嫉妒。"吴梅冷冷地说。

"是啊！我是嫉妒，我嫉妒他有你这样一个好帮手。"辛强无奈地笑了一声。

"你有什么打算？"

"我还能怎样，回T市继续开我的公司，这里的一切或许和我再没有关系了。"辛强叹息着。

"是欲望害了你，来来去去终究一场空。"吴梅看着江水说道。

"得之我幸，失之我命，人生本来就是这样，你我都逃离不了这个规则。"

"好了，我该走了。"吴梅不想继续说下去。

"好吧，一路顺风！"

一间酒吧里，林顺德一脸笑容地喝着一瓶高档洋酒，身边坐着刘秘书。

"刘秘书，接下来该我们上台了，你准备好了吗？"林顺德醉醺醺地傻笑着。

"我当然准备好了，没有想到林丝琦在关键时候还愿意帮我们一把。"

"不，不！她不是帮咱们，她是在帮自己，她要积聚人气，我和她是有约定的。"林顺德一脸坏笑。

"她还想当晋华的董事长？"刘秘书试探地问道。

"可惜没有机会了，只要他们交出股权，那就是我说了算。"林顺德拍着刘秘书的肩膀说着。

"我真是领教了，没有想到林总你这样厉害。"刘秘书拍着马屁。

"别忙着拍马屁，张书记那边你还得帮我应付，到时候少不了你的好处。"林顺德举着杯子一口喝尽杯中酒。

"那是当然！"刘秘书小心地回答着。

"你小子在那衙门里，也不过是跑腿，油水赚不了，气却少不了，你若是跟着我，马上就是J市有头有脸的人物了。"林顺德借着酒劲，胡乱说着。

刘秘书憨厚地笑着点点头。

"对了，尽快成立一个公司，一个和咱们名义上没有关系的公司。"林顺德接着说。

"你不会这么黑吧！你要全吞？"刘秘书的神情有些紧张。

"不！上缴一部分股权，其余的注入新公司。要不，张书记还不吃了我。"林顺德冷笑着。

"这样一来，晋华就成了空壳公司了。"刘秘书诡秘地笑着。

"对！谁爱当那个董事长就让谁当去，反正我是不干了。"林顺德说着仰天大笑。

"嗯，这样也好，我也可以跟着你林总过几天逍遥日子了。"

"别得意得太早，注册公司的事情一定要隐秘，不能在省城注册，最好注册成港企。"林顺德叮嘱着。

"明白，这样神不知鬼不觉，我们就可以享受一下好日子了。"刘秘书点着头。

林顺德趁着酒劲，一把拍在刘秘书的脑袋上。

"你小子，八字还没一撇，现在就想着享福，马上着手办理。"

白云霄坐在电脑前面，仔细地搜索着一些资料。林丝琦站在一边，沉思着。

"这样一来，林顺德真要将资产转移，我们可是挡也挡不住，我就不明白你为什么要帮他？"白云霄翻看着网页，埋怨着林丝琦。

"没有办法，张书记已经和我通过电话，从晋华的长远发展看，只有这么做才是正确的。"林丝琦一脸无奈。

"他要是将资产转移一空，那千万职工的利益就化为泡影了。"白云霄担心地说。

"对了，你找找最近有没有新注册的公司。"林丝琦接着说。

"已经看了，在省城没有新注册的公司，就算是注册公司，他会让你找到吗？"

"那就看你的了，你可是这方面的高手。"林丝琦笑着看了白云霄一眼。

晋华集团董事长办公室内，吴梅冷眼看着林顺德，林顺德一言不发。

"你真要将晋华的资产转移？"吴梅没有好气地问。

"你听谁说的？"林顺德斜眼瞪着吴梅。

"你别管我是听谁说的，我问你到底有没有这回事？"吴梅紧跟着问。

"就算是这样，那又如何？"

"你简直无可救药，你想过那些为晋华拼搏奋斗了一辈子的员工们未来的归宿吗？"吴梅嘶声问着。

"眼下我顾不了那么多了，最后的时光里，我希望你可以暂时保守这个秘密。"林顺德的语气中充满请求。

白云霄坐在电脑旁边冥思苦想着，烟灰缸里堆满了烟头。

"他会在什么地方注册这个公司呢？"白云霄自言自语。就在此时他的QQ头像开始闪烁，他拿起鼠标点击着，只见是一个网名叫"树上的小鸟"的人请求加为好友，白云霄的脑子里瞬间闪过一个想法，说不定入口就在这里。

他加上了这个人。

"你好！""树上的小鸟"主动打着招呼。

"你好！"白云霄轻轻地打着字。

"你点击心愿广告公司的网站，会有意想不到的收获。""树上的小鸟"发来信息。白云霄快速地打开了心愿广告公司的网站，猛然发现心愿广告公司不知道在什么时候有了一家子公司。白云霄仔细查看着这家公司的信息，猛然发现昨天下午这家公司以心愿广告公司的名义进行了注册，叫顺相贸易有限公司。

"这难道和辛强还有关系？"白云霄陷入沉思。

"难道他才是背后的黑手，林顺德只是分到了晋华资产的冰山一角？"白云霄不敢继续再想下去。

白云霄马上从包里拿出一个U盘，他利用这个U盘里的软件侵入了这个子公司的财务信息，突然发现这家公司刚刚成立，就有一批巨款打了进来。

"一家没有任何业务的公司，居然可以瞬间收入这么多钱，这是怎么回事？"白云霄思索着。

"看来他们用来洗钱的公司和证据在这里。"白云霄坐在电脑旁边轻声嘀咕着。

"即使拿到这些证据，只能说明辛强涉嫌洗钱，那林顺德呢？难道就让他这样成了漏网之鱼？"

晋华重组工作总结会在市委市政府一间办公室内举行，林顺德作为董事长坐在了张凯平的旁边，旁边还有一些负责资产管理的政府官员，张凯平扫视一圈会场，率先发言。

"晋华重组工作终于告一段落，这少不了在座的各位和林顺德董事长的努力，大家有什么看法都说说。"张凯平笑着说。

"这次重组工作顺利进行，离不开市委的重视，我们只不过是跑跑腿而已。"资产管理处王处长迎合着。

"我看晋华的这次重组是给全市带了个头，那么我们下一步的工作就好做了。"市委副书记屏重接着说。

就在大伙意气风发地发表着自己意见的时候，楼下却传来了呐喊："叫林顺德出来接我们，我们要见张书记。"

此时，负责安保的李处长推门走了进来，一脸慌张。

"张书记，外面晋华的百十号员工吵着要见您呢，您看？"李处长着急地说。

张凯平疑惑地看看窗外："发生了什么事情？他们为什么要见我？"

"说是林顺德侵吞了晋华的资产，要张书记给他们做主。"李处长接着说。

张凯平盯了一眼林顺德，林顺德此时已是汗流浃背。

"到底怎么回事？走！出去看看！"张凯平率先走出办公室。

市委市政府门口，人群拥挤，他们举着牌子，牌子上写着大字：还我家园。几个带头的大声喊着口号："叫林顺德出来！张书记要为我们做主！"

张凯平站在台阶上，大声朝着人群喊着："大伙静一静，有什么事情大家都可以说出来，我一定为大家做主。"

"今天上午我们收到一封信，信的内容是林顺德将晋华的资产已经转移走了，张书记，您可不能不管。"带头的一名晋华董事喊着。

"如果真有此事，我们一定会严查，给大家一个交代！"张凯平坚决地说道。

"张书记，这是接受晋华资产的那家公司的全部财务信息情况，在这封信里写得很清楚啊！"人群中有人高喊着。

"如果真是这样，我们后半辈子的生活咋办呀？"一名妇女哭诉着。

"我们强烈要求晋华公开财务信息！"人群中不时有人叫唤着。

张凯平朝着身后的林顺德狠狠地瞪了一眼，此时，林顺德稍稍擦了擦额头上的汗珠，他努力地保持镇静。

"张书记，别听他们胡说，他们故意制造事端，企图阻止重组。"林顺德极力争辩着。

"住口，无风不起浪，林顺德你真有这么大的胆子？"张凯平愤怒地看着林顺德。随后，他转身看着下面几百号晋华职工，义正词严地喊着："如果真是林顺德干的，市委市政府不会手软，我们将立刻成立调查组介入此事，大伙就等消息吧！"

"大家先回去吧！张书记已经答应大家了，什么事都要讲证据嘛！仅凭手里的一封信，多多少少有点说不过去呀！"一边站着的李处长也劝说道。

就在大家迟疑之际，人群后面突然传出一个声音："我看不必了！"

大家纷纷扭头向后看着，只见白云霄慢慢地从后面走了过来，前面的人缓缓地向两边挤着，瞬间给白云霄让出一条路。

白云霄走到张凯平的面前，然后看着林顺德说："终于结束了，你还有什么话说？"白云霄说着从包里掏出一份厚厚的资料，冲着林顺德晃了晃。

林顺德看着白云霄手上的资料，只见上面写着"顺相贸易公司财务报表"，林顺德的心理防线瞬间崩溃了。

"想不到你在这么短的时间就找到了。"林顺德失魂落魄地说。

"你想不到的事情太多了。"白云霄轻蔑地笑着。

"想不到到头来终究是一场空。"林顺德向前走了几步，轻轻地叹息着，望着下面黑压压的人群，他失声笑了出来。

"你不是没有得到，是你得到了却不懂得珍惜。"白云霄斜眼瞅着林顺德。

"欲望是个害人的东西，你没有把握住。对了，这是林丝琦让我交给你的。"白云霄看着林顺德，将一封信交给了林顺德。

林顺德缓缓地打开了信。

哥哥：

　　好久没有这样称呼你了。这一刻，你的心里一定很难受，因为你一直是个不服输的人，可是现在你败了，败给了自己，败给了贪婪。如果可以重来，我相信你会走得比现在好。

　　曾经，你我都想将对方置于死地，为了晋华，我们将内心深处的情谊深深地掩埋。为了所谓的理想和追求，我们抛开了所有的顾虑，奋力厮杀，但即使是秋日的黄昏，也终究会成为冬日的黄昏，我没有胜，你亦没有败。只是我们的青春已逝，许多事情不可能从头再来。

　　珍重！

林丝琦

　　林顺德看着这封信，眼角开始湿润，紧接着，他轻轻地抽噎着，直至脸庞挂上了两串深长的泪珠。一阵清风吹过，林顺德手中的信随风飘落在地上。他仰天看着飘过的点点白云，突然感慨万分。

　　林顺德努力抑制着自己的情绪，随后他慢慢地转身看着张凯平说道："我错了！我接受法律对我的惩罚！"

　　"带走！"张凯平冲着身后的纪委人员说道。不一会儿从远处驶来一辆警车，从车上下来两名警察，他们快速地跑到林顺德面前，一副冰凉的手铐铐在了他的手上，林顺德被押着走上了警车。就在上车的那一刻，林顺德再次回头看着黑压压的人群，最后叹口气，上了警车。

　　旁边的一片树林里，林丝琦看着被带上警车的林顺德，眼角闪烁着泪花，她扶着身边的一棵树，感到异常难受。

　　"你没有必要为他这种人如此难受。"身后传来一个男人的声音。

　　林丝琦赶紧抑制住快要掉落的眼泪，转身望去，只见辛强身穿一件风衣，一脸阴沉地站在她的身后。

"是你？"

"怎么？很意外吗？"

"你来干什么？"

"只是想看看你。"

"你现在是最大的赢家，有必要看我吗？"

"怎么说？"辛强闪过一丝惊讶。

"晋华的大部分股份进入了你的子公司，你应该感到高兴，不是吗？"林丝琦反问着。

"按理说是这么回事，可惜呀！"

"可惜什么？"

"可惜，冬日的暖阳是不会长久的！"辛强接着说。他的表情瞬间变冷，随后他沉默着，将身上的大衣重新裹了裹。

此时，白云霄从远处走来，看着辛强和林丝琦，他的脚步放慢了。

"也是，政府不会让晋华的股权无缘无故地进入另一家公司。"林丝琦勉强笑了一声。

"我想问你一个问题。"辛强扭头看着林丝琦。

林丝琦略带疑惑地望着辛强："说吧！"

"我喝醉的那天晚上，我们到底睡在一起没？"

"现在这个还重要吗？"

"对我来说很重要，我以为只要我们有了那一晚，我的灵魂这一辈子都会跟随你，没有想到……"辛强不再说下去。

"没有想到我们从一开始就不是一路人。"

辛强抬头看着眼前的树，发出了一声轻轻的叹息，随后他用力地拍打着。

"为什么会是这样？"辛强愤怒地吼着。

"许多事情是不能回头的，有些时候忘记也是一种境界。"林丝琦接着说。

"已经很久没有这样聊了，不介意我的加入吧！"白云霄走到辛强面前。

"你怎么来了？我们见得真不是时候。"辛强看着白云霄，脸上丝毫没有笑容。

"或许吧！可终究还是要面对的。"白云霄笑着看了林丝琦一眼。

"没想到你们竟然站在了一起。"辛强扫视了两人一眼。

"不！我是一个律师，我一直坚持正义。"白云霄冷冷地说。

"那我们的友谊呢？"辛强极力想从白云霄的眼睛里读出一点同情。

"在正义和友谊之间，我选择前者。"白云霄的眼珠子闪烁着，试图逃避辛强射来的目光。

"真没有想到你这么快就找到了那家公司。"辛强接着说。

"你忘了，这是我的职业，也正是因为这个，我之前才可能救了你。"白云霄努力挤出一丝微笑。

"真不该让你参与这件事情。"辛强扶着树，身子微微颤抖。

"没有办法，我们都应该相信宿命。"白云霄回答。

"真不想就这么结束！"辛强语气充满无尽的悲哀。

张凯平书记的办公室，吴梅静静地坐在椅子上看着张凯平。张凯平手中拿着一沓厚厚的资料，不停地翻着。

"感谢你能把这么重要的东西交给我。"张凯平看着吴梅，一股敬意油然而生。

"其实，林顺德早就把这个东西交给我了，可惜我还是没有早点交出来。"吴梅脸上挂着些许愧疚。

"也难为你了，这盒磁带是林顺德和辛强的交易记录，而你和辛强又有千丝万缕的关系，这一点我理解。"张凯平将手中的磁带放入了录音机。

"或许林顺德正是利用了这一点，才会把这么重要的东西交给我。"吴梅接着说。

"这也是他最后的护身符，有了这个，谁都跑不了，晋华的职工们，几乎毁在了这些人的手里。"张凯平的语气加重了许多。

"其实，林丝琦也是受害者。"吴梅微微抬头看着张凯平。

张凯平迟疑地看了吴梅一眼，瞬间好像明白了什么，随后接着说："你当时恨透了辛强，所以将矛头指向了林丝琦，这一点，组织会有一个明确的公断，你不用担心，只要犯了国法，谁都逃不了。"

吴梅轻轻地点点头。

张凯平看着吴梅轻声问道："你以后有什么打算？"

"我……"吴梅不知道该说什么。

"我看这样，你虽不是晋华人，但你做了一件让晋华人最满意的事情，让你去收拾那帮老顽固，最好不过了。"张凯平盯着吴梅，试图从她眼睛里看出点什么。

吴梅浑身一震，随后看着张凯平干脆地说："不！张书记，我一个女人怎么能担起这个重任呢？"

"我看你就不要推辞了，林丝琦不也是一个女人嘛，照样将晋华带得风生水起。"张凯平打断了吴梅的话。

吴梅慌慌张张地站了起来，看着张凯平，随后说："这个真不行，我对企业根本一窍不通……"吴梅极力争辩着。

"关于这件事情，我已经和林丝琦沟通过了，就让她当你的副手，你就代表政府将企业好好管理起来。"张凯平干脆地说着。

"这……"吴梅还想说什么,张凯平瞬间就打断了她的话。

"还有我,放心,有什么事情找我,我一定给你解决。"张凯平似乎心意已决。

清晨,一辆警车快速驶向了心愿广告公司。而此时吴梅身穿一身职业装走进了晋华钢企。

警车很快到了心愿广告公司大楼下,几名警察冲进了办公楼里。

"我们是公安局的,请你们放下手中的工作,配合检查。"一名带队的李姓民警冲着里面的办公人员喊着。

随后,他朝着身边的两名警察使着眼色,随后两名警察快速冲到了二楼。二楼是辛强的办公室,一位民警一脚踹开了办公室的门。办公室里一片狼藉,办公桌上到处是撕碎的资料。

这名民警转身下了楼,冲着带队的民警喊着:"李队,辛强跑了!"

李队长沉吟了片刻,随后喊着:"立刻查封这里,等待上级指示,其他人跟我走!"

此刻,林丝琦坐在办公室审阅着文件,听见外面的警笛声,她的笔尖稍微颤抖了一下,一早就接到了吴梅担任董事长的消息,想到此处,她微微叹了口气。

"造化弄人,我们曾经是情敌,现在却要并肩作战了。"林丝琦自言自语地说着。

此时,传来了轻轻的敲门声。

"进来!"林丝琦喊着。

秘书小王走了进来,手里端着一杯热腾腾的咖啡。

"林总,您让我请的工人代表都到了,正在礼堂等着您。"小王说着将咖啡放在林丝琦桌子上。

"好吧！我一会儿过去。"林丝琦随口应着。

礼堂里非常热闹，人来人往。墙上挂满了条幅，上面写着：热烈欢迎吴梅董事长。这是林丝琦专门派人弄的，没有人知道这是为什么。看到林丝琦走到礼堂的中央，台下的众人渐渐收起了欢呼声。

林丝琦站在礼堂正中央，看着台下的众人大声说道："今天是我们迎接新一届董事长上任的日子，大家或许很疑惑，为什么要让吴梅来当晋华的董事长。"林丝琦稍微停顿了片刻。

"为什么呀？"人群中有人高喊着。

林丝琦静静地看着众人，随后再次开口。

"咱们晋华这几年来，经历了不少波折，尤其这次如果没有吴梅，我们的企业可能就会彻底垮掉，因为她交出了林顺德犯罪的全部证据，让林顺德一伙认罪服法。"

"只要是为了晋华好！我们大伙没说的！"晋华的职工在下面喊道。

"今天我还要说一点，那就是吴梅为了正义将自己的前夫也送上了法庭，就冲这一点我们晋华就应该接纳她！"林丝琦的话一说完，全场顿时响起了掌声。

不知道什么时候吴梅已经站在了礼堂的大门口，林丝琦看着吴梅，然后缓步穿过礼堂大厅，一步一步朝着吴梅走了过去。

此刻，吴梅也是目不转睛地看着走过来的林丝琦。

"对不起，一开始是我错了，我不应该破坏你们的幸福。"林丝琦看着吴梅，满脸歉疚地说。

"都已经过去了，如果不是这样，我怎么能重新开始我的人生呢。"吴梅坦然说道。

林丝琦听着吴梅的话，心里却异常难受，悲伤的眼泪不住地在眼眶里打转,可是在今天的场合,她用力地将眼泪逼了回去。随后,努力挤出一个微笑,伸出一只手。

"欢迎你,加入晋华!"

吴梅微笑地看着林丝琦,紧紧握住了林丝琦的手,随后两人深情地抱在了一起,此时全场响起了雷鸣般的掌声。

"两位董事长别忙着叙旧了,这都几点了,大伙可是没吃早饭就来了呀!"身边站着一群年老的晋华员工开着玩笑。

此言一出,全场顿时笑成一团。

"好!时间不早了,下面邀请晋华新任董事长吴梅上台讲话。"林丝琦大声说。随后吴梅在大家的簇拥下走到了礼堂的中央。

"让我讲什么呢?"吴梅憨厚地笑着,看着下面的人群。

"你就讲讲,如何解决咱们企业这些单身男女的问题,让他们少在这里起哄。"台下有人喊着。此时人群高涨的气氛达到了顶峰。

一位即将退休的老职工台下喊着:"吴董事长呀!我今年五十八了,老伴走了多年了,咱们能不能平时多组织些业余活动,我老汉也想来段黄昏恋。"

此言一出,台下又是一阵尖叫。

吴梅轻轻地咳嗽一声,然后冲着大家说:"大家提的这些问题,我会尽快着手解决,如今晋华的发展越来越好,大家要珍惜这来之不易的成果,我们再经不起折腾了,我觉得只要咱们携起手来,就没有干不成的事情。"

"好!"大伙在下面大声喊着。

林丝琦站在礼堂的最后面,静静地看着吴梅,她第一次发现吴梅是那样高尚,高尚中带点平凡,是平易近人的平,非凡的凡。

"或许正是这种平凡,让她站在台上有这么大的凝聚力。"林丝琦小声嘀咕着。

此时，林丝琦的手机突然响起，她掏出手机看着上面那个熟悉的号码，等了好长时间才接起来。

"为什么这么久才接电话？"电话那头传来一个男人的声音。

"你在哪？"林丝琦冷冷地问。

"你别管我在哪，我是想让你帮我做最后一件事情。"电话那头继续说着。

"你回去自首吧！没有人能帮了你！"

"这个不需要你担心，请你转告吴梅，马上给我准备一百万，要不然的话我就和琳琳一起走了。"电话里的男人急促地说着。

"你还有点人性吗？琳琳是你的亲生女儿！"林丝琦愤怒了。

此时电话被挂断了。林丝琦沉思着，她没有打扰站在礼堂最前面的吴梅，只是转身悄然离去。

林丝琦拿着电话，快速地走出了晋华钢企，然后拨打着电话。

"是白云霄吗？我怀疑辛强就在晋华师范大学附近，你赶快赶到那里，我随后就到。"林丝琦喊着，随手拦了一辆出租车。

"师傅，晋华师范学校，快点！"林丝琦急促地叫着。

"嗯。"司机点头应着。

林丝琦坐在后排座位上沉思着，一会儿她又掏出了手机。

"张书记，你好，我是林丝琦，刚才我接到辛强的电话，我怀疑他现在就在晋华师范学校。"

"他怎么跑到那儿了？你现在在什么位置？"电话里传出了张凯平诧异的声音。

"我现在正在前往晋华师范学校的路上，我请求警方的协助，抓获辛强。"

"你注意安全，我随后就调派公安干警赶过去。"张凯平匆匆挂断了电话。

晋华师范学校的门口，辛强焦急地等待着琳琳。不一会儿，琳琳跑了出来，一脸茫然地看着辛强。

"爸爸，你到底犯了什么事了？一大早警察已经找过我了。"琳琳抓住辛强的手轻声说着。

此刻，辛强满脸沧桑，头发乱蓬蓬的，活像一个正在流浪的乞丐。

"爸爸没事！只是……"辛强眼睛里闪烁着泪花，断断续续地说着。

"那为什么警察要找你呢？"琳琳接着问。

"这是大人的事，你就不要多问了。"

"我已经不是小孩子了。"

"公司出了一点小事情，现在不要问了，赶紧跟我走！"辛强说着一把拉起琳琳。

"等等！爸爸你要去哪？"琳琳迟疑着。

"不要磨蹭，快跟我走！"辛强拽起琳琳的胳膊快速向前走着。

"爸爸，回去自首吧！"琳琳哀求着。

"别废话！快走！"辛强依旧拽着琳琳。

远处传来了阵阵警笛声，顿时辛强心里慌乱起来。他站在路边随手招了一辆出租车，拉着琳琳一块上去了。

"我们要去哪儿？"琳琳再次问着。

此刻，辛强不再说话，因为他也不知道他要到哪里。

"师傅，去哪儿？"司机问着。

"一直向前开，到了自然告诉你！"辛强凶狠地盯着司机，直把司机吓得浑身哆嗦。

出租车快速地向前行驶着，辛强看着窗外转瞬即逝的风景，不由自主地滑落了两行热泪。

他隐约想起，年少的时候，经常在这个城市打转，那些熟悉的商店，那些让人难忘的小吃，在脑海里团团转，可是如今可能再也见不到了。

车依旧急速行驶着，走了一截，却突然停在了路边。

辛强一骨碌从后座上坐了起来，看着车外，冲着司机大吼："谁让你停下来的？快开！"

"师傅，前面就是高速了，你到底要去哪里？"司机有些不耐烦地说。

辛强朝窗外看看，方圆十里看不见一栋高楼，只是不远处有几间平房："好吧！就在这里吧！"

辛强掏出一张百元钞票塞给司机，下了车。随后他拉着琳琳径直朝那几间平房走去。

晋华师范学校内，林丝琦找到了琳琳的辅导员。"听说她今天还没有下课就走了。"辅导员说。

"是吗？她和谁一起走的？"林丝琦继续询问着。

"这个我就不知道了。"

"好吧，谢谢你。"林丝琦只得离开。

晋华师范学校门口，白云霄和几个公安干警站在门口，巡视着周围。

"琳琳已经走了。"林丝琦走出来淡淡地说。

"去哪儿了？"白云霄吃惊地问。

"不知道。"林丝琦无奈地说。

"会不会被辛强接走了？会去哪儿呢？"白云霄自言自语。

一间平房内，辛强拿着一根很粗的绳子冲着琳琳说："琳琳，爸爸对不起你。"

说着将一根绳子绑在了琳琳的手上。

"爸爸你要干什么？"琳琳害怕地盯着辛强。

"放心，爸爸不会伤害你的，我已经跟外面的人说好了，他们会按时给你送饭的。"辛强说着，几颗泪珠滴到了地上。

"你要去哪里？"琳琳怯怯地问。

"我要去哪里？我也不知道。"辛强绝望了，好像在自言自语。

"爸爸……爸爸，你回去自首吧！咱们还有妈妈呢。"琳琳哭诉着。

"妈妈？我已经失去了。"辛强痛楚地咬着牙说着，脸上却早已挂满泪珠。

此刻，他想起了吴梅，想起那张温柔的面孔，那双永远都不知道累的手；想起一双粗糙的手摸在自己脸上，却备感温馨；想起在桌子上吃饭的时候，她总往他的碗里夹着菜。

"是该结束了。"辛强仰天长叹，眼泪径直流到了嘴里。

许久之后，他转身离去。

吴梅焦急地在家里等待着琳琳回来，可是一直到晚上九点，还不见人影，她拨打着琳琳的电话，电话那头一直提示：您拨打的电话已关机。

吴梅左思右想，拿起手电筒走出房门。

她一边跑，一边用力地呼唤着琳琳的名字。

琳琳看着夜色渐渐深了，她一直努力挣扎着，用嘴撕咬着绑在手上的绳子，眼泪不禁悄然落了下来。

窗外的冷风直从后面碎了一半的玻璃窗吹进来，她浑身颤抖着，依旧用嘴咬着绳子。

好大一会儿时间，终于解开了。琳琳失神地站了起来，看着这间平房。外面的门已经上了锁，她朝着身后看了看，身后是一扇窗户，只是上面的玻璃掉了一半。她踮起脚朝窗外看着，外面黑乎乎的，像是一片荒地。

琳琳害怕地再次将脑袋缩了回来，在屋里徘徊着。过了许久，她走到了窗台前，轻轻将半块玻璃摘了下来，然后将窗框打开，一只脚垫在上面，闭着眼睛就跳了下去。

一声闷响，琳琳重重摔在了地上。紧接着传来一阵急促的狗叫声，琳琳一瘸一拐地站了起来，慌忙钻入一片小树林里。

林丝琦静静站在窗前，这个夜晚静得可怕，只剩下窗外西北风刮着树枝传来的声音。

此时，她的电话铃声响起，她迟疑了片刻，随后接起了电话。

"喂……"林丝琦警惕地低声说着。

可是手机那头迟迟没有回音，林丝琦顿时紧张了起来。

"你是谁？不说话我就挂断了。"林丝琦试探着。

"是我。"电话那头蹦出两个字。

听着辛强熟悉的声音，林丝琦顿时暴跳如雷。

"琳琳在哪儿？"林丝琦吼着。

"这个你不要管，钱准备好了吗？"辛强冷冷地说。

"准备好了，你什么时候拿？"

"好！明天下午三点，时代广场左面的第二个停车位前面有一个垃圾桶，你将钱放在那里就行了。"

"那我什么时候可以见到琳琳？"林丝琦紧接着问。只可惜没有等林丝琦说完，电话的那头就挂断了。

J市市委紧急处置监控室，张凯平缓缓放下了监控耳机。为了抓捕辛强，张凯平早已让人将林丝琦的电话监控起来，看着监控室里的众人，他眼里闪着火花。

"辛强的电话又一次打了进来，立刻追踪这个电话的信号位置，尽快锁定辛强的藏身之地。"张凯平安排着。

"这可是我们抓捕辛强的大好时机。"市委安保李处长接着说。

张凯平微微看了一眼李处长，随后拿起对讲机喊着："各单位注意，立刻将时代广场控制起来，务必在明天下午，抓住辛强。"

琳琳依旧在树林里穿梭着，此刻，树林里黑乎乎的一片，她噙着眼泪，深一步浅一步地走着。而此刻吴梅正在马路上，大声呼唤着，呼唤着琳琳的名字。许久之后，她坐在了土路边，却发现鞋子不知道什么时候跑掉了一只。她哭着："琳琳你在哪里？妈妈很想你。"吴梅头伏在地上，手里抓着一把黄土。

这注定是个无眠的夜晚，林丝琦坐在沙发上，怎么也睡不着。看着电视里闪过的画面，林丝琦的眼睛渐渐湿润了。

此刻，电视里正播放着《爸爸天亮叫我》，林丝琦看着里面悲情的故事，不由得掩面哭泣。

"这样的剧情，居然在现实中上演了。一个父亲居然如此对待自己的女儿，旁人都做不出的事情，辛强他居然做了。"林丝琦精神恍惚，像是自言自语。

电视剧结束了，可是在现实中依然上演着一场悲惨的剧情，伴着一首歌曲，林丝琦缓缓走进了卧室。

……听过风的歌唱，走过雪的飘摇，小小脚印一串串，故乡在何方。星星微微闪亮，月光洒在路上，小小脚印一串串，亲人在何方……

这样的歌声仿佛正一句一句传到琳琳的耳朵里，她仰天看着漆黑的夜色，发出一声悲惨的叫声："天哪！这是为什么？"

琳琳精疲力竭地躺在地上，脸上的泪水滑落在地上。

第二天下午，时代广场上人来人往，林丝琦抱着一个黑色的袋子穿梭着。她小心地寻找着靠左的第二个车位，猛然看见马路旁边有一个黑色的垃圾桶，她快速走到垃圾桶旁，将黑色袋子塞了进去。

她环视着左右，却不见辛强的身影，于是掏出手机拨打着昨晚的那个电话号码，好久之后，辛强才接起了电话。

"钱已经按照你说的，放在垃圾桶里了。"

"很好，我已经看到了，你可以走了。"辛强回答。

"那琳琳呢？"林丝琦警惕地朝着周围看着。

"你找不见我的，赶快走吧！很快就可以见到琳琳了。"辛强再次回答，随后挂断了电话。

时代广场的一个小巷里，一辆黑色的轿车里，几个便衣看着林丝琦打着电话，仔细观察着周围的情况。

"李队，辛强还没有出现，林丝琦已经走了。"一名干警拿着对讲机轻轻地说着。

"等待命令，辛强一出现就截住他！"沿街的大路上停着的一辆车里，刑警李全生队长正和两名干警观察着眼前的情况。

不一会儿，远处驶来一辆摩托车，一眼看上去是个男子，只可惜他戴着头盔，看不出这个人的面目。

李队长的神经顿时紧张起来，他拿起手中的对讲机喊着："注意这辆摩托车，这个人很有可能就是辛强。"

"明白！"

这辆摩托车刚开始速度很快，快到垃圾桶的时候，渐渐放慢了速度，随后车上的男子四下张望着，紧接着冲到了垃圾桶旁，伸出一只手拉起黑色袋子，扬长而去。

"截住他！"李队长吼着。

停在巷口的黑色小轿车瞬间就冲了出来，摩托车上的人看着眼前的情形并没有停下，依旧向前飞驰。

眼看小轿车从巷里冲出来，就要横在摩托车前面，不料一个妇女正拉着一个孩子穿过巷口，小轿车一个急刹车，妇女抱起孩子，吓得一动不动。

就在此时，摩托车上的男子扫视了巷口的轿车一眼，扬长而去。

"快赶上去！抓住他！"李队长在路边的车上，大声地冲着司机喊着。

司机立刻拉响了警笛，车沿着大路急速行驶，远远地就能看见这名骑摩托车的男子正疯狂逃窜。

"目标前往三禾路，请求沿路设置路障，予以抓捕。"李队长看着远处的摩托车，冲着对讲机喊道。

随后停在巷口的轿车从后面跟了上来，李队长扫视了一眼。

"辛强，这次你就是插上翅膀也飞不出去了。"李队长盯着前面的摩托车说。

警车渐渐赶上了摩托车，李队长冲着司机喊："靠上去！逼停他！"

"李队，前方三禾派出所已经设置了路障，他是跑不了的。"司机说着。

"也好，这么多行人逼停他不安全。"李队长阴沉着脸。

果然不远处，路口全面封闭，真枪实弹的公安干警站在路中央盯着远处驶来的摩托车。

李全生看着前面的摩托车，眼睛快要喷出火花。摩托车看着前面的阵势，缓缓停了下来。

紧接着后面的警车一个急刹车停了下来，李全生从车上冲了下来，箭步冲上去，一把抓住眼前的这名男子，瞬间将他摁倒在地，紧接着，几名干警一拥而上，这名男子终于被制伏了。

李全生大声吼着："辛强，你被捕了！"说着他一把将这名男子的头盔摘掉。令人震惊的是，眼前的男子并不是辛强。李全生诧异地瞪着这名男子，吼道："辛强在哪？"

眼前的这名男子迟疑着，随后结结巴巴地说："谁……谁是辛强？"

"你还装傻？"李全生看着眼前这名男子怒吼着。

"我什么也不知道，上午有个男的给了我五百块钱，让我去拿一个黑色袋子。"男子哆嗦着。

"那你跑什么？"身边的一名干警接着问。

"我怕呀！你们这么多人，我不跑能行吗？"男子接着说。

"钱呢？"另一名干警问。

"什么钱？我根本就没拿，不信你们搜！"男子一脸茫然。

"不好，我们上当了，快！赶回时代广场！"李全生喊着，马上转身上了警车。

一名王姓干警上车后愤怒地抓着方向盘吼道："这个辛强居然敢给我们使坏。"

"调虎离山之计，我们大意了，但愿那个袋子还在垃圾桶里。"李全生担忧地说。

车很快返回来了，一到时代广场，干警就跑了下去，李全生紧紧跟在身后。

干警在垃圾桶里翻腾着，许久之后，他苦涩地看着李全生说："李队，钱被辛强取走了。"

李全生随手掏出一支烟，轻轻地点燃，看着周围的大楼，随后说："看来，我们行动的时候，他就在这些大楼附近盯着我们，这个混蛋，我一定要抓住他！"

张凯平正在办公室里焦急地等待着，突然桌子上的电话响起，他一把抓起电话。

"什么？跑了？"张凯平拿着电话，语气中充满诧异。他沉吟了片刻，对着电话命令道："马上封锁全市的交通主干道，防止辛强外逃。"

"是！"

"要再抓不住辛强，我看你就别干了！"张凯平愤怒地说，随后挂断了电话。

一间破旧的木门加工厂里，几个师傅正在倒腾几块木板，辛强从大门外慢慢走了进来。

"师傅，你找谁？"一名木工师傅冲着辛强问。

"你们这里招人吗？"

"那个是我们老板，你问他。"工人师傅随手指着里屋里坐着的一个中年男子说。

"老板，你要人吗？"辛强慢腾腾地走进了屋里。

中年男子上下打量了辛强一番，然后警惕地问："你会什么？"

"我什么都能干，只要管吃住就行！"辛强微微抬头看着眼前的中年男子。

中年男子盯着辛强看了好一阵子，随后说："我这儿倒是差一个货车司机，可惜你又干不了，你还是去其他地方看看吧！"中年男子摆摆手，不想再和辛强继续说话。

"司机？我会开车呀！"辛强眼角闪过一丝兴奋。

"你会？"老板诧异地看着辛强，有些不相信自己的耳朵。紧接着辛强将自己的车本交给了老板。

此时，老板摸着下巴，沉思了片刻，随后干脆地说："那好吧！你就先试一试。"说完冲着门外叫唤："二子，明天去湘潭把他叫上，看看能不能开。"

辛强颤巍巍地从门里走了出来。

几天后，一辆货车缓缓地驶上了高速，辛强戴着一顶毡帽坐在驾驶室内，头埋得很低。

"你干什么呢？脑袋低下去干什么呢？"二子不耐烦地说。

辛强无奈地笑笑。

一路上，每逢收费站，他都极力将帽子往下压一压，总算进入了湖南地界了，辛强暗暗松了口气。

面对一个新城市，辛强怅然若失，未来的路能走多久，此时，他心里没有一点儿底。

果不其然，一个月后，辛强被押解回J市，由于涉嫌洗钱和非法绑架他人，一审判处有期徒刑十二年。

一个星期后，吴梅带着琳琳站在监狱门口。

"辛强，有人来看你。"监狱民警冲着里面的辛强喊道。

辛强无精打采地站了起来，出了监舍，径直来到了会面室。

"你怎么还会来看我？"辛强怔怔地看着吴梅。

"我来是想告诉你，这世界不是只有利益，还有情感，它更让人懂得存在的价值。"吴梅平静地说。

"我们一起来到这个城市打拼，一个升上了天堂，一个却下了地狱，想不到老天竟然开了个这么滑稽的玩笑。"辛强苦笑着。

"你想说什么？"吴梅问。

"每个人都有自己的路，谁也阻挡不了，谁也代替不了，就像回家一样，虽然路途遥远，可是许多人都盼望着。"辛强的语气中充满无奈。

"回家？"吴梅抬头，随后陷入了沉思。

"忘记告诉你了，我在里面很好，终于可以睡一会儿安稳觉了。"辛强努力微笑着，随后他起身离开。

"你就不想见一见琳琳吗？"吴梅看着辛强的背影问。

听着吴梅的问话，辛强瞬间在门口站住了，可是他没有转身，只是淡淡传来一句话："还是不见为好，我对不起她！"随后他大踏步进了监舍。

吴梅突然感到怅然若失，她似乎还不能面对彻底失去辛强之后的生活。

"妈妈，你还有我。"琳琳不知什么时候出现在她身后。

吴梅转过头看着琳琳，再也抑制不住内心的伤痛，那双已经失去青春光彩的眼睛，顿时涌出滚滚热泪。

"是的，妈妈还有你，妈妈不会孤单。"吴梅站起来轻轻抚摸着琳琳的脸蛋。

随后，琳琳一只手搀着吴梅，两人走出了会面室，外面还有新的生活在等待她们。